时文精粹

SHIWEN
JINGCUI

时文精粹 SHIWEN JINGCUI

青春似酒

余　红◎著

煤炭工业出版社
·北　京·

图书在版编目（CIP）数据

青春似酒／余红著．－－北京：煤炭工业出版社，2016（2023.1 重印）

（时文精粹／陈勇，吴军主编）

ISBN 978－7－5020－5235－5

Ⅰ.①青…　Ⅱ.①余…　Ⅲ.①散文集—中国—当代　Ⅳ.①I267

中国版本图书馆 CIP 数据核字（2016）第 053739 号

青春似酒

著　　者　余　红
丛书主编　陈　勇　吴　军
责任编辑　马明仁
封面设计　宋双成

出版发行　煤炭工业出版社（北京市朝阳区芍药居 35 号　100029）
电　　话　010－84657898（总编室）
010－64018321（发行部）　010－84657880（读者服务部）
电子信箱　cciph612@126.com
网　　址　www.cciph.com.cn
印　　刷　北京飞达印刷有限责任公司
经　　销　全国新华书店

开　　本　710mm×1000mm 1/16　**印张**　14　**字数**　120 千字
版　　次　2016 年 5 月第 1 版　2023 年 1 月第 4 次印刷
社内编号　8086　**定价**　46.00 元

版权所有　违者必究

本书如有缺页、倒页、脱页等质量问题，本社负责调换，电话：010－84657880

序言 | *Preface*

生花即是妙文章

李学彦

我的故乡宣威活跃着一个女子文学群，余红是其中的一位。

第一次与她们相识，是在文友高体松先生的私家小院——如梦园。记不清是谁张罗了那次雅集，近二十人齐聚小院，男女长幼，都是文学有缘人，共进一场欢愉的午餐。

就是那次认识的余红，后来，接触渐次增多，直到有一天她要出散文集了，打电话来请我帮她写序，才从她发到我邮箱的大量书稿中知道她是一位勤奋的写作者。

开始我并没有答应，我认为自己的才华不足以为人作序。宣威女子是执着的，余红坚决地说："李老师，我就要请你写，如果你认为我的文章不好，你可以拒绝！"这个军就将死了，再啰唆似乎成了拿乔，不近人情。再说，余红本来就是一个真诚的人，有一次我回宣威，她托别人召集一群文友请我吃饭，席间谈笑风生，唯她少言，只专心听讲，方便时插话，适宜时敬酒，途中悄悄地去买单。也是那次她的这种表现给了我较深的印象，但我一直以为余红是个寡言的人，后来才知道她是一个街道的妇联主席，论其组织才干、应酬能力、口才，应对一般的社交，那是游刃有余的，可是她不，她不争夺表现的机会，袖手无言。我也一直以为她不大写东西的，直到今天，嗬，洋洋洒洒，像潮水一样涌来的篇章，应接不暇，让我着实认真读了些时日。

她以《青春似酒》命名的这本散文集子，从四个部分记录了自己多年来的心路历程。一个女子，能够在繁忙的工作之余，尽到于家庭的本分，又善于发现生活之美，且提笔成文，硕果累累，这便是十分的难得，况余红所文，美意绵绵，颇多值得回味。

余红的文章，大抵从叙事切入，辅以抒怀，就像流连于美景的人，一边欣赏，一边赞叹，真情流露，质朴而自然，似乎在向朋友介绍，又像是在自语，不故作风雅，也不装神弄鬼，坦率地把心中的一切付与笔端，给人以饱满朴素之美。

文学需要奔腾的内心，又需要安静的姿态，不是那种咋咋呼呼地大叫而来，矫情地狂热，一入正题又言之无物，不着边际。余红作文像她做人一般朴实，不花哨，不做作，于朴实中显出真情，显出对人事的眼见和对生活的热爱，这是一个业余作者写作路上应该具备的心态和素养，因此，她是一个安静的写作者。

她又是一个温情的女子，将近中年，心中却依然有着初恋般的情怀："当我的秀发长过腰际，你预约般出现在变幻了场景、演员、道具的舞台，唯一没变的，是我还等在这里……""其实我一直在痴痴傻傻地等待着一个绝美的童话，为此错过皎月丽日无数……"(《一眼千年》) 这是任何一个小女子都有过的情愫，余红一直装在心中，并且能够温情款款地道来。"有的人一生也不会动容，有的人看一眼就动心……"岂不是，人生就是一种缘。

余红的文字中，不乏一个明了的观点和独白，便抒了胸臆，世界上有很多不凡的女人，她们不乏拥有自己非凡的事业，但是否，真懂得用爱去谱写自己的整个生命呢！余红也时有自恋："喜欢镜中那个明媚婉约、衣袂飘飘的自己，心中涌动着小小的幸福……"(《衣妆》) 女人的生活，离不开这些点滴的自恋，自恋是一种自我欣赏，也是对自己有所要求、有所标准的自律。

不难看出余红的写作思路，常如奔马脱缰恣意驰骋，疯狂过后，一勒缰绳，收理性于一霎。她为人真实，言语率真，正如她说的："我是一个不解风情的女人，不会迎合自己不喜欢的东西，有的女人听异性讲黄段子会辅以大笑以讨好，甚至笑得倒在男人的身上，而我则会起身离去。风情其实都是解的，只不过是处事的立场和态度不同罢了。"

余红是谦逊的，她深深懂得文章是心灵致以笔端的邀请，是自己与自己特有的相处，因此她写了文章，发了作品，也从不张扬，从不喧哗。文字是心灵的表达，不是用来粉饰的。不能以写了几行文字就自命不凡，与众不同，这不是写作的态度，更不是文学的精神。没有胸怀和境界的文字，品格终是不高的。文人大多恃才傲物，但余红没有，与她交谈，她大抵不谈有关写作的话题，而恰恰是这种貌似的漫不经心，恬淡自在，便已先人赢得了酝酿的空间，提起笔来也就更加从容和得心应手了。

当然，我也建议余红在今后的写作中笔触再细一些，思路再宽一些。写作能以小见大，发现真谛是可贵的，但还应该进一步提炼和升华。创作要做到人人心中有、人人笔下无，表达出自己的真知灼见，唤醒读者，深入人心。写作是辛苦活儿，走上了这条路，则意味着永无止息的艰难求索。

文化是一锅高汤，是靠光阴炖以百味的炖品。

写作是一项高层次的文化活动。

盛情难却，勉强为序，以此与余红及读者诸君探讨。

2015 年 10 月 23 日于昆明篆塘

目录

Contents

第一辑

美景如画

第二辑

情感剧场

第三辑 真情暖心

第四辑 岁月流金

1

第一辑

美景如画

布料因颜色的深浅而厚薄、质地不同，花儿也因为颜色的不同而花期各异吗？素白的马缨花已零落成泥，褚红的尖尖嫩芽像极了花苞或花儿，难怪有游客把它们当成花蕾，趁人不注意采回去插在花瓶里。淡黄的马缨花正值最旺盛的花期，竭力怒放着傲人的青春，既有20岁女孩的清丽秀雅，也有30岁女人的成熟丰盈，美到了生命的极致。粉红、淡紫的马缨花像16～18岁的少女，羞涩地笑着，犹抱琵琶半遮面地微微露出一些秀美，对青春信心不足，不敢大胆展示自己的身姿，美艳已经出笼，繁华已成风向，妖娆尚未成型，一切都在扑朔迷离中，微微绽开的花朵等待着春风的抚摸，等待着时光把它们雕琢成最美的精灵。艳红、深红的马缨花吾家有女初长成般蓓蕾临枝，虽然童稚懵懂，但美人胚子是铁定的，你完全可以凭着现在的模样、色彩，就描绘出将来雍容华贵、艳丽醉人的美景。

醉在花小沟

花小沟在云南省宣威市格宜镇双石洞村，地处格宜镇东北方向，中村煤矿旁边，离格宜镇9公里，离中村煤矿1.5公里。相比花大沟千亩连片、气势磅礴的豪放，花小沟走的是婉约派路线，温煦内敛，不事张扬，不爱喧哗，默默地静守四季轮回的岁月、一年一度的花期。

今年3月中旬我们去时，花小沟正是山村新雨后的亮丽景致。刚进大和园大门，左面山上的马缨花就笑吟吟地扑入眼底：艳红的，嫩黄的，粉红的，微紫的，素白的……血脉贲张，心跳加速，我们欢欣雀跃地扑进花小沟。

早到的摄影家协会的大师们，已经支好专用设备，各自拿出看家本事，不断地变换角度，不停地按动快门，拍摄经典之作。受他们影响，文友们也纷纷举起手机、相机，拍下来的都是可以制作明信片的秀丽风光。真嫉妒在花小沟附近生活的朋友五十弦，他可以随时在这么美的山水花木中徜徉，难怪能写出那么扣人心弦的小说！

沿着那条在山外路旁迎接我们的小溪，我们循着马缨花的身影缓步向前。有人欢呼，有人尖叫，有人高歌，人们用不同的方式表达着邂逅花小沟的狂喜。更多的人用眼睛默默地看，用心灵静静地倾听或诉说，用手机、相机贪婪地捕捉美不胜收的春色。

山给水以依托，水赋山以灵气。花小沟因为有了这条冰肌玉骨、仪态万方的清溪，美得像逃出天庭的仙女，让人无限神往，却又不敢靠得太近，仿佛能看一眼都是几世修来的福分。

嶙峋奇态的黛色山石上，一条活泼爽朗、童真勇敢的小溪蹦蹦跳跳往前跑，一路欢快地吟唱着抒发喜悦的自编歌曲；两边是四五米高，一树树色彩各异、耀眼锦绣的马缨花；身旁是随风飘零、在细雨中带着最后的微笑向青春致敬的落花，花小沟就美得这样诗情画意！朋友，你能想象出这样的美景吗？只怕梦里也没见过吧！你看，摄影师们走火入魔了，一连几个小时定格在一个景点不挪窝，似乎不拍出花小沟的神韵誓不罢休。

贾宝玉说，女人是水做的。我们见了水，就像见到生命的源头一样兴奋不已，非要伸手触摸一下、嬉戏一番才肯罢休。我蹲在小溪边，怡然自得地把手伸进微凉的水里，让柔媚的溪流抚弄我的手指。轻轻撩拨着清澈得有些虚幻的溪水，手指似乎变成了自由自在的小鱼，无忧无虑地遨游在生命的河流中，我的心已如挣脱缰绳的骏马，奔驰在宇宙的无极中。身上的大红色羊毛绒披肩，使我在这微雨、阴暗、润泽的环境里，成了点燃春天不可缺少的一个元素。幻觉里，我就是一株迎风招展、沐雨起舞的火红杜鹃，享受着青春的绚丽，感恩着山水的赠予。我就这样痴痴沉醉在花小沟的美景里，久久不愿起身离去。

布料因颜色的深浅而厚薄、质地不同，花儿也因为颜色的不同而花期各异吗？素白的马缨花已零落成泥，褚红的尖尖嫩芽像极了花苞或花儿，难怪有游客把它们当成花蕾，趁人不注意采回去插在花瓶里。淡黄的马缨花正值最旺盛的花期，竭力怒放着傲人的青春，既有 20 岁女孩的清丽秀雅，也有 30 岁女人的成熟丰盈，美到了生命的极致。粉红、淡紫的马缨花像 16 ~ 18 岁的少女，羞涩地笑着，犹抱琵琶半遮面地微微露出一些秀美，对青春信心不足，不敢大胆展示自己的身姿，美艳已经出笼，繁华已成风向，妖娆尚未成型，一切都在扑朔迷离中，微微绽开的花朵等待着春风的抚摸，等待着时光把它们雕琢成最美的精灵。艳红、深红的马缨花吾家有女初长成般蓓蕾临枝，虽然童稚懵懂，但美人胚子是铁定的，你完全可以凭着现在的模样、色彩，就描绘出将来雍容华贵、艳丽醉人的美景。每到春天，各种颜色深浅不同的马缨花和映山红次第开放，这场五彩缤纷的庞大花事每年持续将近两个月，把天地的精华和灵气一一展现在人们面前，给人以美的享受和情操的陶冶。

沿溪上行，我们在马缨花树丛中穿梭，恨不得把每一朵花都看进眼睛、藏进心里、储存在脑海中；恨不得和每一棵花树都合影留念，沾沾花的俏丽，自己也变得清新脱俗些；恨不得和每一种颜色的花都交流一下情感，探讨青春的秘密，把美丽无限期延长下去。苍天厚我，赠予不湿发的微雨，让我得见马缨花带雨的娇羞、清纯、温婉，就像沐浴着的美女，因有一层淡淡的水汽、朦胧的雾气、浅浅的潮湿，越发美得让人魂不守舍。

朋友五十弦带着我们来到山腰格宜镇埋管引自来水的地方，指着溪边一块巨石平整的顶端说：这就是我经常招待朋友们喝茶的地方。随后指给我们看用几块石头搭成、已被烟火熏黑的简易烧水“灶”。我们对这神仙般的生活羡慕得恨不能取而代之，遗憾今天下雨，我们无法在这里品茗聊天。在花树中穿行了两个多小时，身上没有一丝汗意，腿脚没有半点疲累，呼吸均匀平稳，这天然氧吧让我们身心轻松愉悦。我们正热情高涨地赏景、清谈，手机铃声此起彼伏地不断响起，山下大和园里的文友在催促我们吃晚饭了。

在割舍面前，最常见的表现是磨蹭。我们走走停停，一步三回头地向马缨花和花小沟告别，恨不能把它们全部装进行囊，带到天涯海角。

梦一样美的地方

听许多人说迆谷海子山清水碧，一年四季美不胜收，是烧烤的绝佳之地。11月的一个周末，我们男女老少一行20人、6辆车浩浩荡荡向板桥永安进发，迫不急待地要去揭开迆谷海子的面纱，欣赏“庐山”真面目。

越野车在乡间水泥路面上驱驰，眼前闪过的是房舍俨然、玉米挂满房前屋后的丰收景致。我们一边欣赏欣欣向荣的新农村美景，一边感叹党的惠农政策带给百姓的和谐盛世。行至辽阔无边的坝子，越野车拐上土路，眼前的庄稼地渐行渐少，深厚的枯草从远处慢慢铺展开来，霸道地成为视界里的主角。以一条清澈见底、约有1.2米深的河为界，河的东边是生机盎然的庄稼地，西边是衰草无边的世外桃源。

越野车在清澈的河中犁开一条水道，河水刚好到达车窗边，四溅的水花在明媚的阳光中闪烁着七彩光芒，美得像一个甜蜜的梦，让人有种穿越时空、回到童年的感觉。如梦幻中的场景一般，越野车翻过一个山头缓缓向下行驶，一个面积很大的湖突兀地出现在眼前，惊艳得瞬间让所有的人目瞪口呆，连心脏都短暂地停止了跳动。

车尚未停稳，孩子们已急不可耐地吵嚷着要下去看看水有多深。我们大呼小叫地蹦下车来，立即被辽远的青山、清澈的碧水和脚下厚实绵软的枯草吸引。世界上即使是手工织出来的地毯，比起大自然的杰作，都不知要逊色多少倍！我们索性坐下来，先享受一下冬至刚过、宣威还处于秋高气爽中的美丽惬意。

湖边却已传来孩子们急切的声音：快注意脚下，别踩坏了螺蛳壳！正值枯水季，一些湖底裸露出来，龟裂的泥土显示着沧海桑田的轮回。躺在湖边的螺蛳壳，是迤谷海子经过夏季的丰盈，在转入生命的沉稳厚重中一不小心搁置的一个浅梦。孩子们低头急忙地捡拾，似乎在比赛谁拾得多、谁拾得大、谁拾得漂亮。

以往在文学作品中看到“湛蓝的天空没有一丝云彩”的描写，总认为是夸张。现在才知道，迤谷海子晴朗的天空确实像一块质地超绝的钻石，蓝得很纯粹，没有一丝云彩和杂质，只是蓝色的深浅略有些许递进而已。

四周大大小小的山馒头一样以各自喜好的姿态罗列开来，众星捧月般悉心呵护着这个清澈见底的湖。湖用满怀柔情热烈地拥抱着山，清晰地把山的倒影描绘在水底，看上去比真实的山更灵秀、更葱茏、更美丽。山上的松树连成一片绿的海洋，宣威特有的岱石还是顽固地从树下或空隙中扬扬得意地露出自己的脸庞。人类是伟大的，通过飞机播种和人工种植，实现了在石头缝中植树的美好愿望，逐步改变着地球疮痍的肢体。

阳光照在湖面上，光影闪闪烁烁，像许多颗珍珠在眨眼。水鸟的鸣叫和悠然自得飞翔的身影为恬静如淑女的湖增添了许多动感和生机，给我们描绘出一幅立体的湖光山色图。摄影师们频繁按动快门，把这美得如梦似幻的景色定格成永恒。

很久没有见到这样清澈澄明的水了，我们被城里城郊绿得发臭的湖水、河水弄得倒尽了胃口。脱了鞋试着踩进湖里，初冬的湖水有一点微凉，一开始给人一种毛细血管和表皮细胞收缩的紧致，没走几步腿脚就适应了。脚下的淤泥湿滑温润，清澈的湖中水草轻曼柔舞，头上的天空鸟鸣风拂，真是一种身心愉悦、忘却今夕是何夕、不知身在何处的美好享受。山的倒影明澈地躺在水中，一脚下去，心想就稳稳地站在山头上了。谁知水波荡漾、涟漪四散，水中的山已不复存在。抬起头，看见涟漪之外，另一座山头正在诱惑地眨眼招手。不服气地向前走，再次抬脚踩去，当然是再次落空。

孩子们怡然自得、其乐融融，很快就成了无话不谈的朋友，相约着去探幽访奇。湖边小山上，在墨绿的青松之间，有许多茅草摇曳生姿，以盛花期的绰约甜美向我们点头致意。无数紫红色的小花密密地开满山坡，谦虚、羞涩地笑着，努力把自己特有的芳香奉献给大地母亲，以盛彩浓妆欣喜地迎接远道而来的我们。

渐近中午，太阳的热力遽增，感觉有些烘烤，脸上红扑扑、热辣辣的。肚子咕咕地抗议，开始野炊。拾柴的一会儿就码起一大堆枯枝，有人点燃了，待一阵浓烟过后，纷纷把洋芋丢进熊熊燃烧的柴火里。有人支起烧烤架，把木炭放在柴火里烧红，在烧烤架上有模有样地炮制各式美味。食物的浓香随着烤熟程度释放出来，慢慢随风飘散，弥漫在天地间，勾引得我们馋涎欲滴。孩子们闻香而返，恨不得把所有美味同时塞进口中。焦黄的洋芋，熟透的玉米棒子，鲜嫩的鸡肉，清香的辣椒，麻辣味的牛肉，醇香的火腿，味道与众不同的宝山黄豆腐和石屏臭豆腐，佐与窖藏多年的烧酒和自酿的葡萄美酒，人生享受，还有比这更快意的吗？

孩子们用矿泉水、沙糖桔和苹果稀释鸡肉、牛肉的麻辣，一边唏嘿唏嘿地叫着，一边毫不犹豫地把豆腐伸进麻辣味的干蘸中，目不斜视、口不吐言地专心对付着各种烧烤。美食、美景加上美女帅哥，一幅绝美的图景铺展在天地间。吃饱喝足，大家舒服地伸着懒腰，往厚厚的草上一躺，抽烟的、闲聊的、玩手机的、打电话的，各取所需、各执其事。太阳温热的手指细细地抚过每一寸肌肤，真希望这一刻就是地久天长。

一个孩子突然惊跳起来，说什么碰了他的腿一下，凉凉的。我们抬头看见一只浅褐色的小石蚌调皮地在草丛中奔来窜去，似乎想参与我们的聚会，更想凑凑孩子们的热闹。孩子们兴奋得大嚷大叫，眼疾手快地用纸杯捕捉着小石蚌。人多力量大，没几个回合，小石蚌败下阵来，乖乖地束手就擒，被孩子们用两个纸杯罩住。孩子们知道石蚌和青蛙一样，是捕捉害虫的高手，是人类的好朋友。略有不舍地把小石蚌端到湖边，揭开上面的纸杯说："小石蚌，你快快长大吧，争取成为捉虫冠军！成为施谷海子的精灵和守护神！"小石蚌似乎听懂了孩子们的话，跳到杯子边上，滴溜溜转动着大眼睛，轻轻向前一跃就跳入湖中，四肢在水中一伸一缩，一会儿就游得不见踪影了。

为了不污染施谷海子灵秀的自然风光，我们决定把垃圾带走，扔到山外的垃圾场中。用湖水把柴火炭火浇灭，收拾好所有垃圾，我们一路欢歌笑语，向另一座山中的瀑布进发。

来到那座山脚下，看到几个废弃的煤窑和一条涓涓流淌的小溪，溪水和矿泉水一样有股甜味。我们在松树、杂木和灌木丛茂盛的山间小路上行进，一会儿爬坡上坎，一会儿蹲行下滑；一会儿沿溪而走，一会儿在树丛中蜿蜒蛇行。孩子们组成探险小猫队，手持木棍在前面给我们开路除荆棘。密林中是倒钩刺的天地，它们枝枝蔓蔓到处生长，强蛮地揪住我们的头发，拉扯着我们的衣裤，毫不客气地在每个人的手脚上留下一道道伤疤。孩子们谨小慎微，眼观八方，竭力把我们引上稍微好走、倒钩刺少一些的羊肠小道，不时还体贴地站在路边，拉着树枝、倒钩刺让我们通过。

山是水的躯体，水是山的血脉，山水是永不分割的整体。艳阳高照，树林把酷热挡住，仁爱地给我们洒下片片绿荫，把我们包围在凉爽舒适中。我们始终沿着那条小溪行进，溪水清澈明亮，一路唱着动听的歌谣与我们周旋。由于是白天，我们无法欣赏"明月松间照”的静谧，倒是真实地享受了“清泉石上流”的华美。

溪边铺满深秋的落叶，长着暗绿色湿腻溜滑的苔藓。大家你拉我扶，相互照应，不时被滑倒的同伴惹笑，又被及时伸过来托住自己的手感动得连声道谢。头顶松涛阵阵，身旁鸟语啁啾，迎面惠风吹拂，我们如在画中行，如从梦中过。汗水一波波冒出来，又一点点慢慢被柔风吹干，让人有一种淋漓尽致后的舒坦。大家嘻嘻哈哈地笑闹，说着一些与山林溪瀑有关或无关的话题，全然忘了此行的初衷和目的。在这个氧气富盛的天然氧吧里不知走了多久，感觉一点也不累，真希望就一直这样行进下去。

瀑布就是这条山溪腾空飞落形成的，溪水断流的地方，就是瀑布跃下飞岩的起点。我们看着娟秀温顺的溪水，预知瀑布不会带给我们撼天动地、气壮山河的雄浑之美。在溪水悄无声息隐入峡谷的地方，我们沿着一条崎岖山道绕到北边山上。一条闪着金光的银练挂在西边山上，下边是一望无垠的万仞深渊，周围是郁郁苍苍、长势凶猛的山林。瀑布处于枯水期的修生养息中，像一个内敛的智者，以清瘦的身影默默地隐藏在大自然怀抱中，赠予我们静谧与启迪。

我们等待着夏天见识真正的瀑布，探索“飞流直下三千尺”的壮美。我四顾密林中品种繁多、林林总总的杜鹃，心想春天来看杜鹃花盛装媲美的场景也很惊心动魄。夕阳西下，彩霞满天，大自然的鬼斧神工在瀑布和森林之上给我们描绘出一个美得惊心、艳得伤神的云彩世界。我们悄然转身，循着下山的曲折小道，在孩子们开心的笑闹中复入山林，远离梦的发源地，踏上返程的路。

风雨沧桑壁风寺

我没有宗教信仰，走进壁风寺，我是满怀虔敬的。尽管做好了充分的思想准备，壁风寺还是让我大吃一惊。壁风寺坐落在宣威市双龙街道办事处左所村委会鲍屯村，离城十里，位于明清时期的古驿道线上，原名碧风寺，始建于明洪武年间。

传说有一位川籍眉山县官宦之家的儿子到云南做客，久不回家。家中老父思念儿子心切，到云南看望儿子。路途劳累，气候不适，死于云南，无法运回原籍安葬，速令蜀中地理高师择吉地掩埋。师徒二人先后来到云南，徒弟先行，来到碧风山上现壁风寺所在地，认为是一棺好地，将一枚铜钱埋下作记号；师父经过这儿，也觉得这是一棺好地，折下一根银杏树枝插入地下。师徒二人回到主人家禀报，主人听说师徒二人择中的是同一块地，马上派人查验。结果发现师父插下的银杏枝已经成活，上面挂着很大的露珠；扒开土，惊奇地发现银杏枝刚好插入徒弟埋下的铜钱洞里。

俗话说没有不透风的墙，这一好消息被当地的孟氏族人听到，连夜将原建于离此地不远的孟家屯大坡上的家族寺庙搬迁于此。当蜀籍官人发殡来到这儿，寺庙已建成，无法安葬。气愤之下，提出该寺主持由峨眉山人出任，令孟氏族人提供六十亩田地作为该寺的俸禄。孟氏族人相信吉地“有福人享受，无福人变灾”的说法，只得同意蜀籍官人的提议。

碧风寺兴建落成后，人们杀猪宰羊进行祭祀，除了传统的牲畜头尾等供品，还用整条的猪后腿供奉。次日人们进入寺内，一股清纯香味扑鼻而来，原来是那整条的猪后腿飘散出来的。人们欣喜若狂、奔走相告，认为是佛祖显灵了。碧风寺为之声名大振，远近朝拜。这一消息像火腿的醇香一样在宣威境内传播，从此，吃食别具风味的猪后腿成了宣威人的饮食习惯，人们把它作为招待亲朋好友的首选佳肴。为了能够长时间存放，人们学会了用食盐腌制猪后腿，并因此而取名火腿，意思是腌制后的猪后腿像用火烤熟的一样可以久存不会变质。

为什么取名碧风寺？我没有史籍可查。也许碧风寺处于群山环抱之中，树木葱郁，田地肥沃，由西向东的两条小溪到此汇成碧风湖，风儿到此只能在花间歇脚、不知不觉就被染成了绿色，因此取名碧风寺吧！后来改名为“辟风寺”，演化为“避风寺”“壁风寺”，却是有着美丽传说的。

碧风寺由于建在交通要道上，成了云南通向中原的过往客商歇足投宿的处所。据说碧风寺南面有一口和尚井，一天晚上，和尚拿着火把去打水，借宿在寺里的江湖游贩无意间发现，疾风中火把的火焰纹丝不动。游贩惊疑，请问和尚，和尚笑答：“小寺内外本就无风。”游贩疑窦顿生，决心不睡觉弄清个中原委。当夜三更左右，游贩发现大殿的天花板上金光闪烁，一只箩筛大的蜘蛛嘴里含着宝，来到案桌上吸食供品。游贩恍然大悟——原来蜘蛛宝能辟风，故而无论外面风色恁大，寺内烛光丝毫不闪动。游贩贪心顿起，当蜘蛛把宝物放在案桌上吸食供品时，游贩迅即盗窃宝物离去。蜘蛛吃饱后发觉宝物已丢，当即气死在供桌上。寺内外无风之谜由此道破，原来是蜘蛛宝的作用，做供品的猪后腿的清香原来是蜘蛛带来的福音。碧风寺由此改名为“辟风寺”，后来在人们的口误中成了“避风寺”“壁风寺”。

据说地质学家、旅行家徐霞客先生到云南游历，途经壁风寺时进行了考察，得出的结论是：“壁风寺之所以避风，在地势而不在于宝物也。”至今仍然无人破解避风之谜。

五年前我去与壁风寺毗邻的鲍屯小学，当时学校正在修建操场。一位资深的市级领导激动地指着还是泥地的操场边的本土对我说：“你看！那是五色土！而且是沙土！在别处看到三色土都不容易，难怪这儿会有这么多美丽的传说，确实是一块风水宝地。”我对风水学说不感兴趣，只觉得在漫天红土的高原上，这由黄、紫、黑、红、青五色整齐而有规律地组成的沙质土稀有而美丽，不由得想到了陆良的彩色沙林。领导生气地说：“那不一样！彩色沙林是由风沙吹拂、风化、堆积而成的，这是埋在地下自然而然形成的！”

壁风寺在脍炙人口的传说中香火越烧越旺，到了乾隆二十二年二月，寺里立碑铸钟纪念建寺的有功之臣，扩大了寺辖田产范围。传说大钟铸好后重达一吨，是宣威境内最大的古钟，遗憾的是和石碑一起毁于文化大革命之中。这么大的钟，怎么挂到大殿的房檐下呢？该村有一个力大无比的壮士、薛仁贵之后“薛大通”，日食三斗，能将一头肥硕的水牛扛于肩上由田埂上进出于几百米外的水田。壁风寺的主持就请薛大通来挂钟，薛大通挪不动大钟，在许多村民的协助下才把钟挂上去。薛大通羞愧地离开了该村，村民们由此编出顺口溜传唱：薛大通，举上钟，震破胆，影无踪。

壁风寺一直有和尚吃斋念经、做佛事活动，主持通常是四川峨眉山人。最后一个和尚于 1977 年被人杀死在寺里，公安曾立案侦察，但始终没有查出因缘和凶手。传说壁风寺有一套佛法宝典，这种经书全国只有两套，一套在峨眉山，一套在壁风寺。歹徒杀死七十高龄的和尚是为了夺取经书？最终拿到经书了吗？没有人知道，这起杀人案在社会动荡中成了历史积案。佛法是教人行善修身的，但江湖上的利益争夺、恩怨情仇还是无法避免地侵入了佛门净地。

壁风寺原有一棵银杏树，传说就是那个风水师傅插入地下的银杏枝长成的，高大粗壮，四五个成年人手拉手才能围圆。村民们传说银杏树里住着一位道行高超、心地善良的银杏仙姑，专门救苦救难、祛病扶弱，而且有求必应。孟氏族人怕银杏仙姑羽化升天，在树干四周钉入数十枚铁钉，用一种强拉硬扯的恶留方式妄图把银杏仙姑囚禁在本村为自己服务。尽管有着这么动人的传说，银杏树还是毁于文革之中。

壁风寺于1998年7月被宣威市列为市级文物保护单位，现由市文物管理所负责管理。我于2011年6月一个阴郁的下午，怀着朝圣的心情走进壁风寺。之前我听说壁风寺屡遭劫难、历尽沧桑、疏于管护，已没有半点当年的风采，就做好了目睹它沧桑破败容颜的准备，然而壁风寺还是让我大惊失色、心情沉痛。

壁风寺的大殿在文革“破四旧”中拆除建盖学校，现仅存已成危房的观音殿，有两男两女四个善男信女经常在里面念经、替人做佛事。从远处看，观音殿的土墙显出一副苍老疲惫的颓废样。房屋顶上的青瓦已经残破，不少地方无奈地用石棉瓦填补，还有伤儒雅地压上了些许红砖。观音殿的正门风吹欲倒，失去了出入关口的作用，凄凉地从里面用两根木柱顶死。

我从低矮破旧的侧门进去，一个陈旧破败的小院落内，几间低矮昏暗的木板房，算是寺庙内的生活用房。院内除了为数不多的几棵时间并不久远、没有历史厚重感的苍松翠柏，零散无序地栽种着几棵果树、常见的普通花卉和蔬菜。

这是有那么多神奇传说的壁风寺啊，怎么可以是这副样子？在游览过世界闻名的陕西法门寺，金碧辉煌、规模壮观的大理崇圣寺后，破庙倒壁的壁风寺实在是让人大失所望，它与宣威东山上雕梁画栋的松鹤寺都有天壤之别！

观音殿是老式的土木结构房子，左中右三间，中间供佛，左右两间分别作为工作间和接待室。2000年挂上去的牌匾上“观音佛殿”几个大字苍劲有力，左边的房檐下挂着一个仿制铜钟，重量不足文革中毁坏那个大钟的二十分之一。殿外正对面狭小的亭子里供奉着韦驮菩萨，倒还威武雄势，只是画蛇添足地系上了红披风，仿佛喜气的红色能够除恶消灾。

我在接待室里抬头仰望，梁柱椽子已被虫蛀空，破烂凌乱的青瓦晴天漏光阴天落雨，年久失修得如同一间随时有可能被人遗弃的民房；举目四顾，中间的板壁已经朽烂，用几块塑料布勉强遮着挡着，使人感觉就像进了贫民窟；室内陈设简单、灰暗、破败，将人阴雨天本就黯然的心绪渲染到了极致，仿佛一不小心就会眼中流泪心中落雨。

观音殿里供奉着大大小小上百尊风格各异、形态多样、披红挂彩的佛像，有泥塑的、陶瓷的、黄铜的及镜框装裱的佛像画，林林总总，包罗万象，连1994年重塑的观音菩萨也一改白衣大士的传统形象，着红披绿中透出丝丝怪异。供桌上有香炉、烛台、净水碗，还有不伦不类的塑料花，拥挤杂乱得活像当今社会的职场，一不小心就在纷繁中几易其主。供桌前的案几上铺着传统的大红布，似乎佛光普照需要诉诸文字，配着龙飞凤舞，写上福字才能保全福禄寿禧。整个观音殿失去了佛殿应有的庄严肃穆，多了一些热闹，少了几许圣洁，就像耶稣的教义被人篡改了一样失去了应有的神圣。好像只要许个愿心捐点功德钱，想请何方神圣上座接受顶礼膜拜都可以。

壁风寺靠做佛事及会期善男信女的捐赠艰难维持，已没有当年那种香火旺盛、朝拜者络绎不绝的盛况，平时只有一些需要做佛事的人来乞求菩萨消灾免难。每年只在农历的二月十九、六月十九、九月十九、冬月十九有二百至六百人来赶庙会。

我不由得想起多年前游览陕西法门寺的情景：法门寺因为拥

有舍利指骨，全世界信仰佛教的人都寻找机会来朝拜，排几个小时的长队仅能在地宫里瞻仰几分钟的舍利指骨。佛教是种净化心灵的宗教信仰，需要虔诚地持之以恒地付诸行动。如果人们仅以一种功利目的去烧香拜佛、热衷于临时抱佛脚，那无边的佛法就失去了意义。

壁风寺原有十里飘香的桂花、享誉中外的云南名花红山茶。现仅存两株有六百余年历史的、五六米高的桂花和一棵有几百年历史的山茶亭亭玉立于鲍屯小学校内，据说桂花树是宣威境内最大、树龄最老的古树。金桂倒还郁郁葱葱，银桂已断臂残肢、倾斜萎靡，仿佛阅尽沧桑后不愿再发一言。红山茶修枝后仍喷薄出强盛的生命力，许是季节已过，我没有看到开花。

寺外的壁风亭是2003年新建的，主要作用是供附近的村民休息纳凉。旁边的功德碑上刻着“九春欲降苍生雨，六律能来广漠风”，这几个简单的字谁都能读懂，能领会的人大概不多；把它当成一种信仰，用一生的时间去身体力行的人，更是少之又少了！功德碑上的文字叙述了建亭因缘及善男信女出资出力情况，感谢壁风寺以其宽阔的胸怀福佑百姓保一方平安。

院中时光

初冬，太阳还在暖融融地照着，早晚已冷得彻骨。院中的葡萄落光了叶，褐色的杆如岁月静静的脉搏，触目时必然惊心。石榴花树一身金黄，风过处，缤纷彩蝶满院飞舞，满地栖息。花事消减的时日，只有四季桂郁郁葱葱，芳香扑鼻；红艳艳的变种牵牛于绿叶中笑得灿然，桔红的万寿菊不甘寂寞地傲然挺立，浓紫的叶子花开得脱俗。

我会于黄昏饭后偶然想起时溜进院中，看看花叶的变化，聆听时光匆匆的脚步在茫然中流逝的声音。当初买这套房子，就是看中这个 100 平方米的院子，可以在里面栽花养草，种一架葡萄，夜晚在架下数星星，白天在浓荫里小憩，做一些随云飞翔、开花发芽的美梦。

一个硕大的鱼缸，可以养无数条小精灵。买回 5 条红鲫鱼，4 条红金鱼，1 条黑金鱼，像养育孩子一样细心呵护，定期换水。自来水有股刺鼻的氯气味，心想自己喝着都难受，鱼儿们一定不愿喝。从母亲家提来井水，路途不很遥远，要灌满 2 立方米的鱼缸实属不易。就把 10 条小鱼分养在 3 个玻璃缸里，欣喜地看它们在无色世界里自由游弋的身姿。一日下班，猛然发现最大的红鲫鱼躺在地上，身子已经僵硬。玻璃缸很浅，它一跃就完成了一次梦幻的超越，却付出了生命的代价。好心，总是做了坏事。含着泪，像掩埋青春一样将它埋于石榴树下。

只得将余下的放回鱼缸，狠狠心，就让它们喝自来水，心里总是害怕，换勤换懒都对鱼儿们不利。最惊心的是无意间发现又有一条鱼儿浮在上面，将生命抛掷于水之外。日月更替中，又有一条红鲫鱼、两条红金鱼走完了生命的历程。那条尊贵得如王子、灵动得像天使的黑金鱼，在深冬的早晨，再一次把忧伤抛给我。每一次掩埋心都痛得刺骨入髓，却一再残忍地重复。剩下的5条在鱼缸里显得有些落寞，却也随遇而安。一条鲫鱼褪光了身上的红鳞，白得有些刺目，让人手足无措，不知如何为它疗伤。

丈夫说乌龟长寿，固执地买两只来置于鱼缸上。我每日换水喂食，时时警醒自己，生怕一时疏忽又扼杀了宝贵的生命。一日黄昏换鱼缸里的水，惊见两只乌龟肚皮朝天了。无论我怎样翻动、惊呼，乌龟都只以漠然的眼神眈视着我，一副看破红尘、大彻大悟的模样。它们加盟不足三个月，丈夫买来的龟食还有大半啊！猛然想起已三天没往龟笼里投食，闯下弥天大祸的孩子一般，胆战心惊地拨通丈夫的电话。丈夫说乌龟耐饿，一星期不喂都没事，原因大约是水的问题。可两天不洗、不换水龟笼就恶臭难闻啊！蓦然对丈夫感到愤怒，他知道我割爱时撕心裂肺的疼痛和耿耿于怀的后悔，却一次次把我推向这种经历！歇斯底里地发作了一次，发誓不再将有生命的东西引进家门，置于视线之内。

一次赶乡街，儿子抱起背上长有蝴蝶图案的漂亮白猫不肯松手，苦苦劝说仍无济于事，只得付钱走人。回来将小猫放进院中，小家伙竟像回到自己的乐园一样活蹦乱跳，跑来跑去。

我想，院中有了这个守护神，一定更加充满生机活力，更显得美丽。许是由于高兴，小猫很赏脸地当着丈夫和儿子吃了一点我准备的小鱼，表明它是一个很听话、很好养的朋友。我用纸箱和旧棉质内衣在院中给它安置了个漂亮的家。

第二天，不知是由于想家想妈妈、失去新鲜感还是因为什么，小猫拒绝吃我给它的任何东西。我变着花样诱哄它，小鱼、猪肉、牛肉、猪肝、火腿、鸡蛋、炒饭、蛋糕，我把头脑中能想到的东西都搬来，小猫一副高高在上不屑一顾的样子，连闻都不闻，一见我走近就逃之夭夭。我疲累而泄气了，既然你不愿理我，我也懒得服侍你了。夜里，小猫先轻声试着、后大声抗议地喵喵叫，我想食物都在院子里，饿了它自然会吃，就没去看。

第三天，我一开门小猫就叫。一整天，只要确定我在家它就不停地叫，却不动一口食物。我有些气恼，却束手无策，只得听之任之。夜里，小猫不再大声抗议，转为哀哀地叫。我想，你终于叫累了服软了，我又没亏待你，你抗议些什么呀！

第四天一早，我想小猫该饿到无法不吃东西了。走到院中一看，不由得大吃一惊，小猫软软地瘫在窝里，一副浑身无力、生命将尽的样子。我爱怜地抱起来，小猫竟感激地看了我一眼。

火速送到父母家，请他们帮我侍弄。中午回来，母亲买来了奶粉，父亲心痛地说，再晚送去一天，小猫就没命了。原来，小猫在家一直吃它妈妈的奶，从来没动过食物，那天吃鱼伤了胃，它拉肚子了，我竟然没发觉。其实，丈夫和儿子没有觉察，我是个时间观念不强的人。独自一人时，我常常下午两三点吃中午饭，夜里十点吃晚饭，深夜挑灯夜读，白天倒头大睡。母亲深谙这一点，她每日把我叫到身边，满满地盛一碗饭放在我面前，亲眼看我吃下去才放心。有时觉得饭太多，却不过母亲的盛情，只得吃了，好在并没发胖。

院中原准备种草，丈夫忽然改变了主意，在栽花种树的同时，间种白菜、洋芋、向日葵。去年冬天白菜长势很好，嫩生生绿油油一片喜人的光景。遗憾家中除周末就我一个人，我又在父母家吃饭，满院的白菜就在疯长中开花结籽。看我戴着皮手套小心翼翼地揉菜籽，母亲气恼地说，5元钱的菜籽就够你种一院的了，你却用一整天的时光来揉那些不是很好的菜籽，弄坏了皮手套更是得不偿失！母亲忽略了，这是收获的甜蜜与喜悦，不是金钱、时光、物质所能比拟的。

院中没有种藤葡萄，丈夫弄来了葫芦和金银花。去年葫芦长势奇佳，秋天挂满了院子。儿子仰头用手指着认真点数，我则东瞅瞅西看看，暗度哪个最大哪个最美。五六十个葫芦成了我们的负担，我将大个儿、漂亮、精致的摘下，分送给单位孩子小的同事，惹得一片欢喜。今年葫芦结得少，没有去年的大和漂亮，还青青嫩嫩的就被同事、邻居们要走了，朋友幻想坐在石凳上晒着冬阳赏葫芦的计划终成了泡影。

金银花倒是长得旺盛开得热烈，朋友说泡水喝清心明目防近视。一日傍晚，我正立于凳上费力地剪摘，一女友造访，说剪下来多可惜，还是开在架上赏心悦目。遂放弃了药用的想法，就让它充分展示自己的美丽和清香吧！

院中果树有银杏、苹果、葡萄、无花果、石榴、桃树，木本花有四季桂、石榴花、玫瑰、叶子花、茶花、枫叶，草本花有大丽花、鸡冠花、变种牵牛、万寿菊、百合花、德国兰、芦荟及我叫不出名来的花无数，盆栽的有海棠、绣球、月月红、灯笼花、袖珍椰子、发财树、龟背竹、芙蓉花、菊花，等等，林林总总，良莠不一，纯粹是个大杂院。娇贵的牡丹一棵棵冒出来，在猝不及防中又一棵棵杳无踪影，它们看不上我贫瘠的小院。嫩气的香水白合开过一季后也香消玉殒，腐烂了它的球茎，让人空留惆怅和遗憾。

前年丈夫种了满院的太阳花，春风一吹就开得姹紫嫣红，花团锦簇。我的心境由此而亮丽，每日剪下最美的带到办公室，插于桌上的花瓶里，希望办公室也阳光明媚、芳香扑鼻。那个让人心动、心痛、心牵、心念的男人调走了，满院的太阳花顿时失去了颜色和生命，让我鄙薄得不愿再费神看上一眼。办公室自然不再插花，春天就这样草草消逝了，没有痕迹，徒留忧伤。以后丈夫不再种这种花，换成了康乃馨、满天星和玉蝴蝶，我却不再感知春的讯息，忧伤随时光静静流淌。

幸福在周末5岁多读学前班的儿子回来时溢满整个小院，我坐在石桌边给他削苹果剥石榴，满怀喜悦地看他一边津津有味地吃着，一边手舞足蹈地讲述他感兴趣的事物；或看他神情专注地坐在石桌旁，一笔一画认真地写字算数。这时我由衷地感谢上苍：它赐给了我幸福的源泉和感知幸福、享受幸福的能力。有了这个四时花开、芳香四溢的小院，我可以和儿子在早晨伴着朝阳露水锄草，傍晚就着清风花香打羽毛球，夜晚看着月亮数着星星聊天；春天看花开听鸟鸣，夏天听蛙叫看蜂忙，秋天赏葫芦摘果实，冬天堆雪人打雪仗。

儿子学会了挖地、锄草、浇花，在丈夫因事不能回来的周末，儿子常常急切地提醒我浇花，说丈夫告诉他花儿树儿每日都得定量喝水，否则就长不出生命的极致。我笑看着懂事的儿子，决定倾我所有尽我所能，让他充分享受雨露阳光，因得到细心呵护而茁壮成长，在我温暖的目光中长成郁郁葱葱的参天大树，用旺盛的生命力长成百花园中随风招展的一面旗帜。

周末常和亲人、朋友驱车去远处看山山水水、花草树木，似乎风景总在别处。却让我的小院闲置一旁，实在是浪费了造物主的一片深情。就想着要好好爱护、珍惜我的小院，犹如爱我不尽如人意却充实而不贫瘠的生活。

我的时间通常匆忙而凌乱，偶尔心血来潮，我会花一上午、下午、黄昏甚至整天的时间，拔草、剪枝、摘籽、捉虫，像个称职甚至专业的农艺师一样侍弄我的院子。但更多的时光，我忙于凡尘俗务，很少光顾院子，无暇顾及花们艳丽的笑脸、果们四溢的芳香，连吃到自己栽种的无花果、葡萄的喜悦也没有延续多久，白白大大的马铃薯更成了小院理所当然的奉献。

儿子总是很得意地指着院中的石榴、葡萄，骄傲地炫耀，这是我吃水果扔下的果核长出来的！那样子，仿佛他是这个世界的发现者、改造者、建设者。

一直为小院的丰美、芳香、恬适、静谧而自豪，朋友也多羡慕得目露绿光、口流馋涎。但三五相邀，欢欣地坐在院中看景打牌、品茗聊天，这样的时光一年不会超过5次。快节奏的生活及人与人之间必要的疏远防备阻隔了心灵自由自在的交流，人在成为忙忙碌碌、茫然四顾的蚂蚁的同时，为自己穿上一件厚厚的铠甲、装上一个随时能缩身其中的硬壳，在物质世界显示自己的英武，在精神层面把自己弄成侏儒。好在我尚有一个小院，在闲暇时、疲累中进去走走看看，坐着想想自己的所作所为、目标理想、得失与方向。

在物欲汹涌的红尘闹市中，我活得狼狈而艰辛，成绩常常被别人拿去粉饰太平、装扮形象，莫名的灾难在防不胜防中降至，一盆盆污水没有缘由地泼来，被人踩成铺路小石还嫌硌脚……一次次绝望愤懑中，我无助地诘问造物主：为什么善良纯朴、踏实苦干被人卑鄙地利用，而阿谀奉承、狡诈阴险却可以高高在上？静下心来又会想，舍去迷惑心智的，紧拥身边的，我就是个幸福的小女人。有聪明可爱的儿子，忠实坚贞的丈夫，宠爱我的父母亲人，牵挂关注我的朋友，我还要什么呢？还有什么理由不感到幸福呢？就起身理理牵牛花，浇浇盆栽花，扫去砖上的落叶，由衷地拥抱院中恬适美满的时光，感谢生活的厚爱，感谢生命的丰富多彩、生生不息。

版纳，美丽的神话

汽车在热带雨林中穿梭，窗外一掠而过的景物都有一种似曾相识的亲切感。我的心渐渐紧缩、忧郁、疼痛，恍惚觉得这便是我的家园，前世生我养我的地方；恍惚觉得心的疼痛是我的根在牵扯、在激动、在颤抖。我不禁泪流满面泣不成声，为自己前世犯下的弥天大错痛悔不已。

在曼听公园，当我通过铁梯跨上高达3.5米的灰褐色大象拍照时，这个庞然大物竟然很动情地用鼻子勾住我的右腿，摇头摆尾地舞蹈起来。舞着蹈着，我惊诧地发现，两颗晶莹剔透的硕大珍珠从老象因等待和失望而干涸的双眼中滚落下来，在宽阔肥大的脸上如仲夏黎明中荷叶上的露珠一样久久不散。我的心撕裂般剧痛起来，蓦然忆起这便是我前世的坐骑——被我唤作“象王”的伙伴，而我便是美丽善良、勤劳勇敢、活泼爽朗的傣族姑娘们的万象公主。

前世，我纯真豪爽、容貌出众，在父王母后的娇宠庇护下，在成群结队的孔雀蝴蝶陪伴中，过着瑶池仙境似的美满生活。我最大的兴趣爱好是打猎和驯兽——父王把这一点通过基因准确无误地传给了我，而母后的娴淑宁静、随遇而安，却在我身上找不到半点踪影，母后教导我的温柔贞静也只能如孔雀蝴蝶一样成为我闲暇时的玩伴。“象王”是我八岁那年父王送给我的生日礼物，从此我们便成了形影不离的好朋友。这个名字是由于它在一次狩猎中，从野象谷威严地为我引回了数百头大象而得的，我也因此而成了万象公主。

整整十年，我每天都骑着“象王”，在茂密的原始森林里带着我的男女侍从飞奔，随心所欲地猎取着山鸡、野兔、梅花鹿、金丝猴、野牛、小象，直到有一天我成了大理国王子的新娘。“象王”每天抬起前蹄，低头礼貌地向我敬礼，在我面前缓缓跪伏下去，使我能够抬脚就灵便地骑在它身上，或轻轻松松地跳下来。这个简单的动作它重复了千万次，成了一种铭记在心无法抹去的习惯，以致在曼听公园，它笨拙地跪伏着期冀我下来重上。

每次狩猎回来，“象王”都要在蓝湖边，用鼻子为我做一个天然淋浴场，用清凉的湖水为我驱走满身疲倦，使我如吃了灵丹妙药一样，顿时精神百倍。我每天下午的时光都消磨在驯兽上，而我那美丽稚嫩的婚姻，便是在一场驯兽中未加思索地决定的。

父王母后的溺爱，使我在成百上千的求婚者中成了十八岁的“老姑娘”，当大理国王子第九次驮来金银珠宝时，父王母后决定让羽毛丰满的绿孔雀自由飞翔。勇往直前的大理国王子终于用诡计引起了我的注意——在我驯兽时伪装成男侍从，来敬献米酒。他那磁性的声音使我惊异，使我的目光毫无选择地永久定格在了他的脸上——这是一张英俊绝伦的脸庞：浓黑的剑眉，闪着蓝盈盈波光、又深又大的眼海，高贵的希腊式鼻子，棱角分明、执着热情的嘴唇，刚毅坚定的下巴。看着他阳光般闪闪发亮的肤色，挺拔伟岸的身材，我立刻魂消魄散，不由自主地答应了他的求婚。这一幼稚的应承决定了我的一生，也影响了我今生的情感基因，使我面对英俊面孔的痴挚狂热无法无动于衷，甚至常常不能自拔。

当导游口吐莲花地介绍说:“‘曼听’就是‘灵魂’的意思，‘曼听公园’就是‘灵魂的家园’……”时，我失声惊叫起来——那个到曼听公园来寻找灵魂的泰国皇后，便是我年幼时要找最好最美的地方居住，并过着最美满、最幸福的生活，而被泰国宫庭珠宝商带走、最终远嫁异国他乡的姨妈。我和她有着同样的好奇心与倔强性格，有着不甘寂寞、不甘平庸的执着与冒险精神，有着愿意为了美、爱和幸福付出一切的洁癖，最终也和她一样受到了上帝的惩罚——失去了精神家园。同样的命运使我觉得，我和她前世一定有着某种渊源和默契，我一定曾用幼小的心灵和幻想的眼睛，在冥冥中用思维的翅膀去阅读她的理想、计划，以及成长的足迹，最终在无法遏止的渴望中叛离了家族、家园和父老乡亲，走上了坎坷荆棘、流汗流血、孤单寂寞、沧桑遍布、辛酸盈怀的流浪旅途。我和她共同的结局是，在“千帆过尽皆不是万水千山成坎坷”的苦苦寻找中，在气尽力竭时，才发现我们要找的就是我们叛离了、冷寂了的故乡——西双版纳，我们的港湾、精神家园和我们的根。

在民族风情园，当我缓缓踏上傣家竹楼、木楼时，竟有一种心惊肉跳的惊悸感。当我在一辆纺车上发现刻着我前世的傣语姓名时，我头大了——我犯了个天大的错误，我前面叙述的全是胡说八道，我并不是什么万象公主，而是一个普普通通的傣族姑娘！

我和每一个傣族妇女一样，日出而作日落而息，在月光下纺线织麻、谈情说爱。我们把居住的地方叫作十二个坝子（西双版纳的傣语），把都城叫作光明城市（景洪的傣语）。我们身着色彩艳丽、方便凉爽、勾勒体型的傣族长裙，像百灵鸟、夜莺一样在闲暇时、在劳动中不停地歌唱，我们跳着《孔雀舞》《采槟榔》《月光下的凤尾竹》，把精美的荷包扔给自己的情郎。而我便是因跳孔雀舞而闻名村寨的孔雀仙子。我汲取了祖先们的舞技并成年累月地模拟孔雀的种种姿态，终于把孔雀舞发展成傣家的保留节目。这个舞蹈像傣家人的淳朴厚道、热情好客一样传得很远，引来了聪颖好学的白族姑娘。在我的精心指导和白族姑娘的勤学苦练下，孔雀舞成了苍山洱海的一道亮丽风景，在美丽善良的白族姑娘中像美德一样越传越远，越跳越精，终于在今生由白族姑娘跳着走出了大山、走出了彩云之南、走向了世界。

每一个傣家人都活泼爽朗、勤劳善良、心地宽厚、视客如宾。我们用锣鼓欢迎，用米酒、用竹筒煮的糯米饭，用香蕉叶、芭蕉叶包着烧、烤、蒸、煮的野味及家中最好的东西，热忱招待远道而来的客人；我们用铜盆、用清泉泼洒爱情和祝福；我们用箩筐挑着颤悠悠、富足美丽的生活，挑着热带雨林富有的水果、作物兴高采烈地随意叫卖着……

无论在曼听公园、民族风情园，还是在橄榄坝、在热带植物园、在打洛，总有一双诚挚炙烈、忧郁沉痛的眼睛，执着地追寻着我、盯视着我，不放过我的每一个言行举止。这目光使我胆战心惊，与他匆匆对视时我猛然发觉，他就是我前世深爱过而最终抛弃了的情郎。因为对他的抛弃，神明便在冥冥之中惩罚我今生找不到爱的支点和归宿，终生过一种孤苦伶仃的流浪生活。我想唤出他前世的傣语姓名，可面对初为人父的他和将为人妇的我，我一时竟无语凝噎、泪雨婆娑。岁月无情地锁死了我们的位置和情感，我们之间已隔开无数条时间的河流，无可挽回地错过了缘分的快车，只能把前世的一点一滴甘美琼浆，作为回忆慢慢品尝，作为牵引仪、助力器，努力撑持今生空寂无聊的生命之旅。

前世，当我们在那个四周橄榄成林，千百年来一直繁华如昔、富裕如昔、美丽如昔、诗意如昔的坝子一见钟情后，他翻山越岭，吹着傣家男子代代相传的拿手竹笛破空而入，夜夜为我吹出满天星星、满地月辉。我的纺车在清越的笛声中越转越快，随着手中线团的逐渐缩小，一幅诗情画意的生活图在精美的麻布上成型。从月缺到月圆，又从月圆到月缺，情郎我为吹遍了天下所有的情歌，说了能垒成山、铺成地、淌成河的情话。我微微笑答，快捷地用灵巧的手指把每一个音符、每一个字节都纺成线织成布，织就了我们纯洁浪漫的爱情和未来美满的幸福生活。情郎的毡布下是我们甜美温馨的二人世界，情郎的心是我的所有财富，身体是我的撑天玉柱，双手是我的温饱幸福，双脚指引我的航向；情郎的头发是我的森林，眼睛是我天空唯一美丽的星星，笑容是我的阳光，是版纳终年晴朗的天空……我的世界单一而美满，狭窄而富足，我们过着一种慕煞神仙的生活。

可是有一天，马帮中卖盐的老倌却说，山外是诗书礼仪、琴棋书画的世界；山外大户人家的姑娘在奴婢的等候下，每日吟诗作对、玩月赏花、描龙画凤，过着天仙般的小姐生活。我蠢蠢欲动的心立即风起云涌、波啸浪叠。终于，在一个风轻云淡的午后，当情郎去橄榄坝购置迎娶聘礼、结婚用品时，我偷了爷爷的猎枪、爸爸的草鞋、妈妈的糍粑悄悄跑出来，循着马帮的来路，只身踏上了出山征途。慌乱中我忘了在每一个重要的路口做上记号，也忘了口袋里品种繁多、四季开放的花种，致使我在外面的世界受不了社会世俗的束缚，受不了内心外界的压力，在生存危机下碰得头破血流、精疲力竭时，再也找不到我的家园、我的乐土、我归家的路。

品读大地

十余年前去过普立，看着奇峻高险、连绵不绝、云遮雾罩的大山，觉得普立适合旅游开发，让更多的人来欣赏揽胜。

随着尼渚河峡谷开发、普立大桥竣工、普宣高速公路通车，一波波游客涌向普立观光。普立像埋在深山的璞玉，经过时光淘洗，终于把原汁原味的风物呈现在众人面前，供大家阅读、品味、留念、回首。

一、香巴拉并不遥远

国庆长假，朋友邀约，说去看看格学山顶的一片草场。反正闲着没事，我又没有去远处旅游的打算，就欣然答应，如期前往。

细雨纷飞，气温骤降，车内却欢声笑语、暖意融融。越野车从宝山下普宣高速公路，经过韩家丫口，乐红千亩草场在眼前铺展开来，我有一种走进梦中的感觉，心狂跳得像邂逅了多年不遇的老友。遗憾雨湿雾浓，能见度不高，百米之外就是一片苍茫。我以为这就是朋友要带我看的草场，不由得深感惋惜——草上满是水珠，我无法躺倒打几个滚儿，留下几张景色诱人的美照。这只

是路过的风景，离我们要去的窄角大山还有很远的距离。

一边是险陡的峭壁，另一边是让人望而生畏的悬崖，越野车艰难地行进在海拔 2400 余米泥泞的简易车道上。我们在冷风中穿行，在白雾中欢笑，像仙人一样翩然自乐。飘游仙界、浮在红尘之上的感觉醉了车上的六个人，大家不顾寒风凛然、冰雨飘洒，不时停车拍照，既留下了群山颔首、云雾缥缈的美景，也在这如梦似幻的仙境中留下了自己的光辉形象。

我们先去看被格学人称为聚宝盆的小石盆水库。天雨路滑，越野车吃力地往山上爬行，浓厚的雾把眼前的景物遮掩得朦胧神秘，让我们徒生一种探知未开发地带的冒险精神。小石盆水库位于宣威最著名的几大梁子之一的石盆梁子接近顶部，在普立和文兴争议地带上，海拔 2552 米，水深 25 米，面积约 1.5 平方公里，属小一型水库。宣威最高处东山顶滑石板 2868 米，普立有宣威第二高的涧水海梁子，主峰 2715 米，有宣威最低处腊龙岔河，海拔 920 米。众山沉默，以铮铮铁骨忠诚地护卫着这个清澈见底、看不到边的高原湖泊。云雾缭绕中，小石盆水库仙气很浓，确实有 18 仙女、28 仙女捧玉盆的感觉。站在小石盆水库的拦水坝上，可以看到高耸入云的涧水海梁子主峰，许是浓雾让眼睛产生了错觉，让人觉得这宣威第二高的主峰就在小石盆水库稍远一些的边上，像个巨人正临镜凝眸、微笑。

山风凛冽，我穿上毛衣还有几分瑟缩，周哥却踊跃地顺着石级走到水边，双手掬起一捧水，毫不犹豫地喝下去！我们一面为他的勇敢鼓掌喝彩，一面担心凉水会让他受寒感冒。周哥开心地笑着说，这么甘甜可口的矿泉水，你们不喝才是遗憾呢！

如果艳阳高照、和风拂面，在小石盆水库旁吃着烧烤，赏山奇水秀、花树蓬勃的美景，该是怎样极致的享受？遗憾宣威今年雨水偏多，我们只得在寒风冷雨中转身，心中默默念叨着——小石盆水库，我会再来，最迟等到春暖花开时！

雨停风缓，云开雾散，窄角大山敞开怀抱欢迎我们，用满目青翠引诱我们对这片未开发的处女地先睹为快。普立山多谷深、山势巍峨、层峦叠嶂、梯田纵横，给人的印象是男人般的雄浑、大气、负重、担当，窄角大山更是挺拔伟岸、直插云霄。脚下是厚实绵软的青草地毯，身旁是生机勃勃的灌木丛，眼前有火草花、龙胆草、野生天麻、野生三七、八角树等药材、香料、稀少植物摇曳生姿，我们一边拍照，一边欣赏着美景，轻松愉悦地向前走去。我在草丛中拾到一朵洁白如棉花的蘑菇，不知是啥菌，嗅着浓郁的芳香气味，觉得一定是美味的可食用菌。我很想停下来，在柔美的草地上躺着、坐着照几张相片，见他们不疾不徐地向前走去，不知道行程有多远，一时不好意思开口说，要稍待片刻。当我们对着一棵棵喜爱的花草按动快门，抬头发现他们已经走出好远，100 米、200 米，甚至是几个山头，站在更高的地方向我们招手致意。我真切地感受到了“不怕慢，只怕站”的含义，加快步伐追赶着他们。

无边无际的青草在视野里延绵，不知名的鸟儿在身旁的灌木丛中或远处的山头欢歌，对我们的到来表示由衷的欢迎。偶尔听到牛铃叮当，看到三五头黄牛、黑花牛安闲地在这千亩草场中低头吃草，仿佛对这开阔的旷野满意得直想“哞”几声。它们在这如诗如画的地方游览，一定也是心旷神怡的吧。

站在窄角大山 2650 米的最高处，寒风“呜呜”地呼啸着掠过耳际，白云急急地从身旁一闪而逝，远处浓雾弥漫，脚下青草舞蹈，真有一种腾云驾雾的感觉。抬头向远处看去，万山罗列，既像士兵排队等待首长检阅，更像群龙拱手向龙王致敬。一种“会当凌绝顶，一览众山小”的人生感概在心中升腾，让人蓦然觉得平时纠结的名利地位、钱色房车都是不值一提的蝼蚁。人生只要能够随时登高山、赏美景、会亲戚、遇挚友，夫复何求？也许当年毛泽东同志就是在长征途中，站在这样的高山之巅，胸中豪气顿生，冲口吟出了“乌蒙磅礴走泥丸”的伟大诗篇。在风声鸟鸣中，翩然而过的白云仿佛带来了乌兰图雅的歌声：有一个美丽的地方，人们都把它向往……它的名字叫香巴拉，传说是神仙居住的地方……

翻过窄角大山的最高峰，一片茫无涯际的蕨枝扑进眼帘。经过秋风抚摸、秋雨亲吻，原本脆嫩惹眼的枝叶染上了褐红、深黄、暗紫，五彩斑斓的颜色让我挪不开脚步。不管前方还有多远，不管老天是否会下雨，不管朋友们已经走到哪儿了，我们笃定地停下脚步，不停地按动快门，拍美景、拍对方、拍让我们动容动情动心的一切。出发前，我把相机电池充满，相信它能圆满地伴我走过两天的旅程。正当我拍得起劲时，电池和存储卡同时抗议——电池快干了，存储卡也快满了。身边响起周哥、华姐异口同声的叫嚷：我的手机电池报警了！他俩在乐红草场和小石盆水库拍照时，我就提醒过他们——小心电池拍干了啊！他们信心满满地说：没问题，明天都够用！这不，正是最美的景色，电池却统一罢工了！

为了保证联络畅通，我们达成共识：不再用手机拍照。否则这茫茫大山荒草无边、藤蔓纠缠，谁走丢了后果都不堪设想。我们万分遗憾地往前走，不时高声喊叫，希望听到王哥他们走到哪儿了。顺着他们回应的声音往前走，又翻过几个山头，看见他们坐在目力所及的山梁上等我们。

我们走到那个山头，他们却不见踪影，眼前只有一条穿过千亩箭竹林的羊肠小道。听到我们的声音，他们说就是走这条路下山，他们就在前方，一会儿下到山腰，就可以坐车去格学村了。看着箭竹林搭成一个天然的走廊迎接我们，我们满怀喜悦、兴致勃勃地走进去，既有探险的兴奋，更有独享美景的自豪。周哥兴味盎然地说，箭竹因为杆细质坚，硬度强、弹性好，古人用来做拉弓射杀敌人的箭簇，才会取这么个名字。

这条狭窄低矮、仅容一人通过的小毛路，不仅因坡陡向下倾斜得厉害，而且头上交织着错综复杂的箭竹、藤蔓、荆棘、灌木；脚下到处是一动就向下滚落的碎石，即使是埋进土里或与大山自成一体的大石头，也由于下过雨而潮湿滑溜，一错神就会把人摔个仰面八叉。我们穿行其中，像在穿越时光隧道，从过去走向未来。

没走几步，前面的华姐开始叫嚷：“这怎么走呀！根本就没有路！前面什么也看不见！”踏遍千山万水、经验丰富的周哥看了一下，示范着说：“你弯着腰杆，身子往下蹲，不就钻过去了？”我跟着华姐往前钻，不是被倒钩刺揪住了头发，就是被栽秧果刺拉住了衣服。他们只得停下脚步，帮我解开这些蛮横不讲理的纠缠。华姐被刺戳痛了手指，却一声不吭，皱着眉头转过身来，后背向前，倒退着往前走，一不小心撞在一蓬小脚花刺上。周哥一边手忙脚乱地帮她解救漂亮的红披巾，一边谆谆善诱地说：“你倒着走，难道屁股上有眼睛看得见？来吧！我在前面开路，你们猫着腰跟着我走！”周哥在前面快多了，为了跟上他们，我急急向前走去，慌乱中手抓在刺上，不由得失声惊叫。周哥烦恼地对华姐说：“让她走在中间，你在最后！”走了一会儿，我脚下一滑，险些摔在地上，幸亏华姐及时从后面扯住我的右手，才没跌倒下去，但右脚被扭了一下，颠簸起来。周哥听到喊叫声，回头问怎么了？我说脚崴了。周哥紧张地问，还能不能走路？要不要我背你？我试了一下，遗憾地说，还能走，只是走不快了。周哥舒了一口气，庆幸地说，那就好！在这箭竹丛中独自穿行都困难，要是再背着个人，大概只有向前爬了！你在前面，我们跟着你。走慢点没关系，最重要的是安全。

过了一会儿，周哥喃喃自语：这叫什么路？头上乱麻麻，脚下在打滑；左有倒钩刺，右边箭竹拉；前面无人语，后怕蛇出没。我们放声大笑，称赞他机智幽默、出口成章。他这么一说，我们才想起好长时间没有听到前面的讲话声了。周哥大叫几声，没有回应；掏出手机，没有信号！不知小雨是什么时候下起来的，我们抬头看见对方头发上全是水，外套湿漉漉的，衣袖和裤子上遍布着黑色的污迹。幸好，忙着赶路，我们来不及抬手擦脸上的汗或雨水，我们的脸还没弄花。我们恐慌起来，变腔变调地大呼小叫，前面始终没有回音。自进入竹林以来，左右两边一直没有岔道，我们只得硬着头皮，提心吊胆地往前走。偏偏倒钩刺抓住了我的脑门，尖锐的疼痛使我再次惊叫。周哥老道地说："别急，我来，别让刺留在肌肉里！"

好不容易走到可以看见天空、可以站直身子、可以抬起头来的地方，一眼看见王哥等人站在雨中等我们。他们欣喜地问，你们怎么走得这么慢？我委屈地说，脚崴了。接着责备地问，你们不怕我们走丢了？他们关心地走上前来问，还能不能走路，要不要背着？我心里一下子热乎乎的，赶紧道谢。看见王哥脖子上挂着相机，我兴高采烈地说，这么别致的景色不留张相片，简直对不起窄角大山。王哥，你帮我照一张吧！王哥愁眉苦脸地说，电池早就干了！这真像小说故事，最精彩的地方总是戛然而止！

已经下午5点多了，我们必须赶在天黑之前走到山腰停车的地方，时间不容许我们再耽搁。我们继续猫着腰在箭竹林中往下走，王哥说周哥没有照顾好我，他走在我后面，绝不让我跌跤或再崴着脚。我开玩笑说，周哥肉厚，他走在我前面，即使我跌倒了，有他垫底，也一定不会摔痛。周哥就走在我前面，却一会儿就不见踪影。我说他一听说要垫底，就跑得比兔子还快。王哥立马大声喊叫：兔子，兔子，你跑哪儿去了？引得大家开怀大笑。

终于走出箭竹林，我们看到了停在不远处的车。这段景色秀美、草场开阔、箭竹成林的路，我们不歇气地走了整整三个小时！导游指着云雾淹没的远山说，以山为界，山左边是文兴乡，右边是普立乡；以河为界，河这边是云南，那边是贵州。山风强劲，秋雨淅沥，在大自然的阔达渺远中，我又听到了乌兰图雅的歌声：香巴拉并不遥远，它就是我们的家乡……

二、格桑花开，我等你来

晚上，我们住在格学村委会。格学源于彝语“革却”，原意为土地肥沃、两边是高山的地方，现在引申为“格物致知，学无止境”。在贫困乡普立的10多个村委会中，相对来说，格学是富裕的。中华人民共和国成立前这儿种罂粟，做成烟土往外售卖，闭塞但富得流油。20世纪90年代，这儿盛产锰矿，成为人们淘金暴发的富贵乡、温柔地。就是锰矿关闭后，格学青壮年人加入浩浩荡荡的打工大潮涌入城市，也因为有手艺、技术而挣到了应有的尊严和工资。

第二天一大早，我们在越来越清晰、明亮的曙色中，在导游孙老师的指引下，悄无声息地经过房舍村庄，恋恋不舍地驱车绕道贵州平寨乡，去尼渚河峡谷。种着药材、蔬菜、荞麦、绿肥、萝卜等作物的田地，在欲晴的天光中渐渐铺展开来，眼前的天地变得开阔，我慢慢找到了与外界隔绝的深山沟谷的感觉：从一条崎岖小路走进一个神秘莫测的峡谷，那里种着摄人心魄的罂粟，却是“一夫当关万夫莫开”，外来者往往走进去就出不来，不是被阴森恐怖的峡谷吞噬，就是被避战乱、对外界缺乏信任、被罂粟迷乱了心智的当地人宰杀——这就是格学村中华人民共和国成立前的真实写照。这儿富庶美丽，却曾经充满土匪的霸气、彪悍、豪情和侠义。

放眼望去，蓝莹莹的川乌花闪着蓝色妖姬魅惑人心的奇异光芒，像中华人民共和国成立前在这儿开放、五彩缤纷、颜色妖娆、花形繁复、花姿迷人的罂粟。在这片被大山围困、狭长、肥沃、多种植物竞相生长的土地上，我找到了陶渊明闯进桃花源的感觉。这种感觉让我心惊胆战，仿佛我之前就来过格学，对这儿的一切了如指掌，熟悉得闭上眼睛都能一一指出花草树木、房舍村落。更为神奇的是，格学和尼渚河畔盛产我只听说过、从未谋面的紫荆花！我是在武侠小说中神游过这块土地，还是在梦中来过？

我们在青山秀水中行进，不时用相机、手机记录下沿途的美景。孙老师顺着山势，指给我们看攀枝嘎的大寨梯田，诉说着尼渚河峡谷的神奇富饶和惊险美丽。孙老师一再强调：官寨下行到尼渚河的路现在开凿出石级、石蹬，已经很好走了。对于见惯高山大谷的普立人来说，尼渚河的奇险不算什么，他们把手拽铁链、脚蹬石缝抑或手足并行的惊险看成小菜一碟，觉得从官寨小沟上下是轻而易举的事。

我专门请教孙老师：尼渚河怎么写？是什么意思？孙老师解释说：这是彝语，尼是牛的意思，渚是饮水的意思，尼渚河的意思是牛饮水的地方。因为河水雨季浑浊褐黄，一眼看去就是泥水在奔腾滚动，365 天河水有一半时间泥浪滔滔，像猪打滚儿的泥塘，通常写作“泥猪河”，也有写作“尼珠河”的。我想，根据彝语意思，写作“尼渚河”更正确些。

渐近尼渚河，周哥指着左边的大山说，这些山简直就是天然画廊。你们看，那儿是彝族人的篝火晚会，一个美女在大三弦弹奏出的动听乐曲中翩翩起舞，她旁边是熊熊燃烧的篝火，前面是被歌舞吸引来的斗牛。我把它取名为《火把节》，你们觉得是否恰当？我们扭转身子、伸长脖颈，经过周哥反复指点，看了好几个回合，终于看到了周哥描绘的场景。周哥又指给我们看“仙人脚迹”，确实像两个大脚印烙在大山接近顶部的地方；“吾家有女初长成”，活脱脱就是一个穿着彝族服饰、戴着头巾的二八少女，背对观众，忍不住转头瞟眼，把压低的、羞答答的目光投向情郎，淋漓尽致地表现出李清照写的“和羞走，低眉回首，却把青梅嗅”；“大佛乐世”，一个身宽体胖的坐佛，有着“肚大能容，容世上难容之事；口大能笑，笑天下可笑之人”的气势，乐呵呵地看着世间众像、过往游客——相由心生，加上水墨丹青的普立大山，给予我们视觉、感官、精神上极大的享受。

汽车在旋转上升、下降的盘山公路上行进了一个多小时，从2300多米的山区把我们带到了1000米的河谷地带。木通河（尼渚河上游）首先映入眼帘，曲折咆哮、河水浑浊、巨石铺底，在大山怀抱中奔腾，携带着山里的信息滚滚向前，把不可低估的能量带到下游的响水电站去发挥。这就是宣威普立与贵州六盘水平寨乡的界河，千百年来像纽带一样连接着两岸人民，谱写了无数友谊佳话。

木通河上新建了一座钢筋混凝土大桥，但保留了原来用钢索拉搭、木板铺就的简易桥。我们缓步通过颤悠悠的钢索木通桥，就到了贵州境内。河谷中潮湿、气温高，生长着我们平时见不到的芭蕉、蓖麻等植物，我们兴奋得拍照留念。

沿河有一条通往尼渚河村的车道，陈哥说，我第一次来平寨，他带我去看看快速发展的野鸡坪经济开发区。越野车驶向上山的路，在平寨乡的集镇上穿梭。房屋多为砖混结构，有些凌乱、灰暗，和我们见过的许多乡村一样，闭塞落后、生活懒散，时间慢半拍。在他们熟识的一家羊肉米线馆吃早点，原锅汤和喷香的本地糊辣椒让我们吃得很尽兴。六盘水羊肉米线成了贵州的一块金字招牌，在很多省份的大街小巷落地生根、发扬光大，在宣威更是如星星般遍布每条街道、每个小区。

许是气候、水土、风向的不同，木通河这边的贵州，山没有普立的雄浑大气、挺拔秀丽，显得有些猥琐、胆怯、贫寒，像在擂台赛中被打败的拳击手，尽量低眉颔首，不招惹是非。我们指点着对面伟岸的大山，深深为自己的家乡感到自豪。看到一座梯形的大山以当仁不让的气势雄踞在万山之中，我们异口同声地问孙老师，那座是什么山？孙老师轻描淡写地回答，那就是我们昨天攀爬的窄角大山啊！我们欢呼雀跃起来，为自己竟然征服了这么一座隐入云端、庞大雄恃、鹤立鸡群的重量级大山而骄傲。

山顶就是野鸡坪，山不奇绝、石不成型，偶尔见到一些人工种植的零散松树、柏树、冷杉，灌木丛稀少，连野草都长得七零八落。但这儿有修得很好的柏油路，有全国数一数二的摩托车、自行车赛道。渐近经济技术开发区，车窗外闪过许多小湖泊，像高原明亮的眼睛，笑眯眯地迎接我们。这是山顶低凹处在雨季接纳的雨水，却以袖珍湖泊的形式，赠予大山无限的柔情蜜意。

我们参观了高规格的赛道，正在建设的、可供部队野营、拉练的军队训练基地，供赛手住宿的高级小别墅，人工建造的风车、水车、假山、湖泊、河流，人工种植的茵茵绿草和五彩斑斓、花期各异、颜色耀眼的众多花卉，不由得感叹唏嘘、触动灵魂。

远处一片彩霞般的浅红吸引了我们的眼球，我们急切地靠近那片梦幻之地。越野车在一栋漂亮典雅的别墅前停下来，张超节奏舒缓、满怀深情的歌声立即从屋里飘出来："...... 等待花都开了，等待山顶红了 ...... 我在贵州等你，等你和我相遇 ......"

别墅后面是一大片红、粉、白、紫的艳丽格桑花，像精心打扮、盛装侍立的美女，专门等在这儿和我们相遇。这单瓣、花型简单、颜色大众的精灵，总是以成片、成带的规模，给人以惊艳的感觉和灵魂的震撼，让人把心中最柔软的一角，毫不犹豫地奉献给它。

我怀疑，我前世就是一朵格桑花，今天是来赴心灵之约，拜见我的姐妹。朦胧中，我觉得曾经有人在我耳边轻声细语：格桑花开，我等你来。却没有告诉我时间、地点，以何种方式见面。那么，今天就是生命的盟期，格桑花已经用艳绝人寰的姿色迎接我的到来。可我的情郎是谁呢？谁在等待和我相遇？我在格桑花中奔跑、寻找、呼喊，频频按动的快门印证了我的疯狂与急切。是否，每个人都会在特定的时段和地域，邂逅让他（她）失去理智的完美与心动？

三、菩提树下合个影

我们驱车到达尼渚河峡谷已经中午 11 点了，天气由昨天的凄风冷雨转变为晴空万里，海拔低至 950 米的河谷地带有些濡热，阳光满怀激情地吻在皮肤上，热辣辣地有些受不了。

尼渚河畔气候温润、土壤肥沃，生长着在其他地方见不到的花生、桔子、草果、普立著名的小黄姜等作物，还生长着一些保护等级不同的珍稀植物和从国外引进的速生植物，是一个四时花开、夏秋果香、野生动物活跃、与世隔绝的美丽地方。

秀丽险峻、雄奇壮美的大峡谷中，一条泥浪滚滚的大河在我们面前不疾不徐地向前奔腾，颇有几分母亲河——黄河的沉稳雄浑。周哥指着河中大小不等的几块石头问我们：那像不像一头母猪带着几头小猪凫水过河？“泥猪河”的名字也许就是由那几块石头得来的。心有所想，意有所随，看山是画卷，看水是乐曲，就这样认为又有何不可以呢？

孙老师说，宣威市委、政府已经把尼渚河大峡谷纳入旅游业开发，正在规划和打造，准备在这儿搞水上漂流。看着浑水滔滔、河底巨石无规律、不规则遍布的尼渚河，我疑虑重重地问：会不会难度太大？孙老师解释说，枯水季尼渚河是清澈见底、鱼虾畅游的；河底的大石头可以人工清除一部分，另一部分留下做探险者制造惊魂、尖叫的道具。我臆想了一下，实在想不出碧波荡漾、清流潺潺、作为漂流河道的尼渚河是什么样子，看来非得春天亲临观赏不可。

我们先去看尼渚河村外那棵有 1000 余年历史的黄葛树。孙老师说，黄葛树又名大叶榕，是佛教中经常提到的菩提树。我瞪大双眼，没想到自己竟然能够有幸看到菩提树！这棵树围 10 米以上、树高 25 米以上、树冠覆盖 3 亩以上土地的大树，像一把功德无量的巨伞，庇护着尼渚河村的风水和佛教徒们的灵魂，使他们心情平静，精神安宁。

我围着菩提树转了一圈，猜度要几个人才能合围？我抚摸着老树粗糙的树杆和暴露在地表的遒劲根须，对老树的长寿、高龄肃然起敬、由衷佩服——树生千年依旧碧翠葱茏、生机盎然，笑承雨露阳光，笑看世间悲欢盛衰，这是人类必须学习和研究的。抬头向上，只看见粗大的树枝、茂密的叶片和从树缝中透下的斑驳光影，根本看不到树顶或蓝天。我一边按动快门，一边请王哥等人帮我拍照，我不仅要和菩提树合影留念，而且必须把我的震撼和迷醉留下，把它的身影带走，栽种在心里和梦中，天天烧香、时时礼拜，让我的人生进入佛陀修炼的境界，无怒无争、无怨无悔，安享太平盛世，喜看春花秋月。

尼渚河峡谷石灰岩裸露，山势陡峭，河两岸的巨型岩石高达数十米、上百米，很有西岳华山的神韵和气势。山上树林蓊郁、灌木丛生，药材密布，藤萝纠缠，飞禽走兽穿梭其中，岩羊、麂子、花脸獐、狐狸、老鹰等在其他地方绝迹的动物，在密林险崖处安家，繁衍生息。各种花草树木附石而生、抱石而长，根须裸露在岩石上，形成蛟龙下海、二龙抢珠、猕猴探月、虎豹相争等图案，让人叹为观止。树木和石块相依相伴，同呼吸共命运，有着你给我一粒土、一个插脚的缝隙，我回报你一片绿荫、一世紧拥和相守的痴挚热烈。

尼渚河的险崖密林中生长着5群200余只猕猴，时常跑到村边地里掰玉米、刨红薯，不时在悬崖峭壁间嬉戏打闹、纵情玩乐。我们希望运气好，能够看到猴子，不断在高山大岩间搜寻，向路过或在地里劳作的村民打听。村民们一致指着尼渚河下游说，猕猴在村子下面的陡峭石壁上，这几天玉米收完了，猕猴就转移到村子下面去了，大约不久又会回来，无法说出个确切时间。看来猴子尽管和人争抢粮食，心里还是惧怕人类的，峡谷里只要多来几个人，它们就战栗地跑到下游的无人地带去了。

尼渚河峡谷中有濒危植物、被称为“中华九大救命仙草”之首、素有“药中黄金”美称的珍贵药材野生石斛，它们生长在陡崖绝壁之上，开着金黄色的花朵，把金灿灿的光芒呈现在天地间，让人们分享和景仰，少数珍贵品种甚至被专家称为植物中的“大熊猫”。因为太珍贵稀少、药用价值极高，普立乡政府已在尼渚河村前地里搭了几个塑料大棚，准备试种石斛。尼渚河峡谷中从从容容地生长着近年来被炒得沸沸扬扬的红豆杉、乌木等珍稀植物，据说还发现了高达56米的国家二级保护植物血榉树。把这儿称为珍稀野生植物的天然宝库，是没有一点拔高和水分的。

我们仰头观看，举目巡视，希望把尼渚河特异的美景全部装进眼眶和相机，不由分说地带走，回去慢慢品赏回味。一条洁白细长的飘带在对面山上时隐时现地游荡，像是一双多情之手，给大山系上一条柔美飘逸的丝巾，让冷凌严峻的雄性山体，徒生了几分柔情蜜意。陈哥说，那就是从木通桥沿河穿行到尼渚河的公路。我看着它从高耸入云的大山飘然而下，像王母娘娘从天上抛下的一根飘带，在有的地段陡直得让人怀疑超过60度，不由得惊叹说，把它称为天路一点也不过分。返程时，我们曾想从这儿抄近道，还没到达陡直那段，就发现一块几吨重的巨石挡在路中间，根本无法通过，只得调头从原路返回。大概是昨天的阴雨使山体滑坡了，巨石在泥沙俱下的强大惯性下，一时把持不住，就滚到山脚做了拦路虎。

孙老师说，从官寨小沟下来的路上山体坡度大，路险林秀、山高水美、瀑布纵横、石奇苔青、沟深谷俊、溶洞伏流、曲径通幽、鸟语花香；尼渚河村下面的大峡谷景观犹如迷宫，绝壁斧削、谷窄波壮、深不可测、禽兽众多、人迹罕至、一步一景、姿态万千，我们不去看看简直太遗憾了，竭力鼓动我们从官寨小沟走回去。我的鞋底已经磨损，不再打滑，不能确定能否从小沟爬上去。周哥本来就想走那条小路，这时候更是跃跃欲试，想一个人从小沟返回去。我们千般阻拦、万般劝说，他才心灰意懒地放弃执念。怕周哥接近小沟又固执己见，我们迅速转身，沿途欣赏着秀美风光返回。孙老师无限惋惜地说，再走过去一点，就可以看见关住“普立不回家的羊”那道小门了。我心里并不遗憾，信誓旦旦地说，回到城里就去买一双好的运动鞋，买一套在野外活动更方便的运动衣，让以后的出行专业一些。其实，我是用这种婉转的方式，表达我害他们不能一了爬行尼渚大山夙愿的抱愧。

正因为尼渚河峡谷的开发和被越来越多的人知晓，一波波游客涌来探险猎奇，这儿才吹进了文明新风，一天天走向富裕，盖起了一些小洋楼，一步步向现代生活靠拢。据说紫荆开满鲜艳夺目的粉色花朵时，胜过花事繁复的日本樱花。我不由得满怀期待，希冀明年春天能一睹紫荆的芳容，在它的花色、花香中长醉不醒。

我打定主意，待到春暖花开时，还要到普立来，不但要看看他们所说的千亩杜鹃花海，看看已经建成的普立特大桥和正在建设的、被称为世界第一高桥的北盘江大桥，而且一定要从官寨那条小沟进出尼渚河，体验一下尼渚河峡谷的险峻雄奇。

记忆中的东山风景区

宣威有句俗话：三月三，耍东山。意思是每年农历三月初一至初三，东山上有盛大的庙会，宣威人倾城出动，都到东山上敬香、踏青、赶庙会。

我家就在东山脚下，自小对东山有着对母亲般的熟悉、亲切和热爱。哥姐们酷热难耐中上山砍柴、大雪飘飞时上山摞松毛，对我来说是富有冒险意味的传说故事。我记忆中的东山主要是松鹤寺及其周边的景点。农历三月三正是草长莺飞、百花竞艳的人间最美四月天，是踏青访春、游山玩水的绝好时机。但自记事起，三月三是要上学的，没办法去凑那热闹，去东山风景区只能是过春节和暑假中。

松鹤寺是儒释道三教合一的寺庙，每年大年初一，信徒们流行敬新年的第一柱香，往往是除夕的子夜就有人去大殿外排队等候了。我们小孩是初一吃过中午饭，穿着新衣服、拿着家长给的压岁钱，三五成群、邀朋引伴、兴致勃勃地向东山风景区进发。一路上打打闹闹，讲着小画书上的故事，吃着糖果、嗑着瓜子，五六公里的路程似乎一会儿就到了。

我那时读小学四年级，已经能绘声绘色地讲述金庸、梁羽生的武侠故事了，小伙伴们都愿意簇拥在我身旁，把糖果瓜子贡献给我，只求我不住口地讲，好让他们在我的叙述中体验刀光剑影、侠肝义胆、风云变幻、马蹄声声、大漠荒山的江湖。

我往往讲得口干舌燥，小伙伴们及时递来从路边买的酸萝卜、木瓜凉粉、冰棒、糖精水，满眼渴望地催我快讲。这些武侠小说我是从父亲借来的《今古传奇》《传奇故事》上看到的，开头、结尾和故事的连续性就很成问题。小伙伴们不管这些，他们就喜欢刨根问底，要我厘清来龙去脉。

有时我江郎才尽了，就讲些小画书上的故事，《岳飞出世》《桃园结义》之类的。小伙伴们一听，头摇得像拨浪鼓，齐声抗议：不听！不听！这些故事路边的小画书上就有，我们早买来看过了！我幼小的虚荣心受到挑战，就拼命寻找家中和父亲办公室里的书籍，希望能找到金庸或梁羽生的原著，哪怕是找到几本《传奇故事》也好，往往是无功而返。我在从山脚直摆到烈士陵园以上的小摊上仔细寻找，除了食物、玩具、小画书、画片、香纸、门神、对联、贴画，没有我要找的书籍。

好在吵吵嚷嚷中我们就到倒洒金钱景点了。童年的我们，去东山风景区既不进松鹤寺敬香拜佛、观赏文物古迹，也不去烈士陵园祭奠英雄，就在沿途买些吃食、果品、玩具、画片和小画书，然后去倒洒金钱景点狂欢一番，到莲梦池碰碰运气就回家了。

松鹤寺内海会塔前山脚下的龙口泉眼里冒出一股清泉，可以直接饮用，有着矿泉水淡淡的甜味和山泉特有的清洌。这泉水在松鹤寺里分成两股，一股从海会塔前面流过，经大雄宝殿前注入莲梦池，然后流到山外；一股从松鹤寺正殿外的柏树林中流过，到松鹤寺门口与莲梦池流出来的汇成一股，流到普陀崖处就形成了倒洒金钱。

宣威春季风大，刮到六七级是常有的事。山下的大风浩浩荡荡从远方奔过来，遇到普陀崖山体受阻，就顺山势直刮而上。松鹤寺的清泉顺着普陀崖流下去，被从下往上劲吹的大风挟裹着，向山上倒洒回来，阳光中犹如万点金钱闪闪发亮，故名“倒洒金钱”。那时倒洒金钱景点处的树还幼小，如童年的我们一般只是落地生根；下面的山体上只有一些矮小的灌木和稀疏的杂草，所以春风一吹，流量不小的泉水就嘻嘻哈哈地往回倒洒，在空中形成万点金光、七色彩虹。

我们对这奇观感到神秘和惊喜，踊跃地脱下薄薄的春衫外套、取下漂亮的凉帽，心惊胆战地向山下抛去，如坐针毡地等待山风把它们和泉水一起吹回来。这游戏很刺激，我们通常一玩就是几个小时，直到蹦够、笑够、叫够才罢手。那时虽然已经能够吃饱肚皮，但物质还很匮乏，谁如果把衣服或者凉帽弄丢了，回家是免不了皮肉之苦的责罚的。好在倒洒金钱从来没有让我们失望，总是在我们焦急的等待中，戏耍地把我们的衣物完好无损地送回来，最多沾上一些泉水，风一吹、太阳一晒就干了，连尘土都不曾沾上半粒。

现在泉水多半在莲梦池里循环，流到寺外的成了涓涓细流，倒洒金钱景点处的树木长得遮天蔽日，山下也是草木丛生，虽然春风依旧强劲，再看不到金钱倒洒的奇观，最多能够看到一股清泉顺山飘落，也就没有我们童年时抛衣帽的赏心乐事了。

我们在倒洒金钱景点玩累了，就到莲梦池景点去玩。莲梦池里有一个水泥凝成的聚宝盆，传说谁如果能把硬币扔进聚宝盆，他（她）这一年的运气就会很好。那时我们的压岁钱通常是一角至五角，我们扔的硬币一般是一分的；也有第一次没有扔进聚宝盆，不服气第二次再扔一分的；或者是第一次扔进聚宝盆后高兴了，第二次慷慨地扔二分的。莲梦池里长满水草，一分的硬币重量有限，加上我们人小手上的力量不足，硬币扔出去连水草上都落不上，更不要说扔进聚宝盆了，通常都是缓缓地落到池底，铺陈出一个金光闪闪的水底世界。大人们多半扔二分的，也有少数扔五分的，多数落在水草上，极少能扔进聚宝盆里，可见好运不是人人都能碰到的。

我们踮起脚尖，尽量倾斜着身子，伸长右臂，把自己的硬币许诺着扔出去，期待它长出翅膀，如愿以偿地飞进聚宝盆。往往是一声叹息结束了梦幻，聚宝盆不肯迁就我们。仍然心中满溢着美好的期待，我们站在莲梦池边看别人扔，为他们惋惜或鼓掌喝彩。如今的莲梦池里塑了观音像，种了荷花、睡莲，再没有聚宝盆供人们碰运气了。

夕阳远远地站在西山上，霞光满天，山风渐冷。我们手中的压岁钱都变成食物分享了，变成小画书相互传阅了，变成玩具轮流玩过了，只有画片尚未剪开，留待明天再玩。肚子开始“咕咕”地抗议，我们恋恋不舍地离开东山风景区，结伴返回。

我依然承担着讲故事的任务，不管他们如何反对，我固执地讲着偏爱的《红楼梦》故事:《林妹妹进贾府》《宝玉挨打》……以我幼小的年龄，《红楼梦》是读不懂的，能够记住故事和细节，全是逐字逐句认真细读的结果。他们也听得费劲，满脸困惑，不像听武侠故事那样紧张、刺激，却也有人点着头说：经你这么一讲，小画书上某某页的意思我终于弄懂了！暮色苍茫中我们来到村口，不少家长已在翘首顾盼了。伙伴们挥手告别，相约向家长要到钱后，明天再去倒洒金钱、莲梦池游玩。

近年来，东山风景区以丰富的文化底蕴、独具一格的景点、多彩的佛事活动笑迎八方宾客，在日月更替中声名远播，吸引着更多的游客来朝拜、揽胜。

那片山水

去过一些地方，有的印象深刻，有的蜻蜓点水；有的去之前就想写一点文字，由于历史厚重或浮光掠影而无法下笔；有的只是想以走亲戚的心态随便看看，却被触动了心灵，有着抒发不完的情感与牵挂。

走进格宜是从朋友的口中不断听到花大沟的名字，是从朋友的文字、相片中看到了颇具规模的杜鹃花。还有，朋友五十弦说，格宜的刺脑包漫山遍野，随处可见，他单位的花坛中就有不少，春天吃起来很方便。

我是抱着不信邪的心理去的，准备把那些神话、传说还原成现实的模样。结果却迷失在花大沟中，希望长成那片山水的一株红杜鹃，汲取天地精华，让青春在广袤的红土中无限期延长，成为过目难忘的隽永风景。

一、启文湖

到格宜，首先看到了启文湖。启文湖在格宜镇背后、宣威市第二中学校园内。

刚到二中大门口，启文湖就映入眼帘：两三个人才能合围的粗大杨柳沿湖静立，纤细婀娜的柳枝在柔风中轻歌曼舞，调皮地把柳絮撒在行人的头发、衣襟上。清澈碧绿的湖水微波潋滟，浅红的鲤鱼不时跃出水面，自得地表演着高空特技，把想露一手的心思暴露无遗。叫不上名字的鸟儿时而婉转啼鸣，时而贴水飞翔，时而捕捉游到水面的小鱼小虾，把春天的画面渲染得格外鲜活。远远几株巨大的泡桐树，满树繁花点燃了春的热烈，把华贵的紫色铺陈在天地间，让人为春的绚丽多姿欢欣雀跃。蓝色、钛白、米黄、灰色的教学楼、实验楼、宿舍楼隐藏在垂柳丛中，耸立于湖的四周，似乎成了湖的衬托与点缀。

清明透亮的湖水把蓝天白云、楼宇亭台、花草树木全部揽入怀中，在水中营造出一幅比真景更明媚亮丽的春色图，让人对水的包容性和创造力深感佩服。水中的云舒展自由，姿态万千，飘飞如絮，瞬息万变，在水底随微风轻轻动荡的舞台上，无比清晰奇妙地上演着朝阳或晚霞流光溢彩的故事。

启文湖北部建有曲栏亭台，白色的石拱桥精巧雅致，是欣赏湖光山色的好地方。沿湖形式多样的墙体文化、园林艺术丰富多彩、栩栩如生、惟妙惟肖，让人驻足流连，不舍离去。这哪是什么校园？分明就是美轮美奂的公园嘛！难怪这儿的学子成绩优异、志向高远，有不少考上了重点大学，成了国家的栋梁之材。

在工业化污染严重的今天，一汪清泉就像一个人的平安健康，是最宝贵、最值得炫耀的财富，是大自然对律己守规的人最高的褒奖和最珍稀的礼物。走近启文湖，感到心里特别澄澈宁静，仿佛荡涤尽世间尘垢，回归自然与本我。仁者爱山、智者乐水，学生们在这春风送花香、秋阳晒硕果的典雅环境里日夜熏陶，一定长了不少知识和智慧，为进入高等学府积蓄了足够的力量吧！

沿湖一米高的铁栏，阻止了到水边垂钓、捕鱼、洗衣、弄水、游泳的脚步，像菜园的篱笆，起到了“到此止步”的警示作用。环

湖走一圈，除了感叹移步换景的美不胜收，更为有眼福见到这个“养在闺中众人识”的湖泊感到骄傲。

二、尖角洞

读书时学历史，知道了人类的起源。从发掘出的化石来看，人类最早的祖先是旧石器时代北京的山顶洞人和云南的元谋人。当时很为自己生在云南、自己的家乡是人类发源地而感到自豪，同时对楚雄充满了兴趣，很想去看看元谋的土林和禄丰的恐龙谷。由于种种原因未能成行，这个愿望却像萤火虫手中提着的灯笼，不时闪过夜空，逗引得我对那片土地无限神往。

我对脚下这片热土了解不多，甚至显得孤陋寡闻。2011年在市委宣传部参与《文化宣威》编撰，才知道格宜有个尖角洞，早在新石器时代，就有人类在里面繁衍生息。我感到震惊、迷茫和不可思议，甚至有几分质疑：宣威真有这样一个地方，远古的人类已在那儿安居乐业?

事实是不容人大惊小怪的，考古学家从尖角洞里发掘出大量生产、生活用具：石刀、石斧、锅碗瓢盆，等等，还有大量的兽骨、兽齿。在那些生产、生活用具上，已经有了或简单、或繁复、或精致的图案，证明这个时期的人类已有了审美意识和创造美的行动，已经能够把看到的东西通过大脑转换，再经过双手不断摸索实践，意向性地雕刻在日常用具上。

我忽然明白这片土地为什么叫作“格宜”，大概在新石器时代，这个地方就特别适合人类居住，我们的祖先在这儿欣欣向荣地发展了很久。只是后来由于地壳运动，造山填海，大地发生了翻天覆地的变化，人类才不得不迁徙到其他地方生存。

格宜镇政府提出一个大胆的设想：这儿原叫石梁，是古滇国曾经辉煌发展、最终没落的地方。遗憾的是没有找到确凿可信、让人折服的依据，只能作为一个设想在那儿悸动，引领人们不断去探索、考证，最终把这儿打造成有历史渊源、文化底蕴、现代元素、风景名胜的旅游热区。

我两次站在承载尖角洞的大山脚下，打量那个神秘、圣洁的庞大洞穴，却没有去实地探幽访古。朋友说，在山下看着尖角洞很近，实际这座山海拔并不低，爬起来要有足够的恒心和体力。再说，里面的化石都被考古学家发掘光了，除了一个空荡荡的洞穴，什么也看不到，最多可以面对洞里的方位、布局，设想一下哪儿是守护区、哪儿是厨房、哪儿是休息区、哪儿是关猎物或储存食物的地方。不要轻易幻想能在里面找到什么宝物，早到的人们把能拿的石头都拿走了。我有些忐忑，倒不是怕脚力爬不动这座山、走不进尖角洞，而是怕我贫弱的想象力，面对这样有历史厚重感和人类过往史的地方一片空白，既想不出当初的场景，更不知道如何表达。所以，两次，我站在山脚下，没有进入这个叫尖角洞的地方。

第三次去格宜，朋友让我看了部分从尖角洞发掘出来的化石，多是一些兽骨、兽齿，为数不多的几件生产、生活用具，却都有些破损。朋友说，大量的、精美的、有考古价值的、能够证明新石器时代古人类各种活动的化石，都移交市文管所了，他们也怕丢失或损坏，还是由市文管所保管妥当些。我想，各种出土的化石，我在一些省份的博物馆看过，没必要专门跑到市文管所去看尖角洞出土的。关键是，我如何面对那些化石？从情感上、文字上对这块古人类生活过的地方如何表达？这一次，我仍然没有去尖角洞。

我想，在一定的时候，在我的知识累积得足够丰富、在我的心灵冶炼得能够承担历史的厚重、在我的情绪酝酿得足够充分的时候，我会走进尖角洞。说不定在里面看着只是一块很普通的石头，拿出来都是一个惊天的秘密。毕竟，这儿是我们祖先最早生

活过的地方，他们会给予我某种启示、感悟、触动或升华。

三、特色农业

翻过一座不算高的山，一个小盆地呈现在眼前，这就是格宜镇试种药材、花卉、名贵水果等现代农业和竹柳、泡核桃等现代林业的地方——姑姑塘梁子。

无论什么地方，发展不应该以妻离子散、造就“386199”部队留守土地为代价。那些缺失亲情和关爱的孩子，那些本应颐养天年却无奈地扛起生活重担的老人，那些被贫困逼迫得耕田耙地的女汉子，常常刺激我们的泪腺，刺痛我们的神经。除了退耕还林那些山地、陡坡地，适应耕种的土地需要精壮男人来耕耘。除了在城市建造居住率不高的钢筋水泥丛林，我们的父老乡亲还有不少的生活出路，他们完全可以不做农民工，而是守着自己的土地，以科学化种植来铸就自己的富裕之路，走上小康生活的坦途。为此，格宜镇党政一班人集思广益、出谋划策，为改变家乡的面貌进行了大胆尝试，积极推行特色农业、林业，为格宜的历史翻开了新的一页。

黑色、白色的塑料大棚里种着重楼、三七、天麻等药材；错落有致、划分整齐的地块里种着药用的金银花，用于繁殖食用玫瑰种苗的澳大利亚引进的最新品种玫瑰，用来提取精油的薰衣草；再远一点，种着娇贵的蓝莓、树莓，新疆天山远道而来、降血压血脂的雪菊……这片花园、果园、药园混杂的新天地，为特色农业试种和展示提供了一个精彩纷呈的舞台。让我们拭目以待，期冀和风送爽、果实累累的金秋时节早日到来！

泡核桃三年挂果，成本低、见效快，近年来在宣威大力引进、着重推广，格宜镇也不例外。竹柳是从美国引进的，生长期三到五年，主要用于造纸。为了让留守妇女、老人不需要花费太大的劳力、太多的精力就能有较大的收益，同时也吸引外出务工的青壮年男人回乡创业，为建造自己的美丽家园贡献智慧和力量，格宜镇党政一班人本着提值增效、改变种植结构、短期内改变农民生活状况的初衷，通过多方咨询、实地考察、专家论证，由少及多地引进美国竹柳，由点到面地不断推广竹柳种植。现在，竹柳在这片温润平坦的山水间找到了落脚之地，已经成了格宜的一张名片。格宜镇开始大力宣传，准备把格宜打造成家喻户晓的“竹柳之乡”。格宜的镇干部骄傲地说：你只要看到连片、有规模种植竹柳的地方，就一定是格宜的地盘！

格宜镇王书记一再强调：江山需要文人捧。是啊，落第的张继一首《枫桥夜泊》，就使苏州和寒山寺成为旅游胜地，从唐朝一直红火到今天，一千二百多年来始终熙熙攘攘、游人如织。如果每天有大批俊男靓女来姑姑塘观光旅游，如果男人、女人们像蜜蜂蝴蝶一样散落在玫瑰花、薰衣草、蓝莓、树莓丛中采摘，格宜的旅游业不就初见雏形、为将来形成大气候打下基础了吗？不去说古滇国的复兴，格宜打造生态、宜居、旅游、富裕乡镇的目标，不就指日可待了吗？

因着山川秀美、四季花开、热情奔放、阔步前进，格宜成了我随时想念、梦里常去的地方。我对这方山水的热爱发自内心、来自灵魂深处。我会随时关注它的变化，且会用脚步和眼睛见证它日趋繁花似锦的历程。因为，这是现代农业、农村、农民蜕变的一个缩影，是宣威小康进程的一条实验性途径。

2

第二辑

情感剧场

你对我说着过去展望未来，那些转瞬即逝的过往和虚无缥缈的明天在你动人的笑中鲜活地流淌，青春被浓墨重彩得格外醒目；你从来不逼我喝酒，哪怕是红酒，你总是说少喝点；你酒精过敏，却一次次伸着杯子说：喝不了倒给我！这美得像梦的日子，我真希望长醉不醒，历遍千山万水，依然有你明媚的笑脸、磁性的声音相伴。

我喝酒被逼无奈的样子赢得了阵阵夸张的掌声，不知道喝醋蹙眉皱频的样子是否会让他们心疼？没有你在旁边推挡替代，我的青春落寞冷寂。

青春似酒

不会喝酒，对这种粮食精华心中充满敬畏，避之唯恐不及。讨厌逢场作戏，对每段感情都是大砍大剁，只希望岁月静好，笑容灿烂。许多人对我口若悬河，滔滔不绝，以为莲花已在他们口中渐次开放。甚至有人拍着我的肩膀，睿智满怀地说，你要如何如何。能够忍住翻江倒海的胃潮没有呕吐，还面带微笑，我觉得自己是修炼过分、颇有几分妖功了。而你，是懂我的。尽管我为这珍稀的懂得付出了惨痛代价，还是愿意在滂沱的雨季中忆起你纯真的笑脸，把一起走过的日子装衬成青春的铜版画。

父亲重病入院，我脸上一副什么也没发生的样子，心中确实压力山大。我喜欢轻松随意的生活，没有减压阀，我抓住一切机会放松自己，答应一个人陌生、路遥远的饭局。在山水如画、空气清新的包湾水库旁边，我一心一意扮演一个称职的食客，嘴里嗯嗯啊啊应答着，专注地对付着他们夹到碗里、甜香可口的水库鱼。我暗自庆幸：今天来得值！平时哪能享受到不喂饲料和避孕药的鱼呢！我抬起被鱼头、鱼肉勾引得太久的头颅，刚想说两句赞美的话，突然一个同事举着酒杯，邀约大家找时间去看你。我手中的加多宝僵在空中——回忆怎么那样轻浅啊？别人轻而易举就撩开遮盖的薄纱，把藏在角落里的东西暴露在光天化日之下。

因为每每被强劝，我更喜欢不喝酒的同席者。人们说红酒有软化血管、延缓衰老的作用，在退之无路的时候，我就尝试着学喝一点点红酒。

一个风雪肆意的冬日午后，20多人围坐在那张超大桌子旁边，亲热得像一家人。自然是无酒不成席，我推脱不了，就说喝红酒。有人拿来一瓶云南干红，说我必须喝完才能走人；可以请人帮忙，酒瓶交给我，愿意请谁就倒给谁喝。你把手边的饮料推到一旁，让服务员倒上红酒。

大家举起酒杯，喝酒，吃菜，此起彼伏地敬酒。喧哗了许久，尘埃落定似的静下来。有人提议共同喝一杯，说些掏心窝子的话。在这过程中，首先是倡议者，接着是桌上的每个人，发现对面而坐的你和我，举着和大家相同的酒杯，内容却是与大家不同的红酒。我看到大家眼里的热情、激情瞬间熄灭，目光中充满风刀剑雪，刚才开得肆意的春花、飞得翩跹的蝴蝶落满时空，每颗心都在收缩、变冷。为什么我们就坐在两对面？旁若无人地喝着红酒？我读懂了那些目光中的疑问，赶紧起身给旁边的人倒红酒，倡议者却已宣布散席。那瓶红酒只浅下去一点点，没有人追问是否喝完。

另一次宴席，你说不喝酒，我让服务员去拿王老吉，我的杯子里已被人倒了一点酒。有人敬酒，服务员还没来，坐在旁边的我把酒杯推给你，你推回来，端起茶杯应付差事。酒杯被这么推一个来回，就戳了别人的眼刺了别人的心，脸阴沉得像屋外晦暗、无风欲雨的天气。不知为什么，人群中，我们总是一不小心就把自己突出出来，成为众矢之的。

别人在我面前炫耀自己或拿腔拿调，你只对我布置任务，脸上满是信任、赏识的微笑；你对我说着过去展望未来，那些转瞬即逝的过往和虚无缥缈的明天在你动人的笑中鲜活地流淌，青春被浓墨重彩得格外醒目；你从来不逼我喝酒，哪怕是红酒，你总是说少喝点；你酒精过敏，却一次次伸着杯子说：喝不了倒给我！这美得像梦的日子，我真希望长醉不醒，历遍千山万水，依然有你明媚的笑脸、磁性的声音相伴。

人们追求完美，却不允许太过美好的植物种在别人的园子里。我们来不及说再见，已是天遥地远的距离，连梦跋涉起来都艰辛。你一定忙着适应新环境，扮演新角色，我也翻过这一页，开始书写新篇章。只是，我们一起走过的青春，红酒一样色彩艳丽、回味悠长，载入了记忆的扉页。

一个朋友爱说：各人喝酒各人醉，有人千杯不倒，有人一口就醉。酒品未必如人品，酒量大小却是泾渭分明、一试便知的。醋这种调味品在我生活中通常忽略不计，我几乎不把它派上用场。每当有人恶意想把我灌醉，在喝了别人看来不值一提的些许白酒后，我就一碗碗地喝醋。醋在嘴里那种酸涩、爆劲和难以下咽，让我有种被惩罚的无奈与悲壮。我仰着脖子，一口口地喝，一碗碗地倒，对来抢碗的人说我爱吃醋。我喝酒被逼无奈的样子赢得了阵阵夸张的掌声，不知道喝醋蹙眉皱颊的样子是否会让他们心疼？没有你在旁边推挡替代，我的青春落寞冷寂。

如果非喝不可，我希望入杯的都是红酒，颜色魅人，酸中带甜。像我渐近尾声、终将逝去的青春。

时光之隙

很久没有提笔了，在笔和心一样沉重的时日，我宁愿蜷缩在一个角落，凄凄地舔拭伤口，满怀感伤地忘了自己是谁。

我是一个后悔了也不回头的女人。那天在少先队嘹亮喧天的鼓号声中，我惭愧却强装满不在乎地缓步在欢迎道中，不知什么力量使我回过头，就看见了那个熟悉得心痛的形象——高大壮硕的身影，坚毅流畅的线条，棱角分明的五官，温煦和暖的笑容，连那星星点点的白发都没有一丝差错！

这座小城真的小得无法不碰撞、无法不相遇吗？我已穿越时光隧道，重回十年前了吗？我感到惊遽，来自灵魂深处的惊遽，浑身震颤得几乎忘了迈步。一步三回头，在我三十年的经历中绝无仅有的一次。心中只有一个化解不开的念头——是他吗？是梦吗？在这白花花阳光下的九月午后，是他在梦中一步步向我走来吗？两旁还有鼓号队夹道欢迎，多么诗情画意的情景！

不能总回头，扮一个痴情魔女。我在会议室前排坐下，回头搜寻每一个角落，没有那个身影，周围全是随我目光游走的眼眸。只得安心开会，不漏过讲话者的每个音符，以便忘了梦一般离奇的遭遇，忘了让我坐立不安的那个身影。

第二天早餐，许是感化于我频频回首，那个身影飘然落座在身旁，不是他，却有着神似的外在形象。也不是弟兄或亲戚，没有相同的姓或共同的血缘。我不知是失望还是解脱，心里出奇地没有一点感觉。我可以这样平淡冷静地对待回忆或梦吗？

在累得失语的日子里，我常常埋葬回忆和故事，装作一个没有经历的小女孩，睁大一双懵懂的眸子茫然无知地看向世界，希望心像白纸一样没有一丝痕迹。可十年后的今天，借助九月明媚的阳光，在这个身影的牵引下，我很愿意走入尘封了十年的故事，动情地忆起那段烫伤了手的日子。我愿意他再次叫我小姑娘，把一碟碟好菜一次次夹进我碗里，双手拄着下巴，怜爱地看着我贪婪的吃相，心痛地说：慢慢吃，慢慢吃！

那段日子笼罩在他不近情理的娇惯纵容里，活蹦乱跳得像刚刚出巢的雏鸟，没有思索就理所当然地接受，没心没肺地嘲笑，心无旁骛地前行，纯粹成了一个装疯卖傻的小女孩。直到有一天，睡梦惊醒般发现心中压抑不住的念头，竟是躺在他宽大厚实的怀抱中撒娇卖乖！惊恐地看着世界——怎么一瞬间就像西洋镜变幻了画面？内心里，我原本是真切地把他当成一个嘘寒问暖、关心纵容的父亲，怎么突然间就有了牵挂，就掺揉进了那种叫爱的情愫？

不再高喊爱与不爱的权利，刻意地开始漠视和遗忘——毕竟，他是成年人，我是一个刚刚涉世的小女孩。可要忘记他那如冬阳般温煦的笑脸，如和风般浑厚的声音，如雨水般滋润的话语，终究不是一件轻而易举就能做到的事。只得进行恨和埋葬，刻骨铭心地恨，伤肝痛肺地埋葬。常常刨得满手是血，满脸是泪，满心是伤，却希望他爱怜地捧着我的手，满脸惭愧满眶盈泪地说：小姑娘，别刨了，我走！

十年一天天流逝了，除了眼角的皱纹、脸上的忧伤，我没有留下一丝记录生命或苦难青春的印迹。但一次又一次，我毕竟挺过来了，终成了今天这副处变不惊、从容淡静的样子。

经过十年磨砺，我终于可以平心静气地回过头去，审视十年前那个玩火的孩子，和那个以山的形象出现、以海的心胸包容、以太阳的伟力辐射爱的男子汉。

准确的称呼，我应当叫他——叔叔。

路过你的路

缘分是个奇怪的东西，有的人在某天某时某地偶然邂逅，四目相对，最多有种惊艳的诧异，上天却在冥冥中注定要相遇，相伴着走过一段路途，清偿前世的无数次回眸或擦肩而过。

故事的开头总是无限美好，才让人产生看下去的念头——在一群傲如孔雀、自认为是达官显贵的人中，你笑容满面地邀请我上车。你没有看到那些人眼中的惊讶和疑问，他们想不明白，为什么我们会熟识得像莫逆之交的朋友？其实我们只是在那个种着不少茶花的地方有着一面之缘。我因报复了那些人一贯的低看、满足了虚荣心，而对你充满了真挚的感激，很想让这场路过变得与众不同。

经过岁月雕刻，我有了石头的坚硬和冰凉，总是一副冷眼旁观、事不关己的样子。但有你在身旁，我愿意变得活跃一些，栽花植树，努力让一路都是风景，从而把人生变成一首旋律优美的歌曲。就像你用纯正的英语投入地演唱着 *My heart will go on*，我眼前出现了波啸浪叠的大海、华美庞大的泰坦尼克号、Rose 和 Jack 浪漫甜美的爱情，尽管这些华丽的篇章像空中楼阁一样缥缈无形。

快乐就是好的心态和坏的记忆，我趋利避害，在自己编织的美梦中沉醉。许多日子以来，只要一听到你的声音，我焦躁的心绪就会平静下来，眼前浮现着你开心的笑脸，整个世界就像春天的百花园一样富足美丽。我不动声色地书写、珍藏着所有美好，希望你能少许懂得我，即使我平静如水、沉默不语，你也能看出那是波涛汹涌之上的海面常态。

人生有着太多的阴差阳错，不知是什么地方产生了误会，突然之间，你脸上的阳光春色变成了凛冽北风。我错愕地看着你，不知道怎么面对这空穴来风。《给我一次疼你的机会》里凄婉地唱道："是不是她，让我们变得如此尴尬？你的惩罚，难免让人觉得可怕。"我对任何事都不会乞求，包括情感，该来的我不阻挡，该走的我也不挽留。有些人喜欢用歌舞升平来营造繁华热闹的景象，我独坐一隅，只想过一种内心想要的生活。

看着你负重忙碌、职责无限和清晰可见的白发，我想，山顶与谷底有着各自不同的风景，我虽然仰望高山，却没有下定要去攀登的决心。我平庸得无法体会顶峰的极致，却也少了那些处心积虑的运作，同时避开了风口浪尖的凶险。这世间，从来就没有不需要付出的获得。

路过的风景一闪而逝，无论是晴空万里，还是暴雨泥泞，我们都必须迈步向前。感谢你的笑颜，它曾经丝丝缕缕地温暖我冰冷的心扉，为我的人生增添几许亮色和梦幻，给我留下十指相扣的淡淡温馨。

把思念种进你心里

昨晚又梦见你了。一个人不是很多的公众场合，你笑得很灿烂，我心情很好，我们在人群中简约地谈笑。虽然近在咫尺，我还是感觉到了我们之间的距离，那种需要保持礼节与客气的距离。我很想撑破美梦问你：你感觉到了吗？有一种无形的栅栏在隔开我们，使我们连开个玩笑都缺乏勇气？

今早见你从门口走过，我很想看真切你脸上的表情，有没有昨晚梦中煦暖的甜笑？同时，留给你一个开心的笑脸，扫走梅雨时节的阴霾。无奈当时我正在网上一边回帖一边聊天，"嘀嘀"的提示音分散了我的注意力，一错眼，你走过去了。这要命的网络，我手尽可能快地打着字、发着图，心在焦急地叫嚷：赶紧走，要不就来不及做午饭了！

以为你早走了，锁门时，听见你的声音，后来看见有人走进你办公室，知道你又无法按时下班了。去打印室拷文件，打字员由于在修复印机，意外地没有走。千恩万谢地把文件拷回来，却没有我要的那一个。到家晚了，只得去端羊肉米线来应付一顿。

每次通知活动，我从来不缺席。不是我喜欢宴席，而是只有在那样的场合才能见到你，随意聊几句。一次我去得较晚，座位已所剩不多。我径直向你们走去，你旁边刚好有一个座位，我很想在那儿坐下，但害怕你脸上流露出不欢迎的表情，那会让我一生都悔愧。我在两个同事之间坐下来，在场的人都有些吃惊——换作其他人，他们还会吃惊吗？我真的那么特立独行吗？我心中有些愤愤不平。你原本平和的脸色瞬间阴得像要下雨，我有几分窃喜：原来你也会吃醋！我没高兴几分钟就感到心悸，你脸一直阴着，仿佛久雨的天空无法放晴。

只有成为风景，才能迎来赞赏的目光。为此，我从不敢松懈，努力用有形无形的知识武装自己，追求浑然天成的境界。当我从太上老君的炼丹炉中走出来，锻造得金甲护身、百毒不侵，终于可以用佛陀的微笑面对风花雪月、生老病死，我明白了一个优势：受伤的将不再是我。沉痛的声音、哀伤的面孔只能让我的心麻酥酥地疼痛一瞬，我觉得自己未免修炼得过于冷酷了。但没办法，爱有多深伤就有多深。在这个吹捧遗忘、鄙视记忆的时代，最好的良方就是远离心动，不要涉足爱海。

我是宅女吗？办公室里，我把茶壶、茶杯放在伸手可及的地方，不是非站起来不可的事，我坐在电脑前基本不挪窝；家里，我一刻不停地从早忙到晚，却理不出一点头绪。所以，我没有时间去串办公室聊天，去交流心得体会，去评论、感叹、欢笑。我耳聪目明，对美有着敏锐的鉴赏力和想靠近的意念。我喜欢你仿真的歌声，喜欢你甜甜温馨的笑容，甚至想知道你脸上两个深深酒窝的手感。每次走在你身边，我都有一种与橡树并列的挺拔感。真的，我想把最明媚的笑脸、最温柔的目光给你！当你见到我露出惊喜的笑时，当我昂然走过你高歌几句时，我真的想说：哦，原来你也在这里！我忐忑靠近后会上瘾，喜欢后会沉溺，故而一次又一次沉静地从你身边走过。

棋逢对手，一方面可以厮杀得酣畅淋漓；另一方面因为结局扑朔迷离，害怕下成残棋无言以对，握手言和不是每个人都能修成的境界，所以绕道而行，迟迟不肯动手。八九段的围棋高手会去和初学者下棋吗？那不是浪费时间，是荒废生命！当你终于明白我的感谢、谦虚纯粹出于礼节，是否有种刮目相看的惊讶？你深沉的目光停留在我身上，我们无法避免地要去经历，哪怕最终只能是遗忘。

你开始纵容我，吃饭时叫上和我关系密切的同事，认真挑选拿手的歌曲。你唱“爱与哀愁对我来说，像杯烈酒，美丽却难以承受”时，我想问你，你心里就是这种感觉吗？其实你唱歌时，我没有仔细去听，我不断地邀人跳舞，与人交谈。细节是最感人也最伤人的，我害怕有一天能够说出你歌唱得好在什么地方或听某首歌的感受，在将来无法听到你的声音时会为那些歌感伤。

我常对朋友说，如果我接收什么礼物，那么我要心！攻心为上，有心就有一切。既然你闯入我梦中，我就想把思念种进你心里，让你见到我就露出童真的开心笑脸，看不见我就觉得若有所失；让你在呼唤我的名字时感觉比蜜甜，清晰地记得每个季节留下的回忆；让一阵动听的铃声响过，接起来就是你急切的声音：整整一天不见，打个电话问问你在忙什么？

流年似水

每年重阳节之际，我都去欣赏老年人为庆祝节日而举行的文艺表演，安静地坐在台下，应景地微笑着鼓掌，偶尔也和演员们握握手、合个影。

今年重阳节，在故乡龙华小学的校园里，当第一个节目的演员登上舞台，我心中突然一震，蓦然想起10余年前，我组织的那场文艺展演。节目逐个进行，演员们一批批闪亮登场。是的，就是这些婶婶大妈，当年缠着我，要我给她们增加表演的节目，增加展示的机会。她们不容商量地拉我去看排练，指出精彩和别具一格之处，说无论从哪个方面她们的节目都是拿得出手的，都是可以为舞台增色添彩的。今天，她们依然笑容甜美、神采飞扬，衣着更加合体、时尚、雅致，技艺更加精深。只是，她们脸上的皱纹更加明显，动作也变得迟缓了。时光啊，怎么一回首又是轻飘飘的10余年不见了？

那段时光只与台上意气风发的她们，和台下黯然伤神的我有关，与今天专注、漠然或无关痛痒的观众无关。没有人知道我们之间的渊源、亮点或疼痛。

那个高大挺拔的身影，那张英气逼人的脸庞，就这样突兀地粘住眼帘，任凭我怎样眨动眼睑，也无法把那藏得最深的记忆抹去。心在一瞬间酸酸柔柔地疼痛起来，眼眶里立马蓄满泪水，似乎要在温暖的秋阳下肆意地当众流淌。像是生命的刺青，当初尽管有爱作麻醉，还是痛得皱眉流泪，入骨入心。经过岁月漂洗，只是色泽不再醒目，图案依旧清晰，昭示着那段无法忘却的过往。

同是舞台，欢歌纵舞的依然是这群婶婶大妈，她们把欢乐传递给我，把精彩贡献给观众。那年，已经开场的舞台后面，当我再次和他商量，要求增加一些议程及颁奖嘉宾，他有几分不耐烦，却颇为宽容地说：还有哪些人需要关照、讲话和上镜，你一并说完！别想想又来增加一两个！我仰望着他充满活力的脸庞，掂量是否该把那些要求提出来。他的脸转眼间绽放成芳香的玫瑰，声音温和轻柔地说，我并没有批评你，我是怕你过几分钟又来说一次，既费心又劳力。那时，只要站在他旁边，就有种阳光普照的感觉，心中满溢的幸福在秒表的嘀嗒中激情流淌，似乎那一刻就是地老天荒。

那时，我二十有余，他三十出头，正是美得让人心颤的年华。每天，我把他铿锵的脚步当成音乐，用心聆听和享受。他在人群中着急地张望、寻找，一见到我就露出童真的笑靥。这煦暖的笑容伴我走过短短几个春夏秋冬，使我感觉富裕得可以抛弃尘世的一切，飘飘然过一种神仙般的日子。

走得最快的总是最美的时光，无论怎样努力，我们都无法靠拢，只能像两条并行的轨道，默默地相伴流年。许是太在意，握得太紧太用力，有一天我们打开手掌，手中的沙已所剩无几。多年后，无论是电视中偶尔露脸，还是杂志上专题报道，他都是一副阴沉的面容，眉头紧蹙，额上刀刻剑刺般深深的皱纹，眼角密布着沧桑，嘴角一副揶揄嘲讽的样子，用时下流行的说法——一副苦瓜脸，当年的英朗明媚已被时光的扫帚扫荡一空。是否，再也见不到我，就不用再挺直宽厚有型的腰板，就不用再露出柔美温馨的笑脸？

而我，在缥缈茫然的行走中，又结识了一些转眼即忘的英俊或丑陋的脸庞，再感觉不到春花秋月的诗意、时间流逝的喜忧，一生的韶华被定格在那段海市蜃楼、美得虚幻的故事中，再也感觉不到岁月轮回的磁场及重量。疼痛缓慢消失，麻木成为常态，我记住了那些歌词：自你走后心憔悴……时光累积，这盛夏的果实，回忆里寂寞的香气……翻开随身携带的记事本，写着许多事，都是关于你……

我就这样无知无觉地走着，不想回首，也不想刻意记住或留下什么。我总是在人生的转角处，突然遭遇昨天，回放一遍光阴的故事，忆起生命中那些闪光的片段。

即使我们咫尺天涯，但有我默默的关注和祝福，你一定能走得安然坦然，让健康快乐充满每一天。让我们在似水流年中书写不同的精彩，共同拥抱月华星辉、朝阳晚霞，生命一定会散发出它应有的光彩。

一眼千年

终于忙完手中的工作，思绪开始转动。你的身影浮现出来，带着几分固执。心开始酸酸柔柔地疼痛，许久没有的感觉。早晨走在路上，我还暗自庆幸，没有牵挂的生活虽然有点苍白，却是轻松随意的。

我不知道地球有多大，我们隔开了那么久；我不知道空间有多小，我们依然要相遇。四目相对，我看到你从心底漾出来的笑，之后大约是心开始疼痛，你面色黯然，表情扭曲。这一而再的错过，扼杀了多少美好年华啊！

当别人说起我的名字，你已不再记得，或许从来就没有记住，导致别人用刻意的错误拉开了我们之间的距离。生命不是用来蹉跎的，青春没有注定要浪费。两年零三个月，多少罡风吹过，多少花叶离枝！

一天又一天的等待，我眸子里已落满霜雪，除了你，再没人能把它们融化为泪。时间有时短暂得只过一瞬，就撕完了365张日历；有时漫长得望穿秋水，终等不到相遇那一天。

初次相逢，你的目光受磁力吸引般定格在我身上。我亦被你儒雅的气质、宽阔的眼界、分寸感很好的言辞折服，眼里满是九月的绚丽。我相信你记住了我，挥手只是为相聚作铺垫。

我设计过多少相逢的场景啊！春的樱花，夏的浓绿，秋的金黄，冬的白雪，核心包裹着你英俊脸庞上深深的痛惜。一开始我精神饱满，衣袂飘飘，之后想尽千方百计仍无法靠拢。

当我拿起一条裙子就往身上套，再不愿眨动一下眼睑去看衣橱里的争奇斗妍，我知道已历经一次心的四季，情感进入了冬眠期。红尘太深，繁杂事务阻断了你回望的目光。或许，那天眼镜的折光欺骗了我，让我自作多情地做了一帘幽梦。

没有记挂的日子行云流水一样飘逸，你的名字从别人口中蹦出我已漠然，你相片中的笑离我很远。像那些刻意或随性的擦肩而过，我剪短青丝选择遗忘，狠狠心埋葬幻想，一副轻装从简的模样踽踽独行。

当我的秀发长过腰际，你预约般出现在变幻了场景、演员、道具的舞台。唯一没变的，是我还等在这里。你眼中闪过霓虹，记忆的黑匣子已打开？其实我一直在痴痴傻傻等着一个绝美的童话，为此错过皎月丽日无数。我学会了掐灭希望冷漠如石，只为偶遇你时能够波澜不惊。

爱是经眼历耳入心的过程，那种叫一见钟情的爱跑得太快，直接从眼睛坠入了心底，在心上烙下一个印记，即使被灰尘遮掩也终有水落石出的一天。

你脸上布满柔柔的甜笑，掩饰不住重逢的喜悦。清秀，戴着眼镜，你口中吐出两个定义般的词语，心中记住了吗？即使笑容像言辞一样虚假，疼痛也是真实的。你脸上数次扭曲的表情，让我相信曾经的目光烁烁来自心的悸动，它只是被岁月在漫不经心中无意掩埋了而已。

那天身上只带着那张照得发胖变形的相片，忙着赶临近的时间，心想也没谁去注意，毫不在意地贴了上去。结果心急吃不了热豆腐，加上有人从中作梗，生生错过了一次宝贵的机缘，让崎岖的路更加荆棘密布。

好在我已学会淡定和自我疗伤，就连听到有人使坏也只愤怒了一个小时，就在书及笔的诉说中慢慢平息。在健康面前，一切名利地位、豪宅香车都是退而求其次的。

有的人处一生也不会动容，有的人看一眼就动心，这之间的玄机我从来无法把握。短短一个小时的近距离接触，终究要挥手说再见。

如果你是我的真命天子，相信你会回过头来寻找，不会一再错过。如果有一天你拉着我的手去看月落潮涨，那我这一世的等待和磨难算得了什么？上天终究给了我最丰厚的眷顾。如果你在红尘中依旧俗务缠身，无法回首寻找心的皈依，我依然感谢佛陀的仁慈，让我在今生能够与你相遇，找回心动与心痛的感觉。

如果你在挥别后就昂首前行，让我寻不到一丝笑的影迹，我会在佛祖面前许下心愿，在三生石上刻下你的名字，来世还要与你相遇，哪怕只若今生这般擦肩而过也在所不惜！

我是一个心硬如铁的女子，动了真情就会不管不顾地犯傻，尽管你不知道，我已等成三峡上的望夫石。

碎裂的吉他

每当听到淙淙的吉他声，我总觉得是从文的梦中流淌出来的。千变万化的旋律中，我总感觉到文那双由深情变黯淡终至忧郁痛苦的眼睛。

“我有一个小弟弟，我有一个小妹妹，把他们带在身边，做一个爱的游戏……”文唱着这首歌走进我的生活，开启了一个凄楚的故事。文是那种看你一眼就让你掉魂的男孩，他瘦高个儿，一双大眼睛里贮满燃烧灵魂的深情。英俊、潇洒、浪漫、多才多艺、活泼开朗、幽默渊博……文占据了世界上男孩所能有的优点。遗憾的是那时我太小，小得不懂情感和伤害。

文在学校知名度颇高，有一大群男孩在模仿、追随着他，一大群女孩围着他、谈论着他。可我不懂，那时文为什么把目光投向我？我对文并没在意，和对其他乡友没什么两样，只是爱音乐的天性使我不能抗拒文深沉浑厚的男中音和摄人心魄的吉他声。许是文捕捉到了我眼中的陶醉，他热情高涨地要教我弹吉他，说我长了一双弹钢琴的艺术型的手。他找来许多乐谱和吉他方面的书，抱来了终日相伴的吉他。

“我不学！”我倔强地说。

“怎么？你不学？这不辜负了你修长的手指吗？来，别跟我赌气，挺好学的，不信你试试。”文双手恭恭敬敬把吉他递过来，我感到有一股不可抗拒的强大力量袭来，不由得伸手接了过来。

自此，文像报时的钟表，成了我们宿舍日程表上无法抹去的一点。文先教我学单弦，教我弹《蓝宝石》、*long long ago*、《爱的罗曼斯》和一些曲谱简单的通俗歌曲。几个星期后，舍友开始给我们“腾空间”。单独相处时，文总是深情地看着我弹吉他，有时他那双燃烧的眸子会看着我的脸庞一连十几分钟不眨一下。我慢慢感到受不了文的目光，那目光使我不敢抬头。同时，我发现校园里许多人对我神秘兮兮地笑着，指指点点地谈论着。我不知道他们在说什么，为什么要谈论我。有一天，我从他们的谈论中听到了我和文的名字。

我才 15 岁，不能这么早就陷入爱河！我有那么多理想和梦幻等着去实现，我不愿意因为谈恋爱闻名全校，不愿意因为文成为别人羡慕嫉妒的对象。我不再学吉他，一吃完饭就跑到教室。我拒绝文的请求，不给他一分钟的相处时间，并托辞学习忙把书和吉他还给他。

“如果你不喜欢我到你宿舍，我可以不来。但你一定要把吉他学好！这对你有好处。”文说完伤感地走了。

“让我再一次，握你的手；让我再一次，亲吻你的脸。顺着我脸庞滑下的，是我的泪；在我心中刺痛的，是我的心……就像那只摔破了的吉他，再也找不到，它原来的音色……”元旦晚会上，文沉痛地唱着。我感到了他心中翻腾的泪海，但他脸色镇定，只是目光异常地冰冷忧郁。我一下子心乱如麻，有种想对人大发雷霆的冲动。

第二天，我和吴看电影回来后，收到了文的贺年卡。我决定结束文的单恋，就叫吴回去时顺便叫文到我宿舍里来。文很快来了，我阴沉着脸，非常严肃地把吉他递给他，告诉他我还小，不希望谁来打破我的宁静，让他以后不要再来找我。文怔怔地看了我半天，最后步履蹒跚地走了。

半个月后，正当我为自己终于恢复了宁静而庆幸时，文的舍友臻告诉我，文病了两个星期，希望我去看看。臻眨着眼睛神秘地说："他很想你，你去看看他，他马上就会好！"我没有去，因为臻的这句话。我想让文彻底死心，也害怕自己好不容易找回的宁静在一瞬间失去。

后来，文的好友奇告诉我，那天文抱着吉他回到宿舍，弹了一遍《蓝宝石》和《玻璃心》，发疯似的站起来，狠狠地把吉他摔在地上。"多好的一把吉他，就这样被他摔得粉身碎骨了！"奇遗憾的口吻中充满了深深的责备。之后，文就病了，整整在床上躺了一个月。

再见到文时，原本清瘦的他更是瘦得让人触目惊心。他总是远远地看见我就像逃避瘟神似的逃走了。这使我在因为伤害了他受到良心谴责的同时，增加了一份对他的鄙夷——堂堂一个大男人，竟然不敢直面一个弱不禁风的小女孩！

文毕业后我才知道，他在遭到我拒绝后那么绝望，是因为误解了我和吴的关系。在我不愿见他后，他几次到宿舍找我都看到我正和吴说说笑笑，不时还看见我和吴一起逛街、看电影。其实，我是觉得吴像一个哥哥对妹妹一样真诚地关心爱护我，我就像一个妹妹对哥哥一样有说有笑、有玩有闹罢了。

三年后，当我懂得了感情，懂得了爱，才知道文当初爱得多么痴挚和痛苦；当我经历了失恋撕心裂肺的疼痛，才听到文的吉他碎裂时那刺耳痛心的声音。

那碎裂的何止是吉他，那是怎样的一颗心啊！

青丝短亦长

你见过风吹起齐腰秀发，我一脸自得的模样吗？你会为这副模样感动吗？你云淡风轻的目光，哪儿是起点哪儿是终点？我一直在用沧桑的心解答注释，仍拂不去对你一生的好奇。

你煦暖的笑弥满时间的河流，许多个夜晚，睡眠就这样轻轻被赶跑了。我拥被而坐，刻骨铭心地思念或憎恨你。我幼稚地计算着我们应该相逢相识的年岁，幻想着我们只是没有刻意寻找，竟错过了冥冥中的约定。扳指一算，我出现时你已结婚——你原本就是别人的！

我冷漠地坐着，麻木地听任理发师摆布。剪刀的“嚓嚓”声中，你的身影渐行渐远，你迷人的笑慢慢模糊。“青丝就是尘世的恋情，我能将它们削剪吗？”我一遍遍念着，犹如巫师默诵祛灾降福的咒语。那句忘却了歌名的歌词渐渐高亢，鞭子一样抽打着我千疮百孔的心——每次如果你爱过谁，就剪断头发到耳垂……缕缕青丝飘坠中，一场黑色的雪下得铺天盖地。既然是一颗不能结果的种子，我只能把它扼杀在萌芽状态。

我对这个世界妥协得够彻底的了：避开一切活动，拒绝认识与被认识，我只差没用一个蜗牛的硬壳死死禁锢住自己了！10年来，我始终爱得很艰辛、很苦涩，我忘了玫瑰的芳香馥郁、娇美艳丽，只看到扎手痛心的绿刺。这绿森森的刺使睡眠在很多时候擦肩而过，使我的梦境常常被一个个身影撑破，使我对芳香和色彩失去了感知能力。我一直过着画地为牢的日子，不敢让目光停驻，让言语泛滥。一次又一次，当我猛然发现自己陷入爱的泥滩时，那种恐慌和绝望，不是人群中的冷漠与高傲能够诠释的。

原以为我变成丑小鸭你会感到惊奇，原以为我丑化了自己就可以避开柔情的围困。可我无助地发觉：除了那个弟弟惋惜着步步紧逼，没有人对我的努力给予关注的一瞥——仿佛我从来就是如此！这绝望毒蛇般噬咬着我，使我对你轻轻浅浅的笑容充满了切齿痛恨，很想把你的宽容忍让剁成碎片；使我在一双双眸子的盯视下丧失理智，轻易地把自己抛入了恶性循环；使我对没有引领短发的风暴耿耿于怀，对飘逝的长发痛惜不已。

我曾以为对男人可以视而不见，对爱情可以心静如水。蓦然回首，才发现你的喜怒哀乐依然让我触目惊心，才发现尽管总想脱俗，我始终只是一个普通女人：向往真善美，心仪高大英俊的男人。同时，我是一个道德观念很强的人，强到为了道德而牺牲一切的地步。你想跻身潮流，这是悲剧的起点；我在乎结果，这是悲剧的症结。这一切简单得像一个无须动手的方程式，我们一抬眉就能将前因后果尽罗胸中。

如果有一天思念青丝般疯长，如果你高大的背影终成为我无法风干的选择，我只能打点行囊，远离这个10年来让我生不如死的小城，去进行我命中注定的漂泊，让那句美丽的歌词成为忠实伴侣——梦中的姑娘依然长发盈空。

因为不再相见

因为不再相见，我才畅所欲言；因为不再相见，我才笑得如此粲然。生命诡奇多姿，缘分美得令人心悸。

小阳，你从什么时候开始注意我？是我买票那一刻，还是我上车的刹那？你不知从哪个角落冒出来，飘然落座在我身旁，成为我疲惫中的一个障碍、一帧潜在的风景。

小阳，你有一个多美的名字！每当看到或想起你的名字，我总觉得阳光灿烂的春天正向我招手，总觉得我又走在艳阳高照的秋空下，懒洋洋地晒着太阳。

你小心地观察着我，寻找一切说话的契机。最后你用了一个很笨、很蠢、很俗、很幼稚的方法——问时间。我淡淡地回答你，拒绝你的谈话。我太累了，需要一个无人打扰、没有喧嚣嘈杂的空间。

是什么驱走了我的睡意？是你探询的目光，还是你的一举一动？我尽管头脑昏沉，却怎么也睡不着。我们不可避免地交谈起来：风土人情、旅游景点、做生意、回家过春节……

你始终浅浅地微笑，带着一丝似有若无的羞涩，处子般的明眸一闪一烁，竭力窥破或吸引点什么。西双版纳的热带雨林，大理的白塔，边境城市的珠宝首饰、化妆品，南京的雨花台、玄武湖、夫子庙，云贵高原及安徽、山东的发展变化……你兴致勃勃地说着。当说到新疆的乌鲁木齐和塔城时，我眼睛一亮，知道我期盼的草原、沙漠即将从你口中汩汩淌出。果然，你让我处于“风吹草低见牛羊”的茫茫草海中，我仿佛成了那个身着红装、手持牧鞭、骑马飞驰、欢歌纵舞的哈萨克族牧羊女。

你一定捕捉到了我眼中的陶醉和激情，顺理成章地邀请我去春城看红嘴鸥。我知道，在你的潜意识里，我已是你人生旅途的忠实伴侣，你以为今后的旅游和人生不再枯燥无味，因为有了我。我的心不由得轻轻一颤，我这样热情无忌地和你畅谈，完全是因为我们转身即成陌路、此生很难再次相见！

你用自以为巧妙的方法询问我的住址，毫无保留地讲述着你的一切。讲到春节回家无事可干成天打麻将时，你惊恐地看了我一眼，怕我因此而责怪或看不起你。我知道，我的影子已无法逃脱地撞进你的心扉，你从此会做许多绯色的幻梦，会把我当成人生的一个目标去追求，直到有一天发现我成了别人的新娘。我在心里深深地责备自己——为什么要让你凭空多一个梦想，然后眼睁睁看着这个凄美艳丽的梦一点点破碎，成为永远的心伤。

你的纯真幼稚、心无城府和我的容貌气质，是世间最美的风景，我们无法抗拒这风景的诱惑。缘分注定我们要相遇、相识，然后相别。只是，我们应该洒脱些，挥手再见后，像什么也没有发生过一样，去走我们原来的路。

充满希冀的离别是无足轻重的。小阳，你是否想到我们此别不再相见？你稚气地递过名片，告诉我你什么时候在旅馆、什么时候回家、什么时候又返滇。我的心一阵阵酸楚，意识到在未经历过情感生活的你面前，我是一个爱情骗子，让你不久就会知道——真爱是天上的星星，无论你手伸得多长，永远也抓不到。

小阳，就让我们把这次美丽的邂逅，深深地藏在记忆中，然后一如既往地走我们各自的人生路，平静地笑对春花秋月。因为，我们从此不再相见。

最后一天

太阳暖融融地照着，很有质地的一个暖冬。我心情平静，这一天没有会发生什么的半点预兆，应该能够为2009年圆满地画上句号。

曾经怕了这一生，始终无法面对自己。还是对晚上的聚餐有一点担心，怕掌握不好分寸，让来年重蹈覆辙，让自己再陷入困顿疲惫中。不早不晚地到了，该说的说，该笑的笑，该沉默就沉默，一言一行都基本合乎规范。餐桌上，有人为喝酒做动员，我静如磐石，没有人为难我。

忘了是谁来敬酒问："你平时都喝，为什么今天不喝？"

立即有男同事接上说："她今天特殊情况。"

大家起哄："你怎么会知道？"目光就充满了审问和色彩。

我想为男同事开脱或说点什么，终没说。

所长来敬酒说："2009年在座的各位没有谁被吓着吧？吓着也不要紧，关键是不要受惊（精）！"

我和大家一起哄笑，为没人逼着喝酒而满心欢喜。我把注意力投注在满锅麂子肉上，狼吞虎咽地吃着。管他呢，哪天裙子穿不上了再去思考塑身问题。

酒酣耳热之际，有人让女同事去敬酒。有人点到我，所长马上担保我不会喝，并举例说明。

我感到诧异：他为什么要偏袒我啊？有人抗议，所长一副誓死保护的样子让大家瞠目。

终于有人去敬酒了，我们松懈下来，拉拉杂杂地吹牛开玩笑。

所长突然转过身来看着我说："你知道不？我一直在保护你！"

至少今天晚上他保护了我。我笑得有几分真诚地说："知道！"

"你别敷衍我！"所长说着就跳到我身后，"我听出了你语气中的勉强！我真的一直在保护你。你说从我来后，你对我说了些什么？说得最漂亮的不过就是一句欢迎吗？我对你做了些什么你知道吗？"

我认定他喝醉了，胡言乱语而已。我让他坐下，说我说过的漂亮话可多了，可以一一点给他听。

他坚决地说："不坐！从 ×× 说过一句话后，我就一直在保护你！"

我一听头大了，这哪儿扯哪儿啊？怎么突然间就把已经埋藏在记忆深处的 ×× 给牵扯进来了？心在一瞬间就波起云涌，提到 ××，我不能听而不闻，所谓遗忘不过如此。

我装出不在意的样子问："×× 说了句什么？"

"我不说！"所长一副保密员的样子。

"他说了什么？"我讨好地站起来，笑得很迷人地问。

"他说你是一个很优秀的人，他走的时候交给我一个任务，叫我一定要保护好你，否则就唯我是问！"所长得意地笑着说。

我一下僵住了，笑容在脸上扭曲得极为难看。那些我认为已被时间淹没的点点滴滴，一刹那奔泻而出，以排山倒海的气势隐去了眼前的一切。

我放下筷子，茫然地看着眼前热火朝天的氛围，只想逃离。心的疼痛，在这最后一天，以一种钝刀切肉的方式撕裂我。为什么，每一个角落都有回忆？在我猝不及防的时候，总有一些言行举止蹦出来射伤我？依然只能谈笑风生，我无处可逃。

原本，我答应去看他的，曾计划过行程，想过约谁一起去；原本，我期待友谊地久天长，想以一种平等的身份互相关爱，彼此亮成一帧美丽的风景。

8月一个气候宜人的傍晚，一个熟人在餐桌上以幸灾乐祸的口气说出一件事，冰冻了以往的美好。我以一种失望的心境把过去锁入心底，决然不再触及。

坐在车上，我唠唠叨叨地说着陈年旧事。我不能停下来，不仅心痛得止不住，胃里也翻江倒海起来，仿佛要把刚刚吃进去的美味麂子肉倾吐出来。

我用双手抵住胸口，无力地靠在椅背上，想失声痛哭，更想跑到他跟前，真诚而深情地说："××，谢谢你过去的关照、爱护！更感谢你走了还牵挂我，让别人保护我！我愿意一如既往地关注你的行程，为你的勤勉鼓劲加油，为你的成功鼓掌喝彩！"

爱是肌体的发烧状态，偶尔经历，会增强免疫力，留下许多温馨和陶醉。人不能总处于高热之中，那样会烧掉青春、理想和意志。所以，2009年我选择冷若冰霜、心如止水，任尔东西南北风都纹丝不动。

原以为在这一天我可以画个句号，把这些经验推广运用于下一年。所长无意间说出的一句话，撕开了回忆的面纱，使那些无法尘封的往事活跃于阳光中，光阴一样咄咄逼人，让我找不到退路。2009年最后一天，我颤抖的手写下了一个分号，一不小心还滴落下几点省略号。

枫叶

年少时写过一首有关枫叶的诗，感动了不少人，那些写诗的朋友纷纷唱合，那两片普通枫叶顿时有了生命，鲜艳地活在记忆中。

一天，心情糟糕透顶，郁闷地从书柜里抱出大大小小十几本相册，倒在沙发上懒懒散散地翻着。儿子先是好奇地凑过来，自己拿起一本，兴奋地翻着，自得地指出哪个是妈妈。

突然，儿子转身跑进书房，待再回到身边，已抱了那本我不愿再翻的相册，表功地说：妈妈，还有这本！我抬眉看了一眼，低头继续翻着。时间已抚平一切伤痕，而我终成了一杯绵软的温开水。

儿子兴奋地翻着，发现新大陆似的把相册往我眼前一伸：妈妈，这是什么？

枫叶。我冷漠地说，甚至不愿瞟一眼已经由殷红褪变为枯黄的枫叶，和在照片里静静展示十四年前风姿与笑容的英俊男孩。我用了漫漫十四年的青春时光，终于把那段经历和那个身影埋藏于岁月与记忆的深处。代价太大了，大得让我悔得心痛。

妈妈，我可以拿出来看看吗？儿子怯怯地说。

不可以！我粗暴地答。作为那段恋情见证物的枫叶，已经在时光流逝中失去了原本的作用和意义，已经普通得等同于秋天的任何一片落叶。可是，我依然不愿让任何人触摸和窥视，哪怕是我最最亲爱的四岁的儿子。

妈妈，我可以伸手进去摸摸吗？儿子眼里满是乞求。他从来没见母亲这么宝贝过一件东西，宝贝到连他都不能伸出胖胖的小手轻轻摸一摸。

不可以！我冷酷地喝斥道。儿子眼里瞬时涌满了泪，委屈地噘着嘴巴，一扭身跑进自己的卧室，撼天动地地哭起来。

我立起身，窗外已夜幕四垂。天色黯淡，没有一点星星，远近路灯衬出了我的孤寂与落寞。那些脉搏已由我心上、体内萎缩至叶内，可这漫长的过程中，我经历了多少番生死轮回啊！

我不要你当妈妈，我也不给你做宝宝了！儿子在卧室内赌气地说。我知道，在四岁的儿子面前，我过于残忍了，他不过提了一个小小的合理要求。

在这微冷的春夜，我想给儿子一种冷酷教育，这对娇生惯养小皇帝似的他们尤为重要——人要懂得放弃，放弃那些自己最想知道或得到的东西。在每一次选择面前都必须充分运用理智，不要被浪漫迷住眼、蒙住心。浪漫给人披上一件华丽、潇洒的柔美轻纱，却常常轻而易举地改变了人的一生，且要用许多年宝贵的时光去疗治它所留下的伤。

娇小的孩子，你懂妈妈的良苦用心吗？

老去的只是岁月

深夜11点，我正想关灯睡觉，手机铃声突兀地响起来。心想大概是骗话费的，响一两声自然会停。铃声不屈不挠地响着，我只得打开手机，看到归属地是四川广元，我果断地挂断电话，埋怨谁又拨错号码了。

今早上班途中，很自然地想起昨晚那个电话。在广元认识我的，大概只有臻哥，他不至于突然想起我来吧？过马路时，手机铃声欢唱起来。又是那个号码，不达目的誓不罢休地响着。我按下接听键，冷漠地问：哪位？电话那端犹豫、忐忑地说了我的名字，非常没有底气、准备随时接受训斥地问：你真是××？尽管隔开漫长的23年，我对臻哥的声音已没有印象，凭着“广元”二字，我还是一口咬定地说，你是臻哥！

许是开头的冷漠种下了阴影，臻哥字斟句酌、十分谨慎地和我说话，问我琼的电话、工作单位和地址。不是他提起，我早已忘了那个来自广元，最终依仗哥或姐而去了重庆的圆脸胖女孩。我对臻哥说，我和琼毕业后就断了联系，彼此不知道对方的情况。臻哥听到我的口气不再冷淡，满怀喜悦地说，我有好几年没有见到你也没有听到你的声音了！有七八年，还是10年了？我说有20

余年了啊，自从学校毕业我们就没有联系过了呀！臻哥说确实有20余年了，问我生活过得怎么样？我说马马虎虎，还凑合吧！他问第二遍时，我听出了弦外音，似乎他已知晓我破碎的婚姻。我觉得他大概不在广元，打电话的目的也不是询问琼的情况，而是想知道我的近况。

我经常对一些人一个月没过就遗忘了，有人隔开漫长的23年还记得我、关注我的生活状况，我不由得激动起来，问臻哥现在哪儿？臻哥说他在昆明，与奇哥、文哥、泉哥在一起。只要是在昆明，我就知道他和文哥在一起，这样才能知道我的电话号码。我问他们是出差还是旅游？臻哥说他们是专门来玩的，我热情高涨地邀请他来宣威，说宣威也有不少值得看的地方。臻哥说他们还没定好路线，看明天能不能来宣威，到时给我打电话。

我刚到办公室坐下，臻哥发信息来说，他们今天去石林，就不来宣威了，欢迎我去广元玩。问我目前在干啥？我说了工作单位，说今年准备出一本散文集。臻哥让我到时把书名发给他，他从网上下载，告诉我他在朝天区防震减灾局工作。

因为这个电话和这几条短信，我一整天沉浸在喜悦和回忆里，感觉时间的滚滚洪流中，我们的确用青春的脚步留住了一些美丽的珍珠。那些往事没有随风飘零，鲜活地扎根在脑海中，使我一瞬间就忆起：臻哥是学生会主席，曾介绍我加入学生会和做校刊《团苑》的编辑；臻哥毕业后曾回过学校看我们，我当时对他很冷淡，几乎是用冰凉的态度冻结了他如江河般欲滔滔不绝的言语。

沿着琼这条快要隐没的线索，我慢慢想起，臻哥应该是1992年的秋天回学校的，我当时正在热恋之中，害怕节外生枝，所以对他极其怠慢。那时重庆还归四川管辖，我因为初恋男友是重庆人，便和四川人热络起来，认了来自重庆的军做弟弟，和琼成了好友，让低一年级的同学才有了接触我的机会，并对我充满了幻想，企图毕业后到昆明工作……

郁郁葱葱的豆蔻年华，我是校园里的领军者和风向标，英俊男孩一波波涌来，为能进入我的视线奋力向前、费尽心机。人的精力是有限的，我不可能把生命浪费在无谓的消耗上。所以，无论是现在在单位，还是当年在学校，我更愿意和志同道合的朋友交往，而不愿把有限的时间用在与周围人和稀泥似的闲扯、瞎谈、应酬上。现在对我较为了解的是不时见面的朋友，而不是天天进出同一栋大楼的同事；当年熟悉我的，除了朝夕相处的舍友，就是那些来自西南、西北甚至东北各省、各所大学的云南老乡及西南老乡。

有一个低一级财会专业的陕西男孩，毕业后来到昆明工作。20 世纪 90 年代初期，陕西人还是家中宝，轻易是不出远门的，到省外工作，大概是从 1993 年我们毕业，才大量开始的。乡友说那人是受了当年我胡吹海侃的影响，把云南和昆明当成了人间天堂，不顾亲友阻拦、前途莫测，决绝地一意孤行。可我脑海里，压根儿没有半点这个人的信息，我不知道他的姓名、年龄、面貌、来自哪里？也不知道我在哪儿见过他？他何时听过我的夸夸其谈？在我把云南神话成骑着大象散步、抱着孔雀起舞的奇妙仙境时，他到底在哪个场所、哪个角落看着我眉飞色舞的表演？见我一头雾水，乡友终于把涌到喉头的话硬咽下去——他是为了你才来到云南的。

晚上 9 点，臻哥再次打来电话，谨慎地问，说话方便吗？我愉快地回答，方便啊，你说！臻哥说他们从石林回来了，明天一早去大理。臻哥感慨地说，怎么一晃眼这么多年就过去了，现在都感到腿脚不灵便，再不是当年意气风发、蹦蹦跳跳的样子了。我逗趣地问，是不是感到老了啊？臻哥叹息地说，是啊，我们都老了，只有你还年轻，你在我心里一直是十五六岁，天真烂漫、乖巧可爱的样子。

臻哥说他倒和我通过电话了，还有两个哥哥想听听我的声音。我问谁呀？臻哥万分隆重地推介：一匹是东北虎，一匹是来自北方的狼——你奇哥和泉哥，他们说已有 25 年没有你的音讯了，他们想知道你过得好不好？这“好”的标准太难界定，我就含混地说，还可以吧！臻哥强调他们都喝了酒，言外之意是即使哪句话说错了，也是酒后失言，并非本意要冒犯我。臻哥热情地说，你要出书，你来自沈阳的奇哥也能帮忙，你和他聊聊吧！我说你把他们的电话和单位地址统统发来，等书出来我给你们每人邮寄几本！

电话里传来嘈杂的声音，接着一个浑厚、带着东北特色的普通话传来——这就是皮肤微黑、长相俊秀、东北小调和二人转唱得顶呱呱的奇哥！在他娓娓动听地唱着《走过咖啡屋》时，我曾迷失在他声情并茂的歌声里，决定将来找男朋友，就找一匹像他这样高大帅气、关心体贴、养眼怡心的黑马。

小妹妹，你好吗？生活过得怎么样？这次到昆明，我寻思着，即使不能见你一面，也一定要听听你的声音！奇哥有些激动地说。我问，你还记得我吗？奇哥责备地回答，怎么会记不得？你长得白白的，长长的头发，秀气的脸庞，纤细的身材，我一辈子都记得，都不会忘记。我邀请他来宣威，说宣威还是值得一游的。奇哥说云南山美、水美，自然风光秀丽，景色处处迷人，但冬天没有沈阳那种冰天雪地、粉妆玉砌的壮美；没有冰雕晶莹剔透、千姿百态、包罗万象的大美。邀请我冬天去沈阳，感受东北朔风呼啸、银装素裹的景致。奇哥说行程太紧，无法来看我了，但他会把宣威当成大后方、根据地，以后一定会来，而且要多来。奇哥似乎为不能来看我感到遗憾，说石林、大理、丽江他们早就来过了，这次是专门带家属、孩子来看看。似乎，带着家属，也是他们不能来看我的原因之一。

“小妹妹”这个甜美的称呼，曾在校园里像空气一样流动、像春夏之交的暖流一样到处传播。看着那些比我大四五岁的男孩每次见到我时脸绽金菊、欢声笑语，我想，在他们叫我“小妹妹”时，心里一定有着蜜样的甜馨。就像现在有人呼喊我的名字，心里会“倏”地滑过一丝奇异的感觉。

奇哥那时好像是学习部长，一次学校英语竞赛，他没有参加，就抽来监考我们。我正对着几个选择题冥思苦想，奇哥站在我课桌旁干咳了一声，指指他手中卷起来的卷子背面。我看到那空白的纸面上写着一排字母，刚想问他首尾顺序，奇哥用食指在嘴上比画了一个“不要说话”的手势，同时我看到那个考场的同学都抬头看着我们，只得低头自力更生。由于考场中始终有人盯着他，奇哥再不敢走近我桌旁。其实，同学们不在意我们是否作弊，在意的是两个俊男靓女是否交往密切。那场竞赛我因为储备不丰富而名落孙山，奇哥让我作弊的举动，既让我感到好笑，也让我感到温馨。

在那物质匮乏的岁月，1990 年的春夏，我是没有喝过咖啡的。奇哥磁性的歌声引发了我对咖啡的向往，我甚至希望，我就是咖啡屋中那个女主角，虽有淡淡的苦涩，却有咖啡的醇香滑腻，让人魂牵梦绕、欲罢不能、缘定三生。也许由此，工作后我笃定地爱上了咖啡，不管是速溶的、自煮的、小磨的，我都爱得如痴如醉。别人喝一杯就睡不着觉，我往往要喝三四杯才肯罢手。直到后来，喝下去就肠胃不舒服、嗜睡，我才不得已断了咖啡。我没有打过麻醉，但以咖啡为例，麻醉在我身上大概是不起作用的。

年轮转了 20 次，我像遗忘所有曾经一样，忘了奇哥来自东北哪个角落。那年侄儿考上沈阳工程学院，我曾向同学打听奇哥的单位、电话、所在城市，想请奇哥关照一下侄儿。同学说我记错了，奇哥是吉林长春的，说在一个很好的机关单位。现在侄儿已大学毕业，即将走上工作岗位。原来是同学弄错了，导致侄儿失去了一个可以认识、学习一位优秀叔叔的机会。

奇哥似有千言万语准备娓娓道来，旁边的人却在不断催促：长话短说，还有人在排队呢！奇哥只得匆匆结束闲聊，说祝你生活愉快、笑口常开、永远年轻。

接着，一个陌生的声音传来，说小老妹，我这个当年在学校的小老弟想要和你聊聊，问问你的工作、生活情况，祝福你轻松如意、健康快乐！东北和云南一样，也是一片神奇美丽、让人着迷的地方，欢迎你到东北来旅游、来看我们！我说有机会，我一定来看看那个捏一把黑土都会流油的地方！我对泉哥毫无印象，他学什么专业？外表形象如何？是哪个班的班长？

泉哥好像还要说什么，手机已被臻哥抢过去，让我不要急于挂电话，文哥还要和我说几句。如压轴戏一般，最后出场的总是最重要、最精彩的角色。我想，他终于忍不住，还是要站出来说几句，就如棋局，车马完不成的任务，最终只能由将帅亲力亲为。

小妹妹，你最近过得好不好？怎么也不打个电话、发条短信和大哥哥聊聊？文哥笑吟吟地问，看似和蔼可亲，我还是听出了拿班拿俏。马马虎虎，我笑着和他打太极拳。马马虎虎就是过得好的意思，文哥循循善诱地说，在这急功近利、心浮气躁的社会，能过好生活实属不易。我说我们小百姓想法简单，愿望低微，知足常乐！文哥说，我也是小百姓啊，我也知足常乐啊！我说你是富翁，我们怎么敢和你相比啊，简直是天上与地下！文哥有些不自在地问，怎么这样说你哥哥啊？你这个当妹妹的一点也不厚道！你不主动和我说说，我问了你也不回答！说什么？我故作惊讶地问，你问什么我没有回答？你的生活状况，家庭婚姻情况如何啊，怎么不主动和我们聊聊？文哥被逼上梁山似的说。原来你是问这个问题啊！我恍然大悟地说，那我坦率地告诉你——我一个人带着孩子过。

他们是想亲耳听到我离婚的事，这个最核心的问题，他们不开门见山地问，却绕了许多弯、换了几个人，最终只得由始作俑者、最想知道的文哥单刀直入地询问。

怎么你离婚了也不告诉我，不主动和我说说？文哥趁胜追击地问。是否在他们心里，离婚的女人都是怨妇，他们等待着祥林嫂似的诉说？2012年9月，我是给他发过短信的，却如石沉海、杳无音讯。那时，我被离婚弄得焦头烂额、心情烦躁、情绪低落，很想找个人诉说，倾倒一下苦水，却没有人主动或愿意陪我聊聊。也许，他收到我的信息在心里狂呼：我终于等到了这一天！你终于受到了报应！这就是你当年不把我当回事应该受到的惩罚！

我不想在这个问题上和他纠缠，就转移话题问，你现在是常驻昆明了？文哥有几分不情愿地回答，我在其他地方无法混，只能到昆明乱混混。我嘲讽地说，你们富翁都无法混，那我们小老百姓怎么办？文哥感慨地说，你还是过去的性格，还是那么伶牙俐齿！你不要打击我了好不好？我问，你在昆明主要做什么？文哥敷衍地说，刚才不是告诉你了吗，当闲人、混日子。我针锋相对地问，你们干大事的说在混日子，那我们混日子的怎么说？文哥爽朗地笑着说，我们老了，只能混日子了！干大事是你们小年轻人的事了！我讪笑道，你就老了？文哥忍俊不禁地说，当然老了！哪像你，还是个小娃娃！这么长时间了，也不打个电话或发条信息给我！我不服气地说，你这个当哥哥的，也没有联系过我啊！文哥开心地笑着说，我老了，你年轻，别和我计较啊！你就应该随时打个电话，或发条信息，主动向大哥汇报一下生活近况！你是小妹妹嘛！到昆明来也该主动找找我！

我硬着头皮说，我给你打过几次电话，都没接，还以为你换号码了。文哥满意地说，电话打不通你就发信息嘛！有时我忙，当时无法接，年纪大了容易忘事，过后没有记忆，就忘了回电话。但你应该随时打，经常打！

我也不是省油的灯，自认为从来不省油。我笑呵呵地回答，既然打了没人接，我就认为那两个号码是无人用的空号，换手机时就没有输进去了。你把你的号码发到我手机上，我以后到昆明打电话联系你。怎么？打不通你就把我黑了？文哥伤痛地惊呼起来，你怎么就把我拉入了黑名单？你怎么可以这样对待你大哥啊！我微笑着解释，不是拉入黑名单，是没有再存入手机。文哥唠唠叨叨地说，你做得也太过分了，几次打不通电话就把我黑了，就不再打了。随后掩饰地转移话题，说他们明天飞丽江，就不来看你了，之后他们就回去了。我吃惊地问，你不陪他们去你的家乡？文哥漠然地说，我由于有其他原因，就不陪他们去了，他们自己去。记得给我打电话啊，到昆明就来找我。

我听到臻哥说，再说两句嘛！每个人都说两句祝福的话嘛！之后手机到了臻哥手里，他抱歉地说，不好意思，这么晚还打搅你！我说不晚啊，才 9 点多钟。臻哥恹恹地说，你休息吧！我们就不来看你了，以后到广元来找我啊，大哥一定好好招待你！祝你天天开心，永葆青春！

显然，我的回答令他们不满意，没有达到他们预期的目的。那一段我用力埋葬的过往，并没有堙没在岁月的沧桑中，以臻哥为引子，一下子就奔来眼底，固执地把人生的盐晶呈现在我面前。

1989 年秋天，古都咸阳的校园里，在 18 个云南乡友中，我首先进入了文哥所在的阵营，继而认识了奇哥、臻哥等人。我是真心实意把文哥当亲哥哥一样看待的，希望我成长的过程中，他起到引领、辅助、修正的作用。可年方 20 岁的文哥，已经春思涌动、激情勃发，固执地要把玫瑰种植在我眸子里。他教我弹吉他，为我解乡愁，带我看电影、逛公园、会朋友，陪我上街寄信、买东西。在有外校同学、乡友拜访时，他们到食堂打饭菜来聚餐，或者自己开小灶打牙祭。出于无微不至的关心，他向我介绍了所有乡友和他的同学、朋友。他们当时似乎有结拜的几弟兄，分别来自不同的省份，有着各自的特长或特技。好像一个来自河南还是什么地方、高高瘦瘦、戴着眼镜的是老大，文哥是老二，臻哥是老三，奇哥是老四，以下是否还有，我已经没有印象了。

在和乡友莲姐熟识后，她担当起了姐姐的责任，怕围着我转的那些男孩图谋不轨，当众或单独地警告他们：你们就别打我妹妹的主意了！有我这个当姐姐的看着，你们什么时候都不要痴心妄想！那时我接近16岁，对爱情有着无缘由、不能把握的恐惧，文哥眼中的深情常常让我手忙脚乱。莲姐比我大五岁，一副熟谙世道人情的样子，和她在一起，我感到安心和可以依赖。就这样，在文哥的阵营里享受了3个月的照顾后，我加入了云贵川结拜三兄妹的团体，成为他们共同的妹妹。

莲姐像个亲姐姐一样对我关心、照顾、教导，她规范我的言行举止，告诉我穿外衣必须扣上纽扣或拉上拉链，说冷着、凉着将来会留下病根；带我看通宵电影，使我学会了手脚麻利地翻围墙、爬大门；陪我补虫牙，为我买稀饭，在我痛得钻心时安慰说——忍不住就哭吧，女孩流泪不是罪！为我满街买解热镇痛药，满世界寻找能够根除牙痛的药方……最重要的，莲姐不允许文哥等人接触、靠近我，用姐姐无私无畏的胸怀，为我提供了一个保护的屏障。

文哥被阻隔、疏远着，有时整个星期都见不到我。因为他教我学吉他时总是盯着我走神，忘了教学内容，我对他有几分说不清的畏惧。他比我大四五岁，那时候对我来说，这个年龄差距像个无法逾越的天堑，使我觉得和他之间有了代沟——他是全知全能的成年人，我是个初涉人世、懵懂无知的少女。1990年元旦前夕，文哥给我邮寄了一张贺卡，上面写着表白似的言辞。这使我下定决心结束这种心有余悸的交往，结束他孜孜以求的单恋。

我把吉他还给他，不允许他再来找我。对我来说，这只是为了寻求一份心安理得，文哥却把它演绎为声势浩大的失恋，他病得在床上躺了半个月。在文哥不再来找我后，我感到日子苍白无聊，随时在洗衣服、和乡友欢聚、逛街、看电影时想起他来，情绪一阵波动，笑容就僵在脸上。我在以往学习吉他的时段，站在女生宿舍的六楼，看着对面三楼男生宿舍里的文哥，痴痴地看他弹吉他、和舍友闲聊、做作业、咳嗽或躺在床上看书。我知道，那时我的心里涌动着春潮，既希望、同时又害怕投入春天万紫千红的怀抱。

文哥病好后不再理我，偶尔路遇，他总是绕道而行，远远地避开我。1990 年夏天，13 个云南老乡毕业，留下我们同级、年幼的 5 个人。文哥在留言册上给我写了一些打哑谜似的言辞，留下联系地址，毅然决然地分到曲靖。由于人地生疏，他进了一个半死不活的煤矿，在那矿产行业不景气的年代，艰难地熬着青春。

1992 年春节，文哥曾到家里来看我，遗憾的是 18 岁的我，对爱情仍然有着莫名的恐惧，连“等我长大再作决策”的愿望都不敢有。文哥于 1993 年 10 月、我毕业走上工作岗位后结婚，成了矿长的女婿，之后一步步飙升，成了矿长、董事长，最终成为身家数千万的富翁。

2004 年冬天，已经成为矿长、富裕起来的文哥到宣威看我，想让我见识一下身着锦衣的样子。我的沉着冷静、淡泊随缘让他很受伤，他逃也似的离开了。2011 年夏天，我从华东五市旅游回来，在昆明短暂停留，约文哥见一面，他最终找了个借口爽约。

20 余年过去了，文哥一直耿耿于怀那个众所周知的伤疤。因为太在意，他忘了让那个伤疤痊愈、消失，他刻意要把此作为青春的祭奠，倔强地不肯原谅当年幼小无心的我，也为自己的人生涂上一抹黯淡的灰色。哪怕我走入社会就无依无靠，现在捧着破碎的婚姻，在人心叵测的世俗中突围，他仍要打开记忆的窗口，让我窥探尘封岁月无法消逝的疼痛。

我挂了电话，若有所思地轻轻合上回忆的匣子。我们就这样说着祝福，相约聚首，暂时把这一段岁月收捡起来。待某一天偶然打开，依旧鲜活如昨。

冰果屋

有一个咖啡店叫冰果屋，提供优雅的音乐和普通得没有一点特色的咖啡。那是我常约朋友吹牛聊天的地方，因为你，不再去。耳边总回响着那首《走过咖啡屋》的歌，使我时时汹涌着给你打电话或发短信的冲动。“今天你不再是座上客，美丽的往事已模糊。”

没有浪漫的烛光，不明不暗的白炽灯下，不戴面具的人们轻松随意地聊着，有些喧嚷，尘俗得让人总想出逃。唯有音乐淙淙小溪般无忧无虑地淌着，让我有些心痛。

从来没有这样近距离接触，面对面，四目可以长久相对。初恋、经历、情感、生活的困惑与挣扎。我有些激动，说着说着就泪盈双眶。你始终静如止水，仿佛在讲别人的经历，抑或上世纪已经陈旧得发霉泛黄的故事。

你怎么可以，这般沉静？麻木、心若死灰都不是恰当的词汇，我分明看到了你那颗善良的仁爱之心！大智若愚，大隐于市，先哲们的诤言提醒我不要把眼前年轻清丽的你简单化。我想看到你眼睛背后隐藏着什么，我想知道你头脑中不停变幻的思维，你，明白我的良苦用心吗？

你感叹活得累和孤独。连眼睛都武装起来，你无法不累；曲高和寡，你注定孤独。像冰清玉洁的雪莲，因为在雪山上生存久了，你玲珑剔透得让人不敢触摸，却总想靠近，怀着对至高无上的美的欣赏与崇拜。

我笨拙地给你加糖和咖啡伴侣，你始终优雅地微笑着。咖啡有点苦，平庸的苦，一如寡淡无味的生活，让人没有理想、憧憬、梦，甚至欲望。你漫不经心的样子仿佛在喝白开水，让我羞愧得无地自容。

你不在意咖啡的味道、温度、喝的方式、时间跨度，但是，请你关注我！与你面对面、只隔一张条桌的我！我用汤匙努力在桌上刻画着，企图在这木质结构中嵌进一些东西，比如爱、诺言或明天。服务小姐不懂感动和永恒，冷冷地斜瞅着我，随时准备出面断喝我的痴傻，销毁我的执着。

有一种人看一眼就可以牵念终身，有一种美阳光般刺得人无法睁开眼睛，有一种爱类似于飞蛾扑火，即使被焚烧也心甘情愿。你却疲惫到厌倦地告诉我，玫瑰多到999朵，看到的就只是刺，丝毫感觉不到艳丽嗅闻不到芬芳。而你，从来没有增加一朵化零为整的欲念。

你知道8年的思念和梦幻堆积起来是怎样的一座山吗？我日夜祈祷神明让我与你重逢，让你认识并认可我，让我有表白的机会，轻轻牵着你的手，带你走入婚姻殿堂，翱翔在诗的星空下，做快乐幸福的王子和公主，守住白发千古的结局。可时空打乱了人生的秩序，光阴漂白了记忆，我错失了一生中最宝贵的良机。当我们被世俗定格了位置，老天开眼让我找到你，却只能慨叹往事如烟、流年一去不复返！

你始终明媚地笑着，让人感到美的残酷。你的眸子星星一样晶莹和遥远，你轻启朱唇，淡然地说：忘记我吧，就像忘记春天的一朵花、夏天的一滴露。不要相信奇迹，成年了，就要直面惨淡人生。

真希望冰果屋倒闭，或在记忆中永恒，以铭记这一夜的咖啡和谈话。

午夜梦回

是梦，终究要醒。醒了，我仍然发觉你是我伤肝痛肺、无法释怀的唯一。

醒后的日子很苍白，也很寂寞荒凉，一如没有爱情和青春的面孔。许多个泪水涟涟、欲哭无声的日子，我禁不住要问，在黎明的那一边，你好吗？

没有谁注意过老树在春天开花，也没有谁注意昙花在人们睡梦中短暂的芳馨。没有表白，没有相约，甚至没有眼神交流和言语暗示。然而，我们确切地知道，我们爱过，刻骨铭心地爱过！

你身边倩女如云，我身旁俊男如潮，不知你是否有曾经沧海难为水的感觉？我已是除却巫山不是云了！你仍然是我心中那座伟岸的大山，我已经不再是昨日那只尽情欢歌的百灵鸟了。

许多日子以来，我们忙碌在各自的天空下，播种着或肥沃或贫瘠的土地。我不敢探究你的心，是否已静如止水，或已迷失在纷繁的世界中。我默默固守自己的贫瘠，用汗水、精血、青春和一生的虔诚，浇灌着那颗没有灵性的种子，期待有朝一日它破土发芽，开出一朵点缀人间春色的牡丹，为我苍白的青春饰上色彩。

不期然我们就会走进记忆，走进那段无法尘封的故事。故事的隐密性注定多年来，只有你我于无人处默默地翻阅，默默地感受和领悟。梦是短暂的，尤其是绮丽甜美的梦。为了让秘密永远成为秘密，我们在不易觉察中自觉自愿地走出了梦，走回了现实和各自的天空。

怕见你伟岸的身躯、雄浑的气魄和闪电般的睿智，因为它把我倔强勤勉而依然在泥泞中跋涉的人生，逊得面无血色。我知道我爱的是你身上男子汉的豁达大度、雄才伟略，而不是你迟暮的年岁。以你为蓝本的白马王子，寻找起来特困难、特艰辛，我因此把自己禁锢在业已封锁的爱情和婚姻门外。

没有爱情的女孩也许活得有点凄凉，但决不空虚和无奈。没有成功和事业，我不知道该如何迈步，如何面对阳光明媚或阴雨连绵的日子。我苦苦寻找事业的路径和泅渡失衡失落的舟子，偶然回首，在城市的夹缝中，我又看见你于熙攘中撑起一片民众蔚蓝的晴空。我禁不住为你鼓掌喝彩，不由自主地随着别人为你唱颂歌。

对辉煌人生我们有着同样的理解，对心中事业我们有着共同的执着。因此，在烟雨纷纷、苦泪婆娑的日子，请你在精神上伸给我援助的双手，给予我朋友的资助或同行者的关切，帮我走出人生的沼泽险谷和心灵的阴黯晦涩，抵达鸟语花香的阳光地带。

头发的故事

一直喜欢留一头长发，黑黑的，柔顺得像丝缎，从头顶瀑布般直泄而下，直到腰部，在风中袅娜有致。

记忆中童年是长及背部的头发，由母亲洗父亲梳，从中一分为二，扎在头顶上，刘海儿齐眉剪得中规中矩。头发平时耷拉在胸前，高兴时一甩脑袋，它就飞到后面去了，仿佛两只幸福的黑蝴蝶。

大约是小学三年级，长发被父亲剪成了齐耳短发，这样自己梳洗起来方便，不至于浪费了早晨读书的美好时光。

从什么时候起喜欢留长发呢？好像是读初二时，看着那些长发飘逸、一脸青春的女孩，总觉得她们成熟、美丽。羡慕死了影视里那些回眸娇笑、秀发飘飘的女主角，她们集万千宠爱于一身，在人群中云彩般流动，幸福得像无所欲求的天使。不由得为自己的齐耳短发自惭形秽、黯然神伤，一遍遍照着镜子，希望神话中的奇迹出现，一转眼秀发就飞扬起来，自己就在目光铺成的道路上轻轻行走，童话中公主般享尽春天的万般繁盛。

仿佛不经意间，秀发就在风中飘扬成旗帜，身边围满了各色男孩。于是变着法儿侍弄头发，今天长辫明天倒蝎，后天又沿顶用各色皮筋扎或辫成花花绿绿的一片；抑或于顶或侧扎一小撮，一副天真烂漫、惹人怜爱的样子。轻飘飘的没享几天幸福时光，蓦然发觉长发上缠满了目光和故事，竟有些不堪重负。就想把头发高高地盘起，让那些目光无处藏身，也躲避北国炎热的酷夏。

一个汗流浃背的午后，在那个以名胜古迹著称的城市，无论怎样努力，都无法将长发恰到好处地盘到头顶。一怒之下冲进理发室，决绝地说剪成男式头。理发师万般痛惜地劝说着，承诺只要不剪可以给我做任何发式，然而我毫不动摇。当看到镜中那个温婉娇媚的女孩被一个表情茫然的男孩代替，双眼刹时涌满了泪，真想大哭一场。

之后去南京度暑假，想忘记有关头发的故事。正暗暗为短发的轻松自得，竟与南大那个英俊的重庆男孩恋爱起来。他说希望我有一头长长的秀发，一副温柔可人的样子，好让他的梦在我的长发里成长、延伸。

于是疯狂地盼望短发在一夜之间长长，长成他期待的那副模样，让他千般宠爱万般呵护，还可以哀怨地唱着郑智化的《麻花辫》。也许是盼得太急切，头发并不见长长。刚刚至耳垂，英俊男孩已转身去爱同校那个圆脸大眼的重庆女孩，与头发无关。

头发就像田野里的庄稼或野草，一天天自然地长着。从来没像别人那样刻意呵护，拉直、烫卷、染色，就这么随意清汤挂面似的经年不变地披着，要变也只是刘海儿剪齐、梳右、烫卷。洗发用品只要不会起头皮屑，什么牌子什么内容的都买来胡用一气，头发却始终黑黑的、顺顺的。

头发长了，人就显得清灵浪漫。仿佛一座忠实的黑色屏障，它始终悉心装点我的柔美艳丽。就有目光不断射过来，固执地在秀发里滋生故事。实在不能回避了，怕自己脸红心跳，轻轻的一个动作，让长发奔流而下，截断这激光般炙烈的目光。

朋友多看不惯我这种漫不经心的野生发式，给我设计了 N 种适合我脸型的发型和颜色，可我不为所动，依然故我。丈夫是希望我更丑一点的，偶尔心血来潮了，也会向我提一些意见或建议，可我能够耐心地听他说完，已证明我那天心情非常之好了。

一次，由于营养失衡，刚长到背部的头发就开始枯黄、发岔。在朋友的指责唠叨中，有一天终于下定决心，对丈夫说："帮帮忙，给我剪去一寸。"丈夫一剪刀下去，就剪去了七寸。

看着落花柳絮一般幽怨飘下的长发，站在一旁的四岁的儿子突然怒容满面地冲过来，对丈夫拳打脚踢，伤心欲绝地哭喊道："你这个坏爸爸，你还我妈妈头发，你赔！"

自己倒没在乎，不就是头发吗？剪了还会再长。直到穿时装才发觉，这头发刚好到领边，整个儿就簇在脖子里，扎起来又太短，怎么看都丑不堪言，方领略丈夫的险恶用心。

当头发长到腰部，就缠满了目光和故事。只得狠狠心，咬着唇请理发师从根铰去，仿佛这样就剪断了所有深情和回忆。理成一个短短的男式头，比大多数男人的头发还短，似乎就此了断尘缘，不再被那些洞穿肺腑的目光所困。

可头发慢慢会长长，一天天在长长。等长到能遮住脸庞，便不忍心再铰去，就这样一路让它长下去。终于又可以在风中招展成旗帜，又长及腰际。网络上有一句满怀期待的经典问话：当我长发及腰，少年娶我可好？我留长发，是不是也有这样的期待呢？

有一天偶一回头，发现这长发依然缠满了目光和故事，不堪重负，皱眉痛心地走进理发店，一剪子铰去了事。

栀子花

从来没有见过栀子花，印象中是一种洁白芬芳、摇曳美丽的植物，代表纯洁坚贞的感情。

年幼时读书，由于没有经历，不懂人生况味，对汪国真入了迷，一首一首抄下来，单那一节——“不是不敢爱 / 不是不去爱 / 怕只怕爱 / 也是一种伤害”就醉得心荡神驰，以为明白了爱的真谛，可以在同学中大侃特侃情感和人生。

向一位诗友推荐汪国真，他惊讶地问：你居然不喜欢读席慕容？男孩都喜欢读，你是女孩居然不读？我说席慕容的诗老在一点感情上做文章，太直白。诗友说汪国真才是浅显，除了你迷恋那首再没有耐读的；席慕容的诗充满了人生哲理，写出了人人心中有却笔下无的情感，沧桑而美丽。志趣不投，自然是不欢而散。再见面就强装不认识，连目光都不愿再浪费一丁点儿。

其实年少的我幻想着天长地久的永恒，连疼痛和伤感也希望能占据一个人的一生，对姜育恒唱的那首《渡梦人》爱到刻骨，希望有一个人即使不能把我当成手心里的宝，也要为我们的情感守候一生，疼痛一生。

那时好为人师，虽然自己没有经历过感情，却爱以咨询师的身份出现，动不动就为同学们的恋情出谋划策。那些空中楼阁似的建议居然获得了成功，同学们心甘情愿、满怀感激地把我当成指路明灯。

直到陷入初恋，在感情中心醉神迷、不由自主地沉浮，我才知道爱是怎么回事，才感到之前的班门弄斧是多么愚不可及。我仍然追求完美到从一而终的地步，别说什么身的背叛、心的背叛，即使是眼睛的背叛也不行。

我从来就无法给人以安全感，包括儿子，以为只有紧紧地拽住我的衣襟才能不迷失方向。也许我对男友要求过严，给予他的压力过大，他在美眉的柔情蜜意中终于陷落，胆战心惊地寄给我一个叹息般的再见。我感到天塌地陷般恐慌无助，他可是我青葱岁月唯一在乎的人啊！怎么可以背转身就投入他人怀抱？我让疼痛一点点浸润、淹没自己，除了没有想到死，我的心和感觉都被冰封到纪元前，连语言都不愿再起用。当他发觉风景这边独好，满心惭愧地跑回来忏悔时，我依然幼稚，决绝地不肯原谅他，致使一生中最宝贵的一份情感，永远成了遗憾。

“一朝被蛇咬，十年怕井绳。”我很谨慎地面对那些来自各个阶层的追求者，用一张厚厚的茧包裹着那颗受伤的心。没有人让我眼睛一亮，更别说喜笑颜开。万般无奈下，我闭着眼睛把自己嫁了，以为只要他全心全意地爱我一生，我就可以什么都不计较，包括地位、财富，甚至华服、香车和豪宅。

我还是幼稚了，仍然不懂人生、社会，包括男人。吃奶的力气，原本只用于众人丛中突围的时候，我竟把它当成一生的承诺，以为抛弃荣华富贵，可以换回一份永恒的真爱，至少可以爱到我厌倦之前。却没想到之前的好，只是一种障眼法，既是对竞争者，也是对我的。船到码头车到站，还用得着再那么费力劳神吗？心的苍老，往往只是一瞬间的事。

开始抄背席慕容的诗，已是“如今识尽愁滋味，欲说还休”

的心境。首先感叹的是那个丽江男孩，“无缘的你啊 / 不是来得太早，就是太迟”。他来得太早，在我还不懂感情、对爱充满恐惧的年幼之时，硬把一份深情厚谊放在我面前，吓得我避之唯恐不及。

一路走来，有一句经典而触目惊心的话，始终刻在心里——2003 年，我们遭遇非典。那一场灾难使我顿悟到生命的脆弱与无常，义无反顾地投入到一场爱恋之中。我每天静静地听着他铿锵的脚步从门口响过，看着他闪闪发亮的眸子、温暖和煦的笑容，觉得整个世界开满了洁白美丽的栀子花，幸福得想要对每一个人诉说。这时，漫长的一生，对我确实只是回眸时那短短的一瞬。

在这个充斥着方便面、快餐盒的社会，难得他用一颗真心对我。虽然我们连手都没拉过，但他见到我总是一副童真的笑脸，好像所有愿望都在那一刻满足了。有时也会“恨不相逢未嫁时”，读着江雪的《等待情人》泪流满面。我们都是有责任心的人，虽然幻想从此相携而走、患难与共，但无法抛弃已经开始的人生。

有一天读到乔叶的《曾经这样爱过你》，心里瞬间释然了。爱可以默默无闻地躲在一旁，连被爱的人都不知道，我还有什么遗憾的呢？至少我们曾经拥有绚烂华丽的真情挚爱啊！这在当今，珍稀得像恐龙一样，只能存在传说和想象中。

有一首歌轻轻地唱道：栀子花儿开呀开，我在等待你归来。我知道无法等待的人生有些凄凉，但我们可以步入回忆，不也同样美好吗？让栀子花开满那些绚丽的岁月，如同月圆的夜晚清辉洒满大地，我们在轻盈的梦境中相携而走，把泥泞谱满诗意。

婚姻

离婚快两年了，许多男人和女人、亲戚或朋友，总是试探地问：为什么要离婚？他有外遇了？尽管我一再强调外遇拼的是实力或能耐，不是每个人都负担得起的。但没有人相信我，他们总以为我在给自己找台阶下，为自己的残局披上一件美丽的纱衣。

有人无限关切地问：他重找一个结婚了？我尴尬地回答：不知道。如果还关心他，犯得着伤筋动骨地离婚吗？已是眼不见心不烦、不得已而为之的事，偏偏有人兴味盎然！

见我没有哀怨、悲伤的言语或表情，有人颇有社会责任感地说：离婚主要伤害的是孩子。我证实孩子从出生就一直与我朝夕相伴，现在只是见到父亲的机会和时间更少一些。那人还有些不甘，搜肠刮肚想要再问出点什么，以便深挖我离婚的根源，作为反面教材广为传播。

还有人对我的生活及交友有一定的了解，充满睿智地说：你好好反思吧！意在我不珍惜这段婚姻，才导致鸡飞蛋打的结局。

前辈革命家和领导人为中国规定了一夫一妻制，每个女人都合法地拥有一个男人。我把自己的那个舍弃了，别人就不免觉得我有几分傻气，许多旁观者倒着实为我感到不甘。于我而言，这段婚姻只是弃如敝履。物也好，人也好，要能带来愉悦感才行。如果大吵

三六九、小吵天天有，见面就生气，甚至感到恶心，放手才是上策。

我一看见那些没有半点肩头劲的男人就厌烦，他们在女人的庇荫下过着有房有车的滋润日子，却要为大男子尊严没有得到彰显而愤愤不平。有本事就去创造、去挣钱、去顶天立地啊！这个社会，只要勤劳和会想办法就能创造财富，可你偏要粘在麻将桌上打个天昏地暗，偏要游手好闲、好吃懒做、不思进取，谁心甘情愿来为你的吃喝玩乐买单？你每天需要穿着别人的锦衣来显示繁华、戴着别人的金表来炫耀富贵，还有什么可抱怨的？唯一的出路，只能是去找一个一无所有、还在贫困线上挣扎的女人，来实现自己无所不能的男子汉梦幻。在蚊子面前，苍蝇已然是本领超群、才艺卓绝的庞然大物了！

正如一个离了婚的朋友所说：最能说明问题的是，如果紧急关头需要2000元钱，老娘不到那钱就无法弄来，要这个男人何用？他还有什么颜面摆谱耍花架？我创造了丰衣足食的生活，还得他好好享受，如果总是疙疙瘩瘩、寻机找茬子，那赶紧从我眼前滚开才是硬道理！

内心深处，每一个女人都有撒娇、依赖的天性和潜质，许多被迫站成树甚至山的女人，都是男人、生活、社会逼迫的，并非她们本意要强势。她们只是在无路可退的情况下，勇敢地用自己瘦弱的双肩扛起了人生。

对一个人的好感，许多时候是由第一眼决定的；对一个人的感情，常常是一交往就注定了。如果你和一个人交往10次以上还没得到她（他）另眼相看，这辈子就不要再幻想她（他）会爱上你了。生活中许多事和男人们抽的烟是相通的，抽惯了印象烟，软云就看不上眼更进不了心，别幻想装着包紫云可以四处炫耀。

一个过去的同事，离婚几年了，在得知我离婚后主动来交往。我想，到我老无所依时需要一个人搀扶，也就没有嫌弃他年龄大、外表形象欠佳，暂且把他当成备胎，偶尔一起吃饭闲谈。随着交往时间的累积，我发现他的言语慢慢变得狂妄嚣张，总是以天上地下全知的口吻教训人，俨然一个无所不能的救世主。他有一栋可以收房租的别墅，大概就想着即将以勇猛无畏的献身精神来帮我养儿子。待看到我开着20万元的轿车，他原本不高的海拔一直在萎缩，都快钻到地底下去了。他或许终于悟出：他在我眼里始终是不值一提的弱男人，一栋别墅算得了什么？其实，做事的人从来不需要到处广播自己做了些什么，事实就摆在那儿；只有庸碌无为的人才需要夸夸其谈，逢人就吹嘘自己的本事和能耐。

朋友给我介绍了一个40岁的未婚男人，强调和他结婚我还可以再生一个孩子。我一听他40岁了还一无所有，没有半点犹豫就一口拒绝了——他的能耐由此可见一斑。父母重要的是给孩子一个美好的未来，而不是向亲朋好友嘚瑟自己有几个孩子。

看着有人因为我单身而一副悲天悯人的样子，我真的会着急——我有什么地方需要他们同情或帮助吗？我碍他们什么事了吗？为什么他们为了面子不惜撕破里子，不为自己的烂鞋子把脚磨破了而反思，倒要来装出得道成仙的样子管别人的闲事？我知道，有人期冀我像祥林嫂一样絮絮叨叨着背叛、男人的陈世美行径和自己对男人的绝望及不信任。可是，我没有遭遇这些，只是对被依靠别人还心怀芥蒂感到不愿忍受了而已。

人生很短暂，尤其是女人，千万不要什么人都对得起了，唯独对不起自己。我选择放弃，就是想在青春还没有萎谢之前，给自己松开那条已经不愿意再受束缚的链条，去接近自己想要的淡定从容。正如一个朋友所说，我在放弃的同时，选择了重新开始。

确实，我错过了生命中把我当成手心里的宝的人，我现在自由了，希望能够找到珍惜我的人。如果找不到，我也没有什么好失望沮丧的，毕竟我不是一个强大到可以任由人依靠的女人。一个人轻松自在地生活，总好过有人老是有意无意地往你眼里揉沙子、往你心里捅刀子。

婚姻不是金缕玉衣，即使把人勒得浑身疤痕、满心是伤，还要扬扬得意地穿在身上到处抖擞。

上瘾

一直处于一种无知无觉的状态：可以心无旁骛地走那些非走不可的路，面色平静地应对生老病死，毫无感觉地倾听别人撕心裂肺的哭诉、满腔绝望的哀求。心麻木到不再疼痛的感觉，真好！

一天深夜，被一阵动听的铃音吵醒。怀着敬畏，在浓浓的睡意中接听完了这个长达一个多小时的电话。一个小时应该能说许许多多的话，可清醒后我能记起的并不多。那个不太熟悉的声音说，你缺乏激情与活力。记得当时我不假思索地回答，人生难得糊涂，清醒的人是痛苦的，倒不如浑浑噩噩地活得轻松。他无限惊讶地说，你还年轻啊，怎么能任由自己活成这种款式而不管不顾啊！我说我也曾鹤立鸡群，也曾有着远大的理想和抱负，只是在生活的滚滚洪流中不善于假借他力，终混得任泥沙俱下，任灰尘纷飞，任日子一地鸡毛。

挂断后我再无睡意，心中不免有几分懊恼：就为建议别人活得雀跃些，深更半夜打电话？怎么不讲点话德呢？原以为他吵醒的只是我的短梦，没想到那颗沉睡的心也被唤醒，首先进入脑中的是一个句子——人间正道是沧桑。

第二天，我在手机上发现了陈瑞唱的《下辈子不做女人》。哀而不怨，忧而不伤，苍凉的声音刺入骨髓、直击心扉——风阵阵剥开伤痕，搭上爱你的心门。这声音像一只温婉的小手，轻轻抚慰着我缓缓跳动而疼痛无比的心。原本，我并没打算做一个平凡普通的人，也不是对出类拔萃可以心如止水、视而不见。

我没有随身携带的记事本，生活中我只选择轻松和简单，那些凝重与绚烂就让岁月埋入记忆底层，让时间漂洗得失去颜色和分量，终至化为虚无。

唤醒别人酣梦的人是可恶的！这让我记起六朝金粉之地南京，那些惊艳的目光、那些因我身旁多了一个英俊白马而驻足的人们、那个在秦淮河石桥上执手相许一生的男孩；让我记起那位阿姨赞赏的目光，那个因被抢劫而在交通门丧生的高工，我一生的起点就在那次意外中冻凝了，想补救都没有措施！

女人不能太天真。当发现“爱上你是我天生的愚蠢”时，一切都已经太晚了。我总是在不该动感情的时候动心，不该停留的时候驻足。这一生，最大的失误是嫁错了人。原以为有爱就有明天，有情可以走遍天涯。却不知，男人往往在得到时开始放手；愿意当奴隶，是为了有朝一日爬到将军的位置。

也曾想到逃离，宇宙茫茫，每颗星都运行有序，我找不到自己的空间。疼痛的感觉很蚀人，就爱上了陈瑞沉痛的嗓音，不急不缓的韵律，如阳光照进阴冷的心扉，很温暖、熨贴。只要闲下来、一有空，就反反复复倾听陈瑞的诉说，直至手机无电自动关闭。如爱人的手抚在流血的创口上，以为会结痂、愈合，哪怕止住片刻锐痛也好。总是听、总在听，难免让周围的人厌烦而心生疑窦。可我已中毒、上瘾，无法让音乐在伤痛中静止，在苍白中停顿。

下辈子不做女人。其实男人女人都很累、很无奈，如果有来生，我选择弃权。

一直幻想着在忧伤的韵律中缓缓闭上心门，复进入沉甸甸的酣梦，不再感知世事的沧桑，不再被光怪陆离的影像刺痛。那时，我定然戒了这毒瘾，依旧过我无知无觉的生活。

心痛的感觉

华灯初上是恋爱粉墨登场的时刻，我的自行车在不经意间便会滑入车流人流。这时，闪烁的灯光、熙攘的人群只是一个美丽的背景，我的眼里、心里塞满一个或几个身影，我在情感的真空里轻轻地飞，慢慢地游，心却酸酸柔柔地疼痛。

从有人开始关注、接近我，我便以一副冷冰冰的面孔烙入异性的记忆。随着年岁增长，没有和我深交过的人惊异地发觉：我不懂爱，我不会谈恋爱！一个同学在一次酒后，扬扬得意地点出一打打被我“抛弃”的男孩。其实，他根本不懂朋友和恋人的区别。有一种人注定终身无法停止追逐，像《凯旋门》中的琼·玛陀；而我是一枚胆怯的蚌壳，小心呵护着那颗羸弱的心。我不加入恋爱行业，“抛弃”与我风马牛不相及。

一个朋友说，我孤独但不寂寞。在谈笑风生的人群中，在群情激昂的餐桌上，我常常觉得孤独得恐慌，我不知道掺合在他们中间干什么。自 15 岁开始，我就害怕、挣扎着一种柔情的包围。滴水穿石，动了真情的男孩不相信年长日久的守候会付之东流。可我只有一颗心，即使被感化了，仍然要亏负更多的人。

没有人知道我爱过谁，现在又在爱谁。我冷漠的表情、淡淡的话语，阻住了尘世的潮水，许多盐晶却固执地占据了我的记忆。我爱雄才大略、胆识超群，爱成熟伟岸、体贴入微，爱渊博深沉、幽默诙谐，甚至爱一张张俊秀刚毅的脸庞。

多年来，不少人固执地说爱我，却说不清究竟爱我什么？我谨慎着每一个眼神和笑容，不意间的一颦一笑，竟被他们当成了守候的承诺，他们一个个等了下来。比我小五六岁的男孩，叫着姐姐微笑着走向我，他们相信年轻的心所向无敌。

我结婚的消息刺痛了不少人，他们远远地避开我，逃到外地甚至外省，不让我看到悲痛的面孔、听到沉痛的声音。多年来，潇洒也好，浪漫也罢，都只是别人眼中的风景，在自我真实的空间里，我演定了悲剧的主角。

当你面对我笑容满面、柔情蜜意，或彤云密布、痛不欲生，不管我冷若冰霜也好，不谙世事也罢，都只是你眼中的虚影，真实的感觉只有一种——心痛。

执着的爱最感人，也最伤人，执着而无望的爱像一幅凄美的油画，让人不敢面对、不忍目睹。我甚至不敢让你看见，我心痛时紧蹙的眉头。看见了，又会当成一种等待的许诺。

鲜花是一种美丽人生

我是个性格外向的人，有一段时期还比较男性化，整天跟一大群男孩疯玩。我身上没有半点淑女气质，至今为人妻了仍没有。我对花花草草从不留意，甚至对如花般的男人女人们的笑靥和花草般红红绿绿的服饰也没有留心过。

今年元旦，朋友手捧一大束鲜花来拜访我。是一枝百合，九枝玫瑰和九枝康乃馨，在洁白的满天星和碧绿的圣蕨叶的衬托下，美丽得一如我当年轻掷的青春。

我没有花瓶，只得用两个玻璃瓶把它们分开插起来，我狭小的客厅顿时变得辉煌，我的心情也明朗欢快起来。

我没有对朋友提起这束花，也没有说出感激的话。但在心里最柔软的角落，我深深地感谢他，终生感谢他！

我不迷信，但这个朋友在新世纪第一个龙年的第一天送我这么漂亮的鲜花，我相信会带给我一年甚至一生的好运。

这是第一个给我送花的朋友，这束花深深地烙入我的记忆。我开始关注他，祝福他，不定期打电话询问他的近况。

他至今仍然单身，每当听到他结交女朋友的消息，我都真诚地为他祈祷，祈求冥冥中的爱神让他们一帆风顺、快快结婚，好让我在他最幸福的时刻，怀抱一大束鲜花，把满怀的喜悦和祝福送给他们。

这束花在我的客厅里灿烂地绽放了一个半月，带给我一个多月人情如酒的日子。

第一个星期，百合枯萎了，可见百年好合只是一种美好的祝愿；十天后，九枝玫瑰先后零落了，印证了美丽、强烈的爱情是浪漫、温馨而短暂的；只有那些康乃馨，红的、黄的、白的、紫的、带花边的，仍在不懈地亮丽着我的玻璃瓶，装点着我的客厅，一如朋友真诚的祝福和殷殷的牵挂。

我开始在迷茫而执着的心灵漫游中，挤出一点时间关注身边如潮的人群，送给他们一束真诚的微笑；开始以另一种角度和高度来看待被人围困的人生，不再精疲力竭地挣扎、深恶痛绝地突围；不再用鲜艳的服饰来衬托苍白憔悴的面庞，而是在每一个阴霾的日子畅想阳光明媚的景致。

因为这束花，因为朋友关切的眸子，我的人生突然变得温婉动人起来。

朋友元宵节来看我时，在他进门之前，我将最后两枝即将凋谢的康乃馨扔进垃圾桶里。而我的眼睑上，固执地闪现出元旦那天，他怀抱一大束鲜花在三个小时后才能到达目的地的汽车上颠簸的情景。

那一刻，他一定是可爱而神圣的，所有人都应该对他投以爱慕、赞美的一瞥！

3

第三辑

真情暖心

一进门，他就指着主任的鼻子破口大骂，是你姑娘，你舍得让她去搬那些大花盆吗？怎么不叫你姑娘来搬？她这么娇小瘦弱，心疼都还来不及，你却想尽千方百计周治她！万一出点事怎么办？她扭着腰压着脚谁负责？那些花值多少钱？人都没有每天晒太阳，你那些花却要每天晒太阳？你现在就去给我搬！以后我就每天看着你把那些花盆搬进搬出！主任唯唯诺诺地去了，我怀疑只要稍有差池，他的大手就会有力地挥在主任脸上。

我很感动，他不仅时常拔刀相助，内心里还把我当女儿一样护着宠着。他生气地批评我：你不会对他说你搬不动？你不敢对他说不会来找我？幸亏被我及时发现，否则以后我怎么向你父母交待？其实他不认识我父母。

心疼我的那个人去了

许多事都是在餐桌上轻松、懒散的氛围中蹦出来的。我一直对宴请持谨慎态度，除了怕有人逼着喝酒弄得尴尬不堪，还怕有人于漫不经心中说出让我措手不及、无法应对的事。每次有人相约，我总是小心翼翼地问：哪些人？朋友们开始时有点愤怒——给你面子，你却在那儿搭架子！几次拒绝后，也就知道只要人不合适，即使吃鱼翅燕窝我也不会去，慢慢顺应了我的习惯，一打电话就主动报上共餐人员。

那天傍晚，我们经常聚在一起的几个朋友又在一起随意、家常地闲聊。我刚把一块羊肉塞进嘴里，一个朋友突然笑容满面地说：××昨天晚上去了。我一下子被噎住，咽不下吐不出，憋得眼泪都快淌出来了。幸亏不是吃鱼，否则我的喉咙早就洞穿了。费了九牛二虎之力，终于把那块可恶的羊肉咽下去，我急急地问：是生病了吗？什么病？

不知道。朋友淡然地回答：听说是坐在沙发上看电视，看着看着头一歪就去了，都来不及送到医院。这世界，总是有些事对一部分人重如泰山，对另一部分人却轻若鸿毛。

写到这儿，电脑突然黑屏，怎么也启动不起来。是他的在天之灵不忍让我伤心，故意不让我写下去吗？原本，他最大的心愿就是希望我笑口常开、快快乐乐，不遭遇挫折和烦恼，永远不要流泪。这使我取消了参加葬礼的决定，我害怕自己的失声痛哭会搅得他的灵魂不安。

一个周后，朋友抽时间来修我的电脑，说显卡松了，不一会儿就修好了。我马上坐到电脑前，急切地要吐出淤积在心里撑得胸腔发疼发胀的情愫，使今后想到他不再沉重而痛不自禁，让他温暖和煦的笑容始终温暖我疲惫不堪的人生。

那天在饭桌上听了朋友轻描淡写的回答，我突然感到喉咙里塞满了异物，窒息得泪满双眶。脑中反复播放着那首歌：从来就没冷过，因为有你挡住寒冻。你总是在我身后，带着笑容；你总是细心温柔，呵护守候，这样的我……好在大家都专心致志地吃、漫不经心地谈，没有人注意我。电话铃响，我起身避到一旁去接。好不容易调整好情绪，我对他们说，单位临时有急事，我必须现在就走。他们惊诧地瞪大双眼：你刚拿起筷子，几乎还没吃啊！有天大的事也得把饭吃了再去处理吧？我做出无可奈何的样子说：领导说了，必须现在就去。我谢绝了他们等待的好意，说下次我请客，一会儿就不回来了，请他们自便。

回到家，我蜷缩在沙发角落，任回忆把自己淹没，终于可以毫无顾忌地泪流成河了。

他叫我小姑娘，这辈子我便希望不再有第二个人这么称呼我。我 11 月中旬才到单位上班，办公室主任认定我没有后台，每天早上勒令我 7：30 以前到办公室打扫卫生、提开水。

第一天早上，我们彼此吓了一跳，都没想到对方来得这么早。他诧异地问：你来这么早干吗？天都没亮透，你不害怕吗？我说明原委，他就让主任换人或 8 点后再打扫。主任说无人可换，只有他自己来打扫，却依旧叫我 7：30 前来打扫。他再次提起，主任就来和我一起打扫，并说我不听话，自己来的。许是习惯了一来就见到我，他不再批评主任，自然是每天7：30前我一个人打扫卫生。

他总是到得最早，微明的天色中，手捧两份早点，笑呵呵地说：小姑娘，趁热吃！吃完再打扫。若来得早，我还没把他的办公室打扫干净，他就自己拖地、擦桌子、提开水，没有一点领导架子。

我觉得总吃他买的早点过意不去，就谎称已经吃过了。他怔怔地看着我，不知道如何处理手中的包子。第二天早上，他递给我10元钱，让我去买两个烧饼。我说我有零钱，他生气地说：我让你拿我的钱去买！那时我的工资200元，他的不到500元，烧饼5角钱一个。我把找回来的钱给他，他说你拿着，改天再买！第二天又捧着两份早点来，我不吃就递给其他同事。我把钱还他，他说我以后还要叫你买呀，你是不是不愿意？

再次叫我买却又掏出10元钱，我说上次的还剩9元呢！他说不买了，转身就走，不再捧着早点来单位，也不再让我去买，自此只是偶尔让我到他办公室去拿糖果瓜子或水果。后来我才知道，在我来之前，他是每天都在家里吃早点的。

办公室主任希望手中的权力在我身上得到充分体现，不仅把办公室的所有杂活让我一个人承担，还让我作会议记录、接电话、发通知、接待上访人员，开会时洗茶杯、倒开水，仿佛我一个人可以顶10个用。见我没有抗议，主任又突发奇想，叫我每天把单位大小20余个花盆，早上搬到院子里让花儿晒太阳，晚上搬回来。

有几个花盆实在太大，我只得抓住边沿旋转着往外慢慢挪移。他从外面回来，凶神恶煞地问：你干什么？我说了主任的旨意，他暴怒地说：你放着，跟我来！一进门，他就指着主任的鼻子破口大骂，是你姑娘，你舍得让她去搬那些大花盆吗？怎么不叫你姑娘来搬？她这么娇小瘦弱，心疼都还来不及，你却想尽千方百计周治她！万一出点事怎么办？她扭着腰压着脚谁负责？那些花值多少钱？人都没有每天晒太阳，你那些花却要每天晒太阳？你

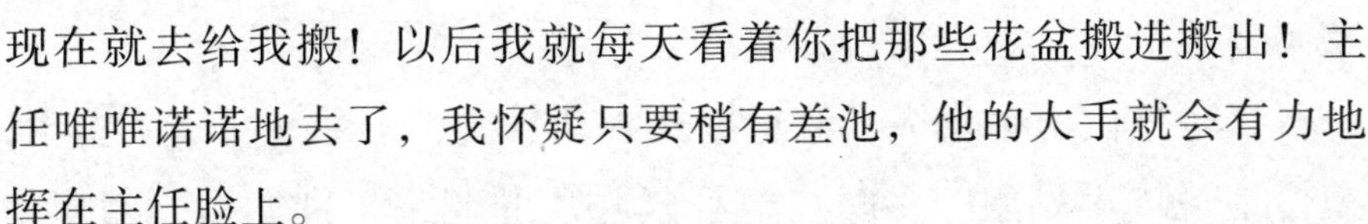

现在就去给我搬！以后我就每天看着你把那些花盆搬进搬出！主任唯唯诺诺地去了，我怀疑只要稍有差池，他的大手就会有力地挥在主任脸上。

我很感动，他不仅时常拔刀相助，内心里还把我当女儿一样护着宠着。他生气地批评我：你不会对他说你搬不动？你不敢对他说不会来找我？幸亏被我及时发现，否则以后我怎么向你父母交待？其实他不认识我父母。

那时没有传呼机，更没有手机，单位只有3部固定电话，一定级别的领导家里才有座机。严寒的冬季，只要气温变低，他到单位的第一件事就是问我：小姑娘，今天更冷了，你有没有加件衣服？炎热的夏天，他总是对我千叮万嘱：小姑娘，气候热，要多喝开水，一不小心就会中暑！好在我那时体质强，连感冒都没在他面前出现过。

我喜欢笑，经常和同事们在吹牛中笑得整栋楼都听得见。有时他们正在开会，我们的说笑声使他们无法继续下去，他就悄悄地走进来，笑眯眯地说：小声点，我们正开会呢！我们一时噤若寒蝉，但不一会儿又说笑起来，他态度那么好，谁也没当回事。当他再次出现，脸上多了几分严肃，依然和蔼可亲地说：你们有什么喜事这么高兴？如果忍不住要说笑，换间办公室好不好？去最边上那间吹吧！我们感到羞愧，自然散了。

后来每逢领导开会，主任就严肃交代只留下我一个人值班，不准谁来吹牛。我那时很有人气，同事们并不把主任的话放在心上，他一走就有人来，依旧谈笑风生，一不注意还会发展为大声喧哗。大家都总结出，只要有我在场，即使是偶尔越规他也不会生气，更不会训斥人。有时我也很调皮，知道他脾气暴躁爱发火，就故意恶作剧地惹他生气。看着他青筋毕露，暴跳如雷，我没心没肺地在旁边笑弯了腰。他不能自控地对别人大发雷霆，却没有对我呵斥一声——不准笑！这使我觉得自己很残忍，辜负了他那颗溺爱的心。

有时单位出去吃饭，他总把我叫到身边，不断往我碗里夹菜，爱怜地说：小姑娘，多吃点，赶紧吃了胖起来！别老是一副瘦精干巴、弱不禁风的样子，让人一看到就担心。

每次去他家，他总把家里的零食果品全部搬出来，有板栗、核桃、瓜子、糖果、蚕豆、苹果、梨、橘子等，那样子恨不得倾其所有让我高兴。他自己从不吃零食，觉得一个大男人吃这些东西有些掉价。见我很拘束，总是找借口推脱，他就自己拿起来吃，不断让我尝尝这样、品品那样，似乎要把所有好东西都同时给我。他妻子在一旁横眉竖眼，大概恨得牙根直痒。

我很怕去他家，他却总是邀请，有时一起下班就让我去他家吃饭。实在是盛情难却、推辞不过，我就在晚饭后去坐一小会儿，从来不超过半小时。我无法想象若在他家吃饭，他妻子会有怎样的表现和言语。

有一次去，刚好他妻子做了他爱吃的荞麦粑粑，是里面包酸菜蒸熟的那种。他非常高兴地拿出来让我吃，我怕吃荞麦和酸菜，在他的盛情中勉强吃了一个。他非常高兴，又拿出两个放在蜂窝煤炉上烤着，说烤出来的味道不一样，要我一定尝尝。我实在吃不下了，可禁不住他又是示范又是逼迫，只得接了，艰难地吞咽着。他没看出我不爱吃，说一会儿让我带一些回去。他妻子终于忍不住了，冷冷地说：又不是什么好东西，你自己爱吃不要以为别人就爱吃！我趁机婉言谢绝了。

人间正道是沧桑，好人一生总坎坷。三年后他工作变了，不是很理想，却依然无微不至地关心我。再后来他调走了，一个很重要的大局，为半年多前的工作变动给关注他的人一个满意的答复。

我知道他很忙，就只在有事时打电话或到办公室找他。有一次我为想调到曲靖，无人为我打通最后的关节打电话找他，他委婉地说这是他能力范围内无法做到的事。我说某副市长的儿子不是刚刚调上去吗？他呵呵笑着说，可你不是市长、副市长的女儿啊！尽管他是笑着的，我还是听出了他言语背后的遗憾和疼痛。

最后一次见面是九年前的夏天，我身怀六甲，腹部已无法瞒过任何人的眼睛。我去他办公室，请他帮我的亲戚办一个证件。他慈爱地看着我说：小姑娘，要多喝牛奶多吃肉，营养充足，宝宝生下来更聪明活泼。他说我好长时间没去他家了，他们搬了新地方，详细告诉我怎么走，标志物是什么。怕我记不住，给我画了张草图，写了门牌号、家里电话和他的手机号。

我答应他一定抽时间去拜访，一走到街上就把他给我的纸条撕碎扔进垃圾桶。我泪流满面地在心里向他告别：我毕竟不是他的女儿，愧对他的疼爱。我希望自己从此变得坚强，不要总在一种依赖里期冀别人把我捧在手心里呵护。

两天后我参加“七·一”节慰问，一个熟人知道他当年对我好，无限惋惜地说起了细节：他心脏不好，三年前做了搭桥手术。那天晚上他妻子做了他爱吃的酸汤面块，他吃得很开心很惬意。吃第二碗时他突然感到心脏不适，头一歪就去了，死于心肌梗塞。

我脸上弥漫着世故的表情，看不出阴晴，心却像被谁恶意地撕开伤口一样锐痛不止，眼泪又快速向眼眶里集结。经过了那么多事，我终于不再喋喋不休、笑声拽云，甚至让人觉得我从来就是一个不引人注目的灰姑娘。内心里，他一直像太阳般给我光明、温暖、鼓励，让我在坎坷泥泞中走得坚定。最大的遗憾，是不能在他临终前诚挚地表露对他真心实意、念念不忘的感激。

我最终没有去参加他的葬礼，而是把他对我的好铭刻在心上，用余生去怀念、祭奠他。我也想在他灵前点一柱香烧，几份纸，但怕瓢泼泪雨搅得他的在天之灵日夜担忧，只得躲在无人的地方淋漓尽致，然后换上平静的表情，直面惨淡的人生。

祝福他在天堂里开心愉快，永远是那副志得意满、幸福无边的样子！

病痛中的父亲

端午节过后，父亲感到胸闷气短、咳嗽不止、没有食欲。总是念叨“是药三分毒”、从不轻易吃药的父亲吃了几天药不见好转，我又接连做了几天动员工作，父亲终于同意和我一起去社区卫生所挂针。

卫生所的医生和我很熟悉，却摊着双手无奈地说：老人年纪大了，不敢轻易挂针，必须去医院里抽血化验、拍片或做CT确诊后再来。我感到无法控制的愤怒：不就是感冒咳嗽吗？用得着这样折磨人？转身和父亲打车去医院。待父亲住院治疗、匆匆离世后，我才在心里真挚地感谢那个不肯轻易挂针、用药的医生。

拍片后医生说感觉不对劲，做个CT确诊一下。在CT室，医生指着父亲的双肺说：你看，全部是癌细胞，已经扩散，手术的机会都没有了！你看，胸腔里全是水，他应该感到肋骨都被撑痛了，呼吸、喘气都很困难吧？你们怎么会拖这么长时间？

我一下傻了：怎么会是这样的结果？外面是艳阳高照的六月，万物正在蓬勃生长，我还等着带父亲挂针后回家吃母亲做的饭菜啊！

用了很强的意志，很大的劲，我堆出满脸笑容，轻描淡写地对父亲说，由于感冒拖的时间过长，得住院治疗；同时胸腔里积了一点水，得把它抽出来。

找医生要求住院，医生看着CT片说，没有多长时间了，住院治疗已经失去了意义。我再三强调父亲有医保，住进来先抽出胸水，挂针消消炎症也好。医生拗不过，勉强同意先到加床上去挂针，等有人出院再住进来。

背过父亲，我打电话给二哥，商量该怎么办？二哥正在午休，听我一说睡意顿消，焦急地问：小红，你有没有搞错？我说我在CT 室的电脑上看到的，不会错。二哥痛心疾首地说：小红，怎么会是这样啊？我该为爸爸做点什么？我能为爸爸做点什么？

二哥第一次让我看到男人的崩溃与无助是 8 年前，肿瘤医院已经对大哥无从下手，大哥听说广州有全国最好的肿瘤医疗水平和条件，决定到广州去碰碰运气。我毫不犹豫地请假陪大哥去，生命到了尽头，不就是多浪费一些钱财吗？二哥撕心裂肺地说：小红，去哪儿都没有用！我在网上查询、找许多全国各地的专家咨询过了，大哥已经无医可治、无药可救了！无论是去北京、上海还是广州，都已经没有半点意义了……广州的专家给大哥做了全方位检查，结果只能耸耸肩，劝我们早日回家。

二哥渐次平静下来，让我把父亲送到昆明去住院，或者他下来接父亲。有了大哥的前车之鉴，我们达成一致意见：不做手术，保守治疗，能把父亲的生命延长三五年也好。我说父母都是禁不起惊吓和打击的，这事万万不能让他们知道。都是一样的治疗，在哪儿住院都一样，相对来说宣威更方便照顾一些。为了不引起父母惊慌，二哥最好装作不知情，下星期借口记错母亲的生日再回来。二哥烦躁地说：小红，我们真的一点办法都没有了吗？你随时和我保持联络，每天至少打一个电话告诉我情况啊！

过了两天才有人出院，父亲终于住了进去。我特意对医生、护士反复交代：只能告诉父亲是感冒拖时间长了，绝不能让他知道真实情况。入院那个医生耐心细致地问：老人家，你有没有感到呼吸困难、气不够用？胸部是不是非常疼痛？有没有吐血？我恶狠狠地瞅着他，恨不能目光像激光一样把他凌迟。好在父亲并没有多想，很配合地摇头否认，软语回答。那个医生还要回头对他带着的实习医生说，按道理他到了这种状况，我问这些症状应该全部都有。我只得找个借口把他们支走，希望再没有人问这些愚蠢的问题。

医生起初是不同意父亲挂完针就回家的，要求24小时住在里面，说遇到特殊情况好抢救。我们好说歹说，签了责任自负协议医院才放行。

父亲退休前是教师，人前人面尤其注重形象的塑造；同时他是奶奶的小儿子，小时候被娇惯在所难免。平日里他碍于面子不好撒娇，住院后每天挂完针一回家，他老小孩的挑剔刁搅、任性耍泼就全部施展出来，最让我们费神、担心、烦恼的是他不肯好好吃饭，也不愿吃其他东西，总说挂针的营养就足够身体消耗了。

我谆谆善诱地说，爸爸，你不是常对我们说药补不如食补吗？父亲耍赖说：我根本就不需要补。我对父亲说“人是铁、饭是钢”的道理，他不多吃点东西，怎么能够尽早康复呢？父亲不耐烦地说：这些不用你多说我都懂！我就是没有食欲不想吃！

我们为让父亲吃点东西费尽脑筋，姐姐买来糯玉米，榨成汁用纱布过滤后煮熟，父亲也只是随便喝两口就放下了。我们忧心如焚——再这样下去，父亲能坚持多久啊？

到后来，不知是不是大小便有些困难，父亲连以往一起床就要喝的茶水也断了，吃药时只喝极少的水，勉强把药咽下去就行。

我弄来从河里打捞的野生鱼、从山上捡来的野生菌，从朋友家端来黄焖狗肉、手抓羊肉，二哥买来各种糕点、饼干、进口果汁，我们千方百计，变着花样弄出各种东西，父亲却通常不愿尝一口，说怕会呕吐。

我皱着眉头，忍耐地说：你没尝怎么知道会吐？即使会吐也得试着吃一些啊！你本来就瘦，这几天都皮包骨头、没有一点肌肉了，再这样下去怎么受得了啊？父亲却不管我们的良苦用心，丧着脸不耐烦地说：我不想吃就不要强迫，哪来这么多的话！

看着父亲一天天瘦下去，尾椎骨戳破臀部引起红肿、发炎、溃烂，我们欲哭无泪——任凭我们怎样使力，他得配合啊！否则就功亏一篑了。

父亲第一次抽了一千毫升胸水，背上埋管使他不能正面躺着，只能侧睡或坐靠在被子上，其难受程度可想而知。那胸水真如医生所说，像休眠的井水被激活了，每天不停地汩汩往外冒，我得三番五次地为父亲换垫在针头外那叠厚厚的纱布。

我请假在家，每天很早就起床梳洗、煮早点，7：30 前把孩子送到学校，然后陪父亲去挂针。

在医院里，我佯装没事人，一脸灿烂地为父亲盖被子、拿药递水，跑进跑出地呼唤医生护士，这楼进那楼出地排队为父亲取药，偶尔也坐在父亲床头和同室的病人及家属兴之所至地吹吹散牛。父亲强打精神，每天总是乐呵呵的，关心别人的病情、家庭状况、生活层次、烦恼困难，不时出一些建议、意见，讲一些大道理或生活哲理，让人一看、一听就知道他是知识分子。每天，父亲都会戴上老花镜，看一段时间文史方面的杂志，以悠闲的姿态消磨着漫长的治疗时光。

我和父亲的表现及心态，同室的病人及家属、甚至一些不知真情的护士，都误认为整个病室里就父亲的病情最轻，不过是头痛脑热的轻微感冒。我知道，父亲命悬一线，哪个环节稍有疏忽就会铸成大错。我一刻也不敢掉以轻心，总是以一级战备状态、同时用举重若轻的言行举止应对着眼前的一切。

父亲通常挂五组针水，从早晨八点直挂到下午两三点钟。早晨他在家里吃极少的一点早点，我泡袋装的中药粉让他吃了，为他换好纱布，就带他到医院挂针。中午我到外面买小吃、到医院食堂打饭，或等父亲挂完针带他到小餐馆吃饭，有时也从宴席上弄一些我认为父亲想吃的东西。尽管我换着花样、不断改变口味，父亲都只吃极少的一点，甚至吃三五口就放下碗筷。

回家后我为父亲换纱布、换被胸水浸湿的衣服、泡药、督促他吃东西。整天我都像一刻不停旋转的陀螺，没有片刻可以放松神经或停下脚步的工夫。

我天生不善于伪装，却需要每天都戴着面具生活。我一直担心，哪一个瞬间我一不小心，面具“哐当”一下掉下来，暴露出我原本愁云密布、虚弱疲累的面目。那如黄河水滔滔不绝的泪水会洪荒四溢，冲毁我脆弱的心理防线，让父母也处于滂沱雨季中，潮湿阴冷。

父亲稍有好转，医院因为病床紧张，强烈要求出院，我们只得让父亲回家休养一段时间。让人绝望的是父亲的胸水源源不断、来势凶猛，随时抽也不见少，总是不给人希望地在短时间就把垫在背上的纱布渗透。颜色也在不断变化之中：浅黄、深黄、微红、浅红、水红、明红、血红……

我的心一天天变冷、一瓣瓣裂开、一点点碎损，总希望有个强壮、温暖的身体，抱住我战栗不止的灵魂，让我找到一点依傍和慰藉，才不至于轰然坍塌。

终于熬到暑假，不用再送孩子去学校，弟媳也回来了，我去上班。七月的天燥热难耐，父亲被胸水和不适弄得唉声叹气、烦躁不安、日渐虚弱。看着父亲慢慢试着吃一些东西，我和姐姐的信心膨胀起来，给父亲买了大堆衣服：毛衣、外套、背心、T恤……姐姐甚至满怀憧憬地说，只要父亲配合治疗，再活十年二十年没有问题！

暴雨滂沱，日子淹没在潮湿泥泞中，气温随连日阴雨一点点降低。一天中午，我穿着毛衣还感到寒冷，下班回家惊见父亲只穿着一件衬衫。父亲说他觉得这样还热，我不好责怪弟媳粗心，马上找来外衣和毛背心，强迫父亲穿上，给他吃了点感冒药。我没有意识到，父亲发高烧了。许是夜间没有盖好被子，实际上凌晨他起床时就发高烧了。

一整天我们都没在意，直到弟媳去叫父亲起床吃晚饭，看见父亲满面潮红，买来体温表一测，39.8 度！我建议父亲去医院挂退烧针，父亲虚弱疲惫地说：明天大清早再去吧，先吃点退热药，用热毛巾和酒精进行一下物理降温就行了。

我想请假，父亲说我总请假不但耽误了工作，还会给领导留下不好的印象，有弟媳和嫂子照看着，我安心去上班得了。

第二天中午，我送饭到医院，看见护士提着输液袋里肉眼可见明显红色的胸水对父亲说：看，已经抽了这么多！我惊得如雷击顶，手中的保温盒差点儿掉在地上——父亲如此虚弱，她们竟然还抽胸水！父亲是“猴子见不得血”的心性，之前我一直竭尽全力避免父亲看到抽出来胸水的数量和颜色，护士居然故意提起来让父亲看！果然，父亲有些吃惊和恐慌：怎么这样多，还带红色？护士见多不怪地说：这才抽了几分钟呢！时间长了，当然就会带血！

周末，二哥回来，父亲很高兴，和他说了许多话。第二天，二哥陪父亲去挂针，父亲说呼吸不太流畅，医生让父亲吸氧。我们都没有意识到，父亲对吸氧是有恐惧感的，认为一个人只有到了最后关头才用氧气来救急。

许是感到了生命危机，父亲这一天很认真地吃东西，努力让自己多吃一些。傍晚时分，父亲要求住到医院里，说万一发生意外医生好抢救，吸氧后好呼吸多了。我们说不会发生什么意外，医院里嘈杂、有蚊子，还是住在家里好些，氧气瓶可以去医院拉一个回来。

父亲想了一下，点点头说，这样也好，只是氧气瓶重，很难抬到楼上去。我们动员父亲把床搬到楼下，这样他起居和我们照看都方便。二哥张罗着去拉氧气瓶，我和姐姐动手拾屋子、搬床。

父亲靠在沙发上，万分苦恼、无限悲哀地说：这鬼病真害人，病人要受尽折磨和煎熬；家属要奔前顾后地伺候，吃不好、睡不好，还不能好好安心上班。

我开导说，爸爸你别这么想，你好了我们大家就什么都好了，哪个人没个头疼脑热、小灾小病的？父亲长长地叹了口气：哎哟！都这么长时间了，哪天是个尽头啊？我这病呀，怕不像你们说的那么简单。是你们没告诉我实话，还是医生误诊了？我安慰说，爸爸，你别乱想，安心调养一段时间就好了。你今天精神恢复不少了啊，都知道肚子饿，想吃东西了。

弄到快11点才妥当，我疲惫如泥，眼睛都快睁不开了。我向父亲告别，带孩子回家睡觉，没想到这一别竟是永诀。

窗外刚透出些许微亮，电话铃遽然响起来。我惊跳起来，为了不吵醒睡在旁边的侄儿和儿子，迅速按下接听键。我怕极了这黎明时分的电话，那年大哥去世，也是天刚亮，弟弟打电话来说，大哥半夜走了，你赶紧来！

电话里传来二哥温和、缓慢的声音：小红，起来了吗？爸爸走了。我着急地说：我马上就来！咬住被子，我号啕大哭——我费尽心思、用尽全力，也没能拉住父亲一路萎谢下去、渐行渐远的生命啊！

我感到沁入骨髓的疲惫、慵懒，连八月的太阳都蒙上了一层风沙，再看不清距离，也感觉不到温暖。我一直很困惑，40多年前，父亲被昆明的专家诊断为肺癌打开胸腔，切断了两根肋骨，后来专家说是肺结核误诊了。当年确实是误诊？还是专家善意的谎言让父亲又活了40多年？

日子在浑浑噩噩中羽毛般轻飘飘度过，我老是梦见父亲和大哥，他们的病痛、日常生活、照看、欢喜或泪水，每夜在梦中渐次展开，使我觉得他们并未离去，还在家中共同呼吸，一起消磨时日。

父亲走了，我一直有着痛彻心扉的悔意：我上什么班啊？该一直请假守在父亲身边，随时对他嘘寒问暖，他就不会感冒发烧了；我应该每天陪他去医院，那样就不会让无知的人在父亲最虚弱的时候抽胸水，还让他看见触目惊心的红色；在他弥留之际，我应该陪在身边，听他最后倾诉对生命的依恋及对死亡的无奈……

苹果的故事

1993年春节过后，我和吴约定从重庆返校。吴是二哥的同学，和我基本没有交往，对我漠不关心也在情理之中。

1993年的第一天——元旦，清无情地提出了分手。尽管倔强好胜的性格使我绝不向清低头，但从爱上他那一刻，我就绝对、完全在乎他。之所以决定从重庆转车，是因为清是重庆的，我一直幻想着再见到他、幻想着他回到我身边。

在寒风中排了4个小时的长队，仍未能感动上帝，我们只转到第二天的站票，我和吴只得住进车站招待所。

我站在502室的窗前，极目火车站的每个角落，希望在重庆烟雾弥漫的人群中，突然发现清那熟悉的身影。楼道间每次脚步声响起，我都觉得那是清正向我奔来。

从离家到进校那60多个小时里，我的清充满了空气里的每一个分子。我的泪从元旦那天开始，于无人处总是无法控制地如泉涌出。

正当我在迷幻和失望中流着痛心的泪时，门开了，走进来穿军服的一男一女。车站招待所的流动性和暂时性特别显著，人们往往还来不及相识就匆匆分开了。

他们的介入影响了我的梦幻，我在厌恶的情绪中继续观我的风景，找我的目标，但还是听到他们都正服兵役，女的即将去武昌，男的将返回宜宾；听到他们之间的千叮万嘱、难舍难分。他们的甜蜜加剧了我的痛苦，使我觉得人生就像此时的雨雾一样，冷若冰霜。

“小妹，你在看什么？”我正在悲痛中苦思冥想，一个亲和力很强的声音吓了我一跳。回头见那个女的手中捧着一个大苹果站在我身边，我嫌恶地看了她一眼。

“小妹，你到哪儿？今天走还是明天走？”仍然是那春风般的话语。我冷酷地盯着她，要让她在一秒钟之内就能感到我对她的憎恶。

“小妹碰到什么不愉快的事了吗？说出来也许我们能给你帮帮忙。来，先吃个苹果。看你站在这儿好半天了，脚都站僵了吧？”说着，她把我拉到床上坐下，把那个足有一斤重、红里透香的苹果塞到我手中，像一个莫逆之交的朋友或关心体贴的好姐姐，理解、爱怜、鼓励地笑着。

“谢谢，我不要。”我的语气和空气一样冰冷。

“别客气，我们带得多，你就吃一个吧！这种苹果是进口的，甜香脆嫩，特别好吃。我保证你吃了后还想吃，还有可能记住我。”

这种色香味俱全的大苹果我还是第一次见到。“我不要，我自己带了许多。”我的语气略有升温。

“我们带得太多，实在背不走了。春节刚过，车上又挤，就算你帮我们的忙吧！”她恳切的话语使我毫无退路，只得勉强接了。

她走回去，男朋友把削好的苹果递到她手中。她拿过刀来，把苹果划成两半。

“你吃吧！”男的满怀深情地说。

“一人一半！”女的娇嗔道。

“你吃吧。我一会儿再去买几斤来让你带到车上吃。”

"我要你吃一半！"

听到这儿，我知道苹果只有两个，便站起来说："大姐，你们把这个也吃了吧！我现在不想吃。"

"快别！苹果太大，一个人吃不完我们才分着吃。你放着吃吧！"她快步走过来，把我按坐在床上，把我塞在她手里的苹果放在我的旅行包上。

"我出去一下。"男的拿着半个苹果走了。

我早就累得浑身散架，乘此机会赶快钻进被子。朦胧中听到男的回来的敲门声，听到他们轻柔温馨的谈话声。不知过了多久，我被推醒了。

"小妹，我们要走了，你要照顾好自己！不论遇到什么事，首先要坚强，要相信自己。要相信阴天下雨终会过去，阳光始终照耀着你！遇到不顺心的事多找朋友玩玩，他们会帮你分忧解难，会给予你力所能及的帮助。答应我——答应大姐，今后无论碰到什么事，你始终笑对生活！"她关切地注视着我，目光中写满诚挚和鼓励。

看着这个素不相识、长得不很漂亮却气质很好的大姐，我郑重地点点头。她这才长舒了一口气，放心地走了。我目送他们走出去，发现男的手中多了一袋秦冠苹果。

我不禁痛哭失声，一个多月来的委屈辛酸在哭声中汩汩流淌。哭够之后我觉得轻松多了，同时感到了饥饿。我搜索的目光在那个硕大的苹果上停下来，它甜美的味道成了我世界的唯一。

的确，那种不知名的大苹果我吃了随时还想吃，那个不知名的重庆大姐我刻骨铭心地记住了，并在触及苹果或与苹果有关的事物时深深地怀念她、感激她！

常青树

很早就听说了宁老的名字。读小学时去松鹤寺游玩，看到揽胜亭的对联，知道宁老是宣威文化、书法大家和名人，书法作品在宣威无人能出其右。

认识宁老是20世纪90年代末期，单位成立一个经济学会，邀请宁老莅临指导，宁老学识渊博、娓娓道来的学者风度给我留下了深刻的印象。

由于喜好文学，我渐渐结识了一些志同道合的朋友。进入新世纪，我每次应邀参加市里的文学活动，宁老总是从容淡定地端坐主席台上，以长者特有的慈祥包容给我们谆谆教诲或指点迷津。宁老年近八旬仍精神矍铄、目光炯炯，时常一套得体的中山装，穿出了知识分子儒雅的大家风范，如常青树般历久弥新。

宁老给我印象最深的是和蔼可亲、博闻强记、热心公益和书法传世，我对他的敬仰随着交往的增多而越来越高山仰止。

和蔼可亲。宁老无论执政还是退居二线，始终没有一点官架子，对人真诚和蔼，亲和力特别强。宁老说话轻言慢语、推心置腹，让我如同面对父亲一样感到亲切、信赖、可依靠。每次见面，宁老都主动询问我的工作情况，殷勤地鼓励我多读书、多练笔。每次聆听宁老的教导，我都很受启发、深受感动，暗下决心：摈弃浮华名利，静下心来读书写作，努力修炼自己，争取以真才实学慢慢靠近宁老浩瀚的人生海洋，不辜负宁老的关怀。

有时我带着孩子参加文友分会的活动，宁老关心地过问孩子的学习情况、兴趣爱好，鼓励孩子全面发展，长大做对社会有用的人。

宁老不时带领我们到羊场、西泽、靖外、桂花箐等地采风，让我们在接地气中增长见识。宁老还津津有味地给我们讲他小时候的事情，拉近了心灵之间的距离，使我们觉得他既是良师又是益友，是一直看着我们成长、蜕变的父亲。我们哪怕有一点点微小的成功或进步，宁老都恰如其分地表扬、称赞，让我们欢欣鼓舞地踏上可以期许的人生。

博闻强识。宁老记性之好，令我们瞠目结舌。我们刚到中年就很健忘，许多事只能靠“烂笔头”记在本子上才不至于遗漏或失误。八十高龄的宁老却不但对去过一次的地方记忆犹新、对见过一面的人直呼其名，还经常字正腔圆地背出李白的《行路难》、杜甫的《石壕吏》、臧克家的诗歌，以及许多古今诗词、歌赋名篇，让我们汗颜到无地自容。我们说话不时会语无伦次、重复颠倒、词不达意，宁老却一直条理清楚、主次分明、充满哲理，让我们觉得当他的学生都不够格。

宁老学识渊博，天文地理、历史哲学、文学艺术、官风民俗……宁老无所不晓、无所不通，简直就是一部随时更新的百科大全书，被文友们尊称为“宣威的孔夫子”。我常想，要是通过不懈努力，能够掌握宁老 1% 的学识，也就不枉此一生了。

热心公益。宁老对脚下这片红土爱得深挚，只要是宣威的大小事务，宁老都满腔热情地投入进去：出谋划策、倡导捐资、实地考察指导……无论是松鹤寺、三台洞的修复，还是宣威双塔、万佛殿的建盖，以及成立老年诗词书画协会，宁老都立下了汗马功劳。

宁老对宣威的风土人情、历史掌故很熟悉，加上文学造诣深厚和近百年的亲身经历，宣威凡有大型活动或有关文化、史籍、出书、推介等大小事宜，必请宁老出山，进行指导点拨。宁老也不辞劳苦，亲力亲为。大到活动的策划、启动，小到标点符号、错别字的更正，宁老都做得一丝不苟，让晚辈肃然起敬，佩服得五体投地。

书法传世。宁老读书时自习左手书法，经过数十年苦学勤练、潜心研究，书法自成一体、造诣颇深，在宣威成为老幼皆知的书法名家。宣威的风景名胜、书刊题名、寺庙楹联、重要建筑物等都非请宁老吟诗赐字不可。宁老掂量后只要觉得对宣威有益，从不拒绝，倾心而为。

宁老对朋友和晚辈真挚诚恳，一片丹心，每每有人讨要墨宝，只要那人品行好、爱学习，做人实在、敬业奉献，宁老就会慷慨答应，抽时间展墨挥毫。经常和文友们在一起清谈学习，我的兴趣爱好也逐渐变得高雅。看着文友们索要书法作品，我会随声附和。在被一个个无名之辈拒绝后，我抱着“试一试”的念头向宁老开口讨要墨宝，没想到宁老一口应承下来，不久后就给我写了两个“宠辱不惊、宁静致远”的横幅，不仅契合我的工作，而且深谙我的性格，令我感动得热泪盈眶，感激得除了致谢，再找不到言辞。

宁老的墨宝道法自然，遒劲灵动，龙飞凤舞，仙风道骨，传播久远，几乎遍及宣威的名山大川、大邑小室、各处展厅、书画词刊。宣威的许多景点和书刊，都是因为有了宁老题诗、吟联、赐字而提升了档次，且声名远播、家喻户晓。

在宁老八十岁寿辰来临之际，衷心祝愿这棵生命力旺盛的常青树枝繁叶茂花香远，根深茎直万古传！

馨香满屋

今年春末，我做了采花大盗。

一天，看着院中笑语盈盈、摇曳生姿的玫瑰，我突然冒出个念头：做一个玫瑰花枕，让馨香伴我静静入眠。我转身进屋，找来剪刀和袋子，立即行动起来。出于自卫，玫瑰枝上深绿的刺往往拽住我的裙裾、划破我的双手、扎进我的指头。我只能小心翼翼地择地而站，度量好距离、看准花朵再伸出手去。

以往摘下来泡水喝，我采的是花蕾。做花枕需要的是花瓣，我就让玫瑰们在最美的青春年华脱离枝头，也算是为它们留下一个艳丽的回忆，避免了枯萎落地的凄凉。

我在石桌子上铺好报纸，把玫瑰花均匀地摊在上面晾晒。由于整天在外面奔忙，怕着雨后毁于一旦，我把玫瑰花移到宽大的茶几上，让它们慢慢阴干。

姐姐一进门就吸着鼻子说，好香！你们在吃什么？我笑着说，这是玫瑰的甜香，你没嗅出来吗？姐姐看着摊在茶几上、已由鲜红变成紫色的玫瑰，问我摘下来晾干做什么？我说玫瑰可以泡水喝，美容的，加点冰糖、枸杞就行了，你要不要拿点去试试？姐姐犹豫着说，你就这么一点儿，我拿走就没有了。我豪爽地说，院中有的是，每天都在开，那密密麻麻的花苞至少还能开半个月，每天都能采摘不少。姐姐欢欢喜喜地把晾干的拿走了，我说还要就过几天我晾干了再来拿。

参加小弟的婚礼，儿子和侄女做了散花天使，我在一旁引导。侄女提着一大袋玫瑰花瓣，抓出一把来嗅嗅，鄙夷地说，这花一点也不香！儿子抖抖手中的花袋，成竹在胸地说：大棚里种出来的，当然没有香味！是啊，现代科技的培植使玫瑰徒留其表，在变异中遗失了最本质的馨香。

新郎新娘闪亮登场，儿子和侄女兴奋地把玫瑰花瓣高高抛起，华美的花瓣雨落在一对幸福的人儿头上身上，他们深情款款地牵着手，在婚礼进行曲、掌声、礼炮声和翩飞的彩带中缓步向前。花瓣雨在礼仪台上轻轻飘落，侄女看看空空如也的口袋，瞪着迷茫的双眼，似乎不明白满满一袋花瓣怎么就没了？

儿子走上前，把发呆的侄女拉到桌边坐下。侄女不服气地说，回家后我要让妈妈买一大束玫瑰，把花瓣晾干，洒上香水做成香囊！儿子不以为然地说，做香囊还得洒香水？侄女权威地说，当然得洒香水，要不哪儿来香味？我笑容可掬地对侄女说，你放假到宣威来，大娘给你晾干的、浓香的玫瑰花瓣做香囊好不好？侄女难以置信地瞪着美丽的大眼睛，求证地看着儿子。儿子骄傲地说，我家院子里的玫瑰很香，我每天放学从很远的地方就能嗅到，不信你就来我家看看！

在曲靖城里成长的侄女，在她短短的10年经历里，也许从来没有见过甜香的玫瑰，竟然怀疑我和儿子是痴人说梦。殊不知，玫瑰正是以浓郁芳香和绝美艳姿而成为爱情的化身。

大弟说，金银花清心明目，用来泡水喝很好。我说只要你要，我就摘下来晾干给你。金银花是藤本植物，需要棚架攀沿。我院中拉了一些铁线，它们就顺着爬上去，一度在院中间形成一个遮阳挡雨的凉棚。后来为了让葡萄有地方攀爬、生长，我把金银花藤大面积扯下来，只差没“斩草除根”了。我势利地认为，有了可观赏、吃果实、乘凉的葡萄，可做药和乘凉的金银花就可以清除了。幸亏当时手下留情，我在今年春天的朝夕才有采摘金银花的可能。

金银花细碎，采起来效果不明显，又爬得高，繁盛的花朵往往在头顶之上，伸直双手能摘到的不多。我不时把它们连枝扯下来，心里并不痛惜，觉得只要阳光雨水充足，过几天就长出来了。由此可见，我的心已渐渐变得冷硬、粗糙。

金银花香味更浓，与玫瑰同时晾在茶几上，一进门嗅到的往往是那股直钻肺腑、霸道地久久不肯散开的浓香。要屏住呼吸一会儿，慢慢用心去寻找，才能辨别出玫瑰的甜香。儿子不满地说，妈妈，你少摘一点行不行？满屋都是花香，我总有一天会被你熏昏的。

有几个朋友至今还在打“双扣”，不时打电话给我，问能不能忙中偷闲去山上“升”一把？我每每邀请他们来家里打，说我院中这么多树，空气质量不会比山上差，还可以欣赏花的美色嗅花的芳香，比山上强多了。他们来了几次，羞愧地说，我每次都提供茶水和大量水果、零食，出去吃饭还抢着付钱，他们不好意思再来。

我谆谆善诱地说，我能提供这些色香味俱全的食物，证明我已挣脱贫困线，能够保证吃饱穿暖了，你们应该感到高兴才对。他们终究却不下情面，不肯再来。

我没栽花时，喜欢到处去摘桂花，泡在酒精里，过一段时间就成为绿色环保、浓郁甜香的桂花香水。待我院中的桂花四季开放时，我早已失却了那份兴致，就让它从容地盛开、谢落，让花香随风飘远，与邻居们共享。

我一直想在院中栽一株樱桃，春天赏繁花似锦，夏天吃鲜美果实。朋友也多次说帮我去弄樱桃树苗，却始终没有如愿。我想，要是哪天能够闲暇下来，我会用心地在院中培植白玫瑰、黄玫瑰、黑玫瑰，甚至，蓝色妖姬。

我无法归隐南山，无法大富大贵，但我可以用各种花树充实我的小院，可以用各种美艳或素净的鲜花，让我的小小蜗居馨香满屋。

初中小男生

小男生12岁多了，由于挑食，偏瘦，海拔处于稳定状态，3年来未见明显增长。最大特点是在家滔滔不绝，出门缄口不语。

一、撒娇

除了读书时，小男生很少意识到自己是初中一年级学生。要撒娇了，故意摔上一跤或磕磕碰碰，有时索性让头在席梦思靠背上撞出响声，然后捂住伤口，痛不能忍的样子，可怜兮兮地说：妈妈，小蛇受伤了！小蛇是小男生用属相对自己的称呼，在几个昵称中，他总是喜欢这样自称。

我历来不纵容他这种恶习，有时温言软语教导他要小心，别总是一副马大哈样；有时不冷不热地问，不会小心点，怎么这样笨？心情不好就直接训斥：为什么老是要跌或碰呢？眼睛哪儿去了？每逢这时，小男生就会丧着小脸，万分委屈、愤怒、倔强地说：你一点同情心都没有！我受伤了，你不安慰、抚摸、着急，还要批评我！

我知道，小男生希望我把他捧在手心里，冷了哈口气，热了

吹阵风。可是，我没有时间和精力时刻这样做，这个世界上，除了我，再没有人对他这样关怀备至、照顾入微。人生道路多的是坎坷、荆棘和坑洼，他需要有坚强的意志、阳光的心态、睿智的头脑、一定的技能才能走得安然坦然。

我对他那么严厉，小男生怎么一有时间就挖空心思地撒娇呢？有时看着他跌青的膝盖、头上撞出的包或划破的手掌，我会心痛不已——儿子，你这是何苦呢？生活的代价不是以这种方式付出的。我真的想把他搂在怀中，像他幼时一样用我柔弱的双肩为他遮挡所有的风霜雨雪，让他撒撒娇就能得到想要的一切。可他终究要独自行走，承担生活赋予他的一切。我只能狠狠心，把他推到五彩缤纷的社会中，像老鹰训练小鹰飞翔一样坚定和残忍。

高兴时，小男生会手舞足蹈地唱：咿呀咿呀咿，小蛇最听话（或最聪明、最可爱）。小男生总是说：小蛇是冰雪聪明、超级可爱、非常听话的。我嘲讽地问，冰雪聪明怎么连班上前20名都考不进去呢？小男生振振有词地说：班上130多名同学，你以为那么好考的呀？我们班多的是太阳聪明的人，要是草木聪明的，遇到他们还能生长；可惜小蛇遇到他们就融化了，哪里还拼得过呢？

二、物品

小男生不时会带回一些食物、文具，闪烁其词地说是小朋友给的。我曾告诫他，可以帮助同学，但不能要他们的东西。我严肃地问：小朋友为什么要给你东西？是不是你教他们做作业？小男生矢口否认，说不知道小朋友为什么要给。

读小学时，他带回的多半是食品和玩具。六年级下学期，有个女生每晚8点钟准时打电话来和他对数学答案，做不来的就要他直接说出来，往往通话超过半小时。我教育小男生，你不能告诉她步骤、结果，而要对她讲解思路、方法，否则她以后遇到同样的题还是做不来。小男生就当着我的面，一本正经地讲解。可他才开口，那边的女生却急不可耐地说：你快别讲了，直接从算式以下告诉我吧！我语文作业还没做呢，时间来不及了。

有时小男生被那女生的缓慢、笨拙、琐碎弄得不耐烦了，就不负责任地说：你慢慢做吧，我得赶快收拾作业洗脸脚了！立即传来女孩撒娇的声音：求求你了！帮忙帮到底吧，要不我明天会受到处罚的！

小男生有许多课外书要看、有许多故事要讲给我听、有许多零食要吃，我想，光靠撒娇是不能维系每晚半个多小时的电话的，所以小男生的书包里不时会出现很女性化的电子表、自动铅笔之类的东西。问得急了，小男生就耍无赖：我不要，是她硬塞在我书包里的，你要是抢得过她，你就拿去还！

小男生随时带回一些漫画书、《冒险小虎队》和少年儿童网络小说，自得地拍着胸脯夸耀：妈妈，小蛇人缘多好，人气多旺呀！小朋友们都愿意把书借给我看！

小男生对书也算是情有独钟了，每次取得一定的成绩或参加比赛得了奖，他要的奖励多半是买漫画书。每次去书店或参加书展，小男生总是抱来一大摞书，软磨硬缠要我买下，再不然就要赖说：你自己买了那么多，凭什么我就不能买这些？

小男生的漫画书和杂七杂八的课外书堆满了高低床的上床，本数绝不亚于书柜里我的文学书籍。小男生一有时间就捧着本书看，并且是三番五次地看，隔一段时间就翻出来复习。

我对他总是看这些书感到头疼，推荐他看的书籍他总是敷衍了事，就打击道：你拿出看漫画书、网络书籍的劲头，别说考班上前20名，就是考全校第1名都没问题！小男生撒娇说：唔……妈妈，你别这么狭隘嘛！什么书都能学到知识。我从这些书里学到很多东西呢！不信我列举几样让你听听？我转移话题问：你们班考第1名的是谁？小男生长长地叹了口气：阴盛阳衰呀！是两

名女生！我故意逗他：干脆让她们来当我的双胞胎宝宝算了！小男生瞪大双眼，一副誓死捍卫的样子：你敢！我就和你拼命！

三、干活

我启发小男生，你读初中了，该帮妈妈做点事了。小男生信心满满地说好，不愿做作业时，他一副关心体贴的样子说：妈妈，我帮你扫地、拖地板，或者擦桌子。我同意后，小男生兴高采烈地转身离去，却抱来一大叠漫画书。我问他干吗呢？小男生轻言慢语地说：你别激动，我看完漫画书就帮你干活！让人哭笑不得。

每当我要发火时，小男生总是一副小心翼翼的样子，用一种充满智慧的口吻说：你要冷静，你需要冷静！冲动是魔鬼，淡定苏打水！妈妈，要不要我去帮你买瓶苏打水？

一次，小男生实在抵赖不过，就去擦洗面盆。擦完还有痕迹，我问他怎么不多用点力气？小男生夸张地说，我用了最大的力气啦，洗得这样干净，你不表扬我，难道还不满意吗？你未免也太挑剔了吧？

外面下着雨，小男生下晚自习后蹦蹦跳跳地走进家门，地上立即出现一排泥脚印。我指给他看，说：妈妈刚拖过地板，你进门怎么不在脚垫上蹭一下呢？小男生低头一看，哎呀叫了一声，说妈妈你别生气，我没发现，我重拖一遍！马上拿来拖把，换上拖鞋去拖地板。

我很高兴，走进厨房去炸麻辣洋芋给小男生加餐。听到笑声，我感到好奇，走出来一看：地板上留下胡乱划过的痕迹，连脚印都没有拖干净。小男生依着拖把，捧着一本漫画书笑得前仰后合。我问他拖好了吗？他好不容易止住笑说：你别急，我看完这儿就拖。妈妈，这个故事太搞笑了，我念给你听吧？

四、节约

暑假里，小男生三番五次不满地问我何时买车，说他都快上初中了，我买车却迟迟不见动静。这半年来，小男生懂事多了，学着为我分忧，懂得了节俭和为钱操心。

一次，小男生从我和朋友的吹牛中，听到我贷了款，紧张地问：妈妈，你究竟借了多少钱？我说你的任务是读好书，大人的事情不用你操心。小男生认真地说：妈妈，从今以后我开始省钱，零食和漫画书不买了，早点也只吃两三元钱的了。我说用不着这么省，咱们不靠那几元早点钱。

小男生却真的那么做了，我让他吃5元的早点，他说发过誓了，最多只能吃3元的。小男生每晚对我念叨第二天吃几元的早点，我说只有吃饱和营养充足才能听好课。他总是狡黠地笑着说：我得帮你省钱啊！吃5元的太奢侈、太浪费了，完全没有必要啊！小蛇能吃饱就行了！

倒是有一次一个住校的男生没钱了，小男生很慷慨地请他吃了5元的早点。小男生略微遗憾地说：妈妈，那个男生真够木的，他都不问为什么他吃5元的，而我只吃2元的。

9月中旬，我决定买车。小男生再三地说：妈妈，你买辆QQ车就行了，你不用再借钱，你原来贷的款也能够尽快还清。在上海大众4S店，我交了斯柯达昊锐的定金，小男生把我拉到捷达、桑塔纳车旁边，深思熟虑地说：妈妈，你看这些车都很漂亮，也大气，你还是买捷达或桑塔纳吧，它们的价格还不到你定的昊锐的一半啊！我告诉他，买车的钱我们有，不用再借，小男生还是担忧地说：我建议你买便宜些的，这样你的压力就小了。

坐在车上，小男生总为开空调、开氙气大灯等问题纠结，因为省油就是省钱。我对他说，开车最重要的问题是安全，其他必要的消耗不用过多地考虑。

今年冬天阴冷潮湿、雨雪纷飞，小男生手上生了不少冻疮，说要用营养卡上的钱在学校商店里买一个电热水袋。我说卡上的钱就留着吃早点吧，明天我去商场给你买一个，价格还比学校里卖的便宜呢。大概是为了不让我破费，小男生当晚就刷了一个热水袋抱回来。

五、马虎

小男生的马虎是鼎鼎有名的。拿到营养卡，小男生兴奋地说：妈妈，以后你不用再给我钱买早点了，我可以刷营养卡了！我不放心他把营养卡放在课桌里，拿了一个挂代表证的塑料壳让他挂在脖子上。

有个星期五下晚自习，小男生满脸阴云密布，来得很迟，学生都快走完了。我问他怎么了？他两眼含泪，却不敢哭出来地说：倒血霉了，我的营养卡丢了。我问他找过了吗？他说教室里找了三遍，食堂关门了，操场上看不见。我问他还有多少钱，如果钱不多就算了。小男生带着哭腔说：还有200多元，是我好不容易才省下来的啊！我让他报告老师，他说等到星期一说不准钱早被别人刷光了。整晚他都很沮丧，连平时爱吃的麻辣洋芋也难以下咽。

小男生埋怨说，都怪我，塑料壳烂了也不给他及时换，才会导致这样的灾难。我问他对我说了吗？为什么不自己换？小男生脖子一梗，生气地说：说了！你当时正在停车，根本就不注意我说什么！我问他过后怎么不对我说？这点小事难道他做不好？小男生哑口无言了，我语重心长地说：我又没责怪你丢了营养卡，你要什么赖？自己做错事要勇于承担责任，以后不再犯类似的错误不就行了？

半夜，我正睡得迷迷糊糊的，突然听到小男生惊呼：妈妈，我做噩梦了！我让他到我床上来睡，拉着双手问他做什么梦了？

小男生浑身颤抖，说记不得了，只是感到心里很害怕。

星期一，我给小男生10元早点钱，他不要，说发过毒誓了：如果卡找回来，他不吃早点三天；如果卡上的钱被刷得不多，他不吃早点一个星期；如果卡上的钱被刷光了，他这个学期就不吃早点了。我说你不用这么惩罚自己，强行把钱塞到他口袋里，结果他一直没用，补卡后硬还给了我。

我想锻炼一下小男生，给了他20元钱，让他自己去挂失、补卡。我以为他会撒娇说：妈妈，还是你去吧！没想到他爽快地答应了，还几次去问门房有没有人拾到他的卡交来？小男生心里抱有一线希望，看哪个同学拾到他的卡还回来，说他要买30元以上的礼物答谢。卡补回来了，所幸的是捡到卡的人大约心虚的缘故，只刷了不到20元钱。小男生感慨地说：真是罪过啊！又浪费了将近40元钱。

又一天下晚自习，小男生来得很迟，脸色像天空一样阴霾。我以为他违纪或测试不理想被老师批评了，不等我问，小男生就痛心疾首地说：妈妈，真倒霉呀！我的营养卡又丢了！我吃惊地问：在哪儿丢的？找过没有？小男生说，大约是在食堂打饭后被挤掉的，或者是从操场上跑过时掉的。食堂的人说没看见，操场上也找过两遍了。我问还有多少钱？明天去挂失、补卡吧。小男生气哼哼地说：还有90多元，幸亏那天刷了个45元的热水袋，否则损失更惨重！真是太气人了，要是让老师知道我第二次丢了营养卡，那多丢人啊！

这一夜，小男生翻来覆去难以入睡，睡着后似乎总在做梦，嘀嘀咕咕说一些无法听清的梦话。第二天下午放学，小男生一见我就摇头晃脑地说：妈妈，悲剧呀！太让人伤心了，补卡那个老师用看外星人的目光看着我，她一定记得我这是第二次丢失了，而且前后不到一个月！我说那你以后就小心一点，别再弄丢了。小男生无限感慨地说：我哪还敢再丢啊？再丢还怎么见老师同学呀！

下晚自习，我见小男生不高兴，就问他遇到什么事了？小男生气急败坏地说：丢人呀！今晚刚上晚自习，班主任就向我丢来一样东西，我拿起来看是我的营养卡。

我问：她没有告诉你是谁拾到的？小男生无地自容地说：她都不耐烦对我说话了，我还怎么问？大概是觉得我老是丢失营养卡不可思议。小男生说，再不敢把营养卡挂在脖子上了，他要揣在手心里，刷完就放回书包，叫我依旧用塑料壳帮他装好。说他也要像其他同学一样，赶快把卡里的钱刷完，免得再生事端。

第三天中午，我送小男生去学校，回来赫然发现营养卡掉在他刚才坐的位置上，真是让人啼笑皆非。这个粗心大意的小男生啊，除了当时生气和难受，竟然改不了马虎的毛病！

六、成绩

小男生畏惧老师，从来不敢违规犯纪，班主任那科总是学得最好。小学时语文一直是班上一二名，初中班主任是教数学的，数学学得自然就比其他功课好。

期中考试后，小男生羞愧地说：妈妈，我被老师们当成反面教材了，真是悲催呀！数学老师问：你的记性被狗吃掉了？那道填空题怎么用涂改液涂掉就忘了写上？扣掉的那一分，足够我前进5名啊！就可以享受调换座位的权力了呀！还好我的数学和总体成绩都在优生线上，要不班主任就会让我尝尝她的厉害！全班语文平均分92分，我不幸只考了91分，语文老师说我是一个最无辜的拖后腿者，这一分之差就解释了那个成语——天差地别。

我故作惊讶地问：语文老师没有叫你去找他或者去哪个培训班补一下语文？小男生面红耳赤地说：你别大惊小怪啦！这纯属意外！语文老师知道我平时学得不错，才没惩罚我把做错的题重做三遍。英语是听力题广播里有杂音没听清楚，政治是论述题只答了要点没有详答。我漫不经心地问：英语为什么别的小朋友就能听清楚，就可以考119分？你什么时候才能不出意外呢？小男生撒娇说：妈妈，你不要斤斤计较嘛！我会努力的，我会进步的，你放心好了！

我放宽尺度说：期末考试能在20名前吗？小男生一下急红了脸，愤愤不平地耍赖道：你去考考试试！你不要得寸进尺，我有所进步就行了。

小男生周末只有很少的一点作业，我就劝他把刚开学买的习题集做了。小男生不耐烦地说：我平时在学校就很辛苦了，你别总是见不得我看课外书！那些习题等寒假再做，说不准我考好了，老师们就不布置作业了呢！

我说熟能生巧，你多做一些题才能巩固所学的知识啊！小男生就举例说，班上哪些同学天天看课外书考了10名前，哪些同学没买习题集照样考好。

我说不过他，只得幸灾乐祸地说：你看着吧，你要是敢退步，妈妈倒是可以饶了你，看你们老师怎么收拾你！

这就是我儿子，一个可爱、调皮而又粗心的初一小男生。

感 动

人到中年，最大的转变就是不再争强好胜，什么都看得开、都能习惯。我以这样的心态行走在春天，倒也安然。

往年妇女节，不敢忘记自己肩负的责任，总是据理力争，也好安慰自己：我已经努力了，尽管结果往往不尽如人意。

妇女节那天早上，我懒洋洋地在网上溜达。不想给任何人发短信，好在也没人发来需要回。九点钟，电话铃响，看名字就知道是一如既往的节日邀请，做好了随机应变的准备，从容接听。

“今年妇女节有什么安排？”声音中透着谨慎的试探，让我深感意外，回答得非常没有底气，仿佛没组织庆祝活动是我不可饶恕的罪过。“没有安排就来和我们过！”语气的坚定仿佛是在给我打气。

回到正轨，我不再心虚，已经准备好了拒绝的言辞，小心地问：“你们搞什么活动？”

“原计划带全体妇女代表到万松居痛痛快快玩一天，晚上到羊肉馆联欢，偏偏遭遇倒春寒！你看这天阴冷成这样，即使有人愿意去，我还怕把大家冻病呢。这样吧，过来吃顿晚饭，饭后大家唱唱跳跳，地点到时由你们定！”

不就是吃顿饭嘛，我爽快答应：“好吧！下午下班后我过来。”去年妇女节我牙疼躺在医院里挂针，实在是无法吃什么东西，结果硬被他叫去参加联欢晚会，受了不少抱怨。

“我要交给你一个任务。”语气中充满探询，让我感到那件事一定不好办。我们的教育一直在说，天下没有免费的午餐，晚餐也是如此。有了相机行事的打算，我镇静地问：“什么事？”

“我想请你帮一个忙，”语速极慢，显然是做好了随时被拒绝的准备。“请你代表我邀请机关的部分女干部一起来过节。”

小事一桩，竟让我提心吊胆地虚惊一场！往年不就是这么过的吗？只是没让我通知而已。“好啊！要请哪些人？”

显然没料到我会这么爽快地答应，语气中充满恳切：“往年都是我让她们通知，今年一是时间紧，怕来不及，二是你就管妇女工作，由你来通知更合适。”

“没问题！你告诉我通知哪些人，我保证一个不落地通知到！”女干部们总抱怨我节日不组织庆祝活动，没经费我怎么组织？这下我可以和她们共度，还可以造成这是我组织的假象。外面依然下着冻雨，我的心一阵阵感到温暖，这是取暖器无法企及的高度。

真正的慈善是不着痕迹的，热心助人的人总是做出请别人帮忙的样子。我心里深受感动，被一种莫名的兴奋鼓荡着，几乎在办公室里活蹦乱跳起来。

我打电话邀请领导、通知完女干部，打电话告诉他我邀请的人预计有四桌。中午办公室通知三点钟开会推荐干部，我只能告诉他领导去不成了，如果请得准假，我一定去。如果我去不了，市妇联的领导也就不可能来了。

“你别急，事情总有办法解决的。”他安慰我说，“别人来不来没关系，只要你和我们一起过就行。”

我决心无论如何，都请假去和他们一起过。口头推荐时，我对男同胞说今天是妇女节，无论如何请他们绅士一回，让我先推荐。他们笑呵呵地说：没问题！晚上你给我们准备好吃的就行！

他推荐出来，我说一会儿我请假过来，妇联的领导也一定请到。他说老大刚才对他说了，领导全部去，市里来考察的领导也去，他得赶快回去准备。

我从来不喝酒，为了表示真心诚意的感谢，就倒了一点白酒端着去敬他。语言在真情实感面前是苍白无力的，我除了说声谢谢，再也无法表达心中对他的感激。

吃完饭，他邀请大家去唱歌，老大说他们还有后续工作要做，先走了。他拿出礼品来发，我看见是一床美丽的童毯。今天单我邀请的近五十个人，就让他破费不少。我再一次被深深感动，一阵暖流“倏”地穿过心中，我眼前已是鸟语花香、流水淙淙的世外桃源，真想闭上眼睛好好享受。

这个春天因为有了这一天而变得异常美丽，成了我生命中的一个里程碑。我知道，要回报我无能为力，说谢谢浅薄无用，只能终身铭记，并像接力棒一样尽己所能地把这种温暖传递下去。

我家的“双胞胎”

儿子幼时长得秀气，常被别人误认作女孩。儿子读小学四年级时，有一天和我去逛家具市场，一个中年妇女兴冲冲地把他带到一套粉红色的儿童套房前，极力推荐说，把这套买回去，放在小卧室里，你姑娘一定喜欢！儿子非常生气地瞪了售货员一眼，扭头就走。售货员一头雾水，我却笑弯了腰。平心而论，儿子的小平头理得很短，那天不过是穿了一件红色外衣，为什么售货员会把他看成女孩？难怪儿子事后鄙夷地说：“什么眼水！”

侄儿出生时，儿子刚好在断奶。剖腹产后嫂子暂时没有奶水，我就一天几次去医院给侄儿喂奶。儿子一生下来就天方地圆、润泽滑溜，让人爱不释手。侄儿却有几分丑，皱巴巴的像个小老头儿。侄儿乖巧地吮吸着奶头，才让我因为亲情接纳了他。冥冥中，似乎早已注定我和这个孩子有着扯不断的干系。

侄儿长到十个月，儿子已经快两岁了。每当父母带着他们外出，看见的人都说他们是龙凤胎，固执地说儿子是女孩，侄儿是男孩。父母一开始认真纠正，说的人多了，也就当成是说笑话，一笑置之。我听说这件事和儿子是一样的感觉：什么眼水！年龄悬殊一岁多，一个已经蹦蹦跳跳，一个还抱在怀中，怎么就成龙凤胎了？

大哥病逝时侄儿才两岁，虽然话说得不利索，路走得不稳健，却已知道关心他父亲。大哥每天挂针回来，一看到他进门，侄儿就急得跌跌撞撞地去提拖鞋来，抱着大哥的腿让他换上。侄儿的懂事让大哥流泪，也让我们寒心。大哥在遗书中让我和姐姐带大侄儿，我自此把侄儿视为己出，食品、玩具、衣物每次总是买一模一样的两份。想到侄儿没有父亲可怜，我教导儿子，凡事要让着弟弟，有什么好吃、好玩的要先给弟弟；不能在弟弟面前提他的父亲，不能说任何让弟弟伤心、难过的话。在行动上，只要儿子和侄儿发生争执，即使错的是侄儿，受责罚的总是儿子。我以一个母亲的偏心，无微不至地庇护着侄儿，只希望他成长得健康、阳光、一帆风顺。

侄儿读幼儿园后，每次吃饭或去哪儿玩，我总把他和儿子一起带上。碰到不知内情的朋友，就会好奇地问，你怎么带着两个孩子？哪一个是你家的？我总是调侃地说，我家是双胞胎！虽然儿子比侄儿高一个头，但看着亲密无间、长得有些相像的两个孩子，问的人还是相信了。有时我没有带他们参加聚会，朋友们总是关心地问，你家的双胞胎呢？

侄儿读小学后，为了方便接送，通常在我家吃住，和儿子睡在一起。两个孩子从小在一起，同时上学、回家、做作业、睡觉，感情胜过双胞胎。儿子有什么好吃、好玩的东西，总是一分为二，即使侄儿回家了，他也要固执地留一份给侄儿；侄儿有时候让他母亲在夜色中骑着自行车匆匆赶来，只为送一块沙琪玛或一份新出的糕点给儿子。

侄儿读小学一年级时，儿子一边教他读拼音、做算术，一边教导他如何尊敬老师、如何与同学和睦相处。有时，儿子作业做不来，侄儿就站起来说，让我看看！看着侄儿干着急的样子，我好笑地问，难道读一年级的还比二年级的厉害，可以教读二年级的做作业？儿子不满地说，你添什么乱？你以为是在做游戏呀！侄儿尴尬地笑笑，坐下继续做自己的作业。侄儿的作业只要儿子说哪儿做得不好，他马上用橡皮擦去重做。

一次，前夫去接孩子，再一次没有接到。那天下着小雨，孩子们等了半天，没有看到家里的人，决定自己回家。儿子背上背着自己的书包，把侄儿的书包背在胸前，拉着侄儿的手，为侄儿撑着雨伞回家。事后听到他们描述，看着淋得半湿的儿子和书包，我在心疼之余，感动得掉下了眼泪——两个书包将近30斤，背在一个7岁孩子的肩上，显得过分沉重了！平时就是怕他们背10多斤的书包压坏脊梁骨、长不高个子才接送的。我问儿子：你背着两个书包，怎么不让弟弟打着伞呢？儿子责无旁贷地说，他那么小，怎么打得了伞？万一他不小心淋湿了感冒怎么办？我为儿子感到自豪，这个小小的男子汉，宁愿自己承担所有重负、宁愿自己淋湿，也要照顾好比自己小一岁多的弟弟。

两个孩子形影不离，言行高度统一，即使上卫生间也要约着一起去——一个方便，另一个站在旁边滔滔不绝，讲着让他们捧腹的事。也许，在潜意识里，他们已经形成了双胞胎的思维：儿子说不要，侄儿即使馋涎欲滴，也立马摇头摆手；侄儿不喜欢的东西，只要儿子伸手去拿，侄儿也不甘落后地伸出手去；儿子不动筷，侄儿就不端碗，儿子放下碗，侄儿三下五除二扒扒碗里的饭，不管是否吃饱，站起来屁颠屁颠地跟着儿子到处撒野。有时，我们拿着食物先问侄儿吃不吃，侄儿答应要，一看儿子不要，就不敢吃，拿着食物想吃怕哥哥不和他玩，想放下又怕大人不高兴。后来，侄儿变狡猾了，每次都说，你先问哥哥，哥哥要我就要。

侄儿慢慢长大，有时嫂子把他带回家去，儿子就总在我耳边念叨：弟弟这会儿在干什么？他什么时候回来呀？侄儿也是只要能够待在我家就欢天喜地，嫂子来接通常抵赖不去。有时我思想工作做了半天不起作用，就命令儿子，你让弟弟跟他妈妈回去，过两天再来。只要儿子一开口，侄儿就一脸悲戚地跟着他母亲走了，儿子顿时变得郁郁寡欢。也许，在侄儿幼小的心里，儿子就是最亲、最可依赖、最该言听计从的人。

两个孩子在自己的世界里大闹天宫、自得其乐，别人很难融入他们的生活。他们很少和周围的同学朋友玩，即使是弟弟的孩子，他们也只是出于礼节敷衍一下，一旦那个孩子哪儿触犯了他们，他们马上说着“不和你玩了”，一溜烟跑得无影无踪。有时，他们正玩得高兴，儿子凑近侄儿耳朵说句什么，一转眼他们就丢下弟弟的孩子，不知去哪儿干什么了。为此儿子没少受责罚，侄儿每次在旁边为儿子辩解、着急，有时干脆把责任揽到自己身上。只要儿子在场，侄儿对其他小朋友就目不旁视、耳不听言，一心一意做儿子的跟屁虫。

侄儿迷上游戏后，赖在我家不走的次数少了，有时去了十天半月才来。儿子很生气，动不动就使出杀手锏“我不跟你玩”威胁侄儿。侄儿装出一副可怜兮兮的样子，讨好地笑着，哥哥长哥哥短甜甜地叫着。再后来，侄儿学会了撒娇耍泼，一边往儿子身边挤，一边嗲声说着不行。儿子被他挤得没躲处，生气地问，你找打呀！侄儿并不气恼，一边往儿子身上挤，一边把额头上的头发用手捋开，把头伸到儿子脸边说，你打嘛！你打嘛！那样子，似乎被打也是一种享受或道歉的方式，非要把儿子惹笑了，或打他一下，侄儿才肯罢手。

每次看到这种场景我都很生气，这两个孩子不就是典型的“没头脑”和“不高兴”吗？他们把自己的弱点演绎得太嚣张了。我教训儿子，你不能这样对待弟弟，让外人看着你这哥哥成个什么样子？儿子不耐烦地说，你叫他别总跟着我！私下我对侄儿说，哥哥是逗你玩的，你怎么能伸着脑袋叫他打呢？侄儿不服气地说，他又没真打，你不要再批评他了！看来，他们是随时随性地演一场自娱自乐的闹剧，因为我们看不懂，他们谢绝观众。内心里，我宁愿把侄儿沉湎于游戏，理解为因为孤寂和对儿子的思念。

家里的人对两个孩子这种像蜜糖一样黏在一起、言行全部受一个大脑指挥的关系由生气、不理解到容忍，亲戚朋友如果对两个孩子的哪一方面表示诧异，家里的人总是嘲讽地说，人家是双胞胎嘛！

儿子读初中后，自然要在侄儿面前炫耀一番：军训如何艰苦，教官如何苛刻，老师如何严厉，吓得侄儿魂飞魄散，发誓说读初中绝对不去榕城中学。儿子失望地说，随你爱去哪儿读！我还怕别人知道你是我的跟屁虫呢！过了一段时间，侄儿决绝地对他母亲说：除了榕城中学，其他学校他都不去。理由是在榕城中学每天都可以见到哥哥，不懂的方便随时请教。侄儿在儿子面前唯唯诺诺，既没头脑更没主张，在其他人面前却是一意孤行，固执得九头牛都拉不动。

暑假期间，小哥儿俩又凑在一起，儿子给侄儿传授上初中的经验，兴致勃勃地把他的课本翻出来让侄儿先熟悉。儿子说英语应该引起重视，先教侄儿读音标。用了一个晚上，儿子泄气地说，弟弟太笨了，一个音标都读不准！我说你无法告诉他舌头放在哪个位置，还是让老师开学再教吧！第二天下班，儿子诉苦说，我又教了一个早上，弟弟还是一个音标都不会读！我说你别白费工夫了，让他看看语文、数学吧！侄儿歉意地笑着，一副随时准备冲锋陷阵的样子。儿子倒不客气，马上让侄儿背课文、写生字、抄词语、做数学题，要求比老师还严格，批改比老师还认真。侄儿自是乖乖凭他打整，不时满怀虔诚地问，哥哥，这题做得对不对？

愿这两个孩子在亲情基础上建立的友情天长地久、源远流长，任时光流转，任年华飘逝，始终如双胞胎般珠联璧合、亲密无间！

拥抱你入梦

2004 年 5 月，我搬入新居，专门把小卧室装修成儿童房，订做了卡通窗帘，希望能给儿子一个温馨的成长环境。8 月，带着儿子去买了一张带书架和扶梯的精美高低木床，作为儿子 3 岁的生日礼物，期冀他一入幼儿园就独自睡。

高低床安放好后，儿子很是兴奋了几天，上上下下蹦跳着。每当夜幕降临，儿子总是苦苦哀求，妈妈带我睡几天，我习惯了再自己睡。怕他晚上掀掉被子感冒，我动摇了决心。新床有强烈、刺鼻的油漆味，睡了两夜，怕影响健康，我和儿子回到席梦思大床上。高低床成了一种摆设，每当小伙伴来时，儿子用来炫耀，当作上蹿下跳的蹦蹦床。

刚生下儿子时，我看着他在襁褓中幼小娇嫩的样子，生怕睡梦中一不小心翻身压着他，或用被子捂着他，总是谨小慎微地提防着，用手轻轻拥着他入梦。儿子幼小时体弱，老是感冒拉肚子，我和母亲常常于半夜惊慌失措地奔走于医院，在心惊胆战中等待着医生诊治。

儿子渐渐长大，体质慢慢增强，夜里小猫似的睡得很香甜。我却常常从梦中惊醒，于静夜中聆听他均匀的呼吸声，随时伸手拉上被他踢掉的被子。有时什么也听不到，伸手摸鼻息也感觉不明显，我会猛然坐起，心悸中马上打开台灯，看儿子酣然入睡才缓缓平息了激烈的心跳。这一生，儿子是上天赐给我最昂贵、最宝贝的礼物，我害怕一时疏忽造成终生的悔恨。

由于我的纵容，儿子始终睡在我身边，每夜理直气壮地把一双小手伸过来：妈妈，拉着！儿子的手短粗、厚实、绵软，握起来很有质感，上街和睡觉时我总喜欢握在手里，感觉心里很温馨、很熨贴。

每当儿子长大一岁，我都痛下决心要让他独自睡，每次都经不住他苦苦哀求而心软、让步。儿子上小学后，我态度日益强硬，他也改变了方式，索性耍起赖来，不！我就要睡大床！我要睡到十岁才自己一个人睡！威逼利诱、苦口婆心地劝说，什么办法都用了，儿子始终不为所动，一到睡觉就爬上大床，让我深感做母亲的失败和无奈。

私心里，儿子一天天在长大，总有一天羽翼丰满，他会离开我，不再握着我的手软磨硬缠、喁喁私语。他会感到和我走在一起别扭、害羞，不再和我上街、外出。所以，在他还对我恋恋不舍时，我不忍也不愿强行把他推开，让这割舍的一天提前到来。

从幼时的唱儿歌、讲故事，到现在各自看书，每天睡前，我和儿子享受着温馨、宁静的幸福时光，让岁月静静流淌、慢慢消逝。

让我拥抱你入梦，在我温暖的怀抱中！儿子，当你长大时，不要忘了母亲曾精心细致地，用纵容的方式拥抱你入梦。

冬天的故事

这个冬天有些凛冽，从冬至前几天，一路雨雪飘扬，霜冻湿冷，洗双袜子都无法晾干。不少水管被冻住冻裂，似乎连太阳都生锈发霉了。天气预报说2014年元旦晴好，让人期待而心生怀疑：这阴了半个多月的老天，真能一朝放晴？元旦果然是阳光明媚、蓝天如洗，许多潮湿的心都在感叹：真该在阳光下好好晒晒，驱赶寒气，感受一下温暖了！

朋友菊出人意外地在中午打来电话，说彦哥从昆明下来，大家聚聚。一年多没有见到彦哥了，难免有些想念，我欣然答应，问菊晚餐定在哪儿？她无限神往地说，小芳村酒店有栗炭火盆，菜也做得还可以，就定在那儿吧。元旦以来，太阳每天9点以后以悲悯情怀笑吟吟地站在空中，给予人云淡风轻的好心情。毕竟是冬天，早晚及室内奇冷，围炉谈天无疑是天寒地冻中的莫大享受。人们把生着冻疮的手脚伸向火炉，心中是满满的幸福感。

我6点钟到达小芳村酒店，看到朋友们一张张笑意融融的脸庞，互相问好致意，围着栗炭火盆互通近况，评说着马年开头连日的晴朗惬意。彦哥临时家中有事来不了，让我们深感遗憾。好在宁老来了，以前辈的和蔼可亲、平易近人引领着我们谈古论今，给予我们谆谆教诲。文人的特点和标识是咬文嚼字，从古诗词到穿越文学，从中国现状到诺贝尔文学奖，从口授手抄到现代网络，我们在文学的长河中漂流，不时溅起朵朵晶莹的浪花，引起一些心灵小小的震撼，赢来阵阵发自内心的感叹与喝彩。此时，我们是一群快乐的精灵，因为共同的爱好让心一起跳动，让时光为我们停驻，让餐桌为我们铭记这些欢声笑语。酒足饭饱，华宴散场，菊说明天彦哥一定到场，明早还是在小芳村酒店相聚，接续今晚的围炉夜话。

中午我带着儿子到达小芳村酒店时，彦哥已经到了。围炉寒暄，叙述着昆明的雪及这个冬天在生命历程中的与众不同。宁老精神矍铄、衣衫单薄，说前几天他带着老年诗词协会的理事开会，7 个人中他年龄最大，却只有他一个人没有感冒。我们自是慨叹缺乏锻炼以致身体素质差，艳阳高照的天气裹在羽绒服中还要烤火。

席间畅所欲言、笑语频频，我们聆听着宁老和彦哥谈论文学的博大精深、讲述文人逸事。儿子吃好说要去车上看书，我斥责他没有礼貌，儿子怏怏地低头看作文书，一会儿却用右手按住腹部低声叫唤，说是肠胃不舒服。我看儿子蹙眉皱颊地靠在椅背上，一副苦不堪言的样子，就给他车钥匙，让他去躺在后座上。

我感到头一阵阵发晕，先前栗炭火盆很旺，感觉室内温度不低。这时感到身上一阵阵发冷，龙已经穿上了脱下的羽绒服。叫服务员来热菜，她把已经燃尽的栗炭火盆端出去，菊批评她不该等到没有温度才来端。眩晕一阵阵袭来，我怀疑喝到假酒了。席散走到院中，我头晕得厉害，掏出手机，犹豫着要不要叫姐夫来开车，我这状况对开车已没有信心。电话还没拨出去，见彦哥出来了，说等妹夫开车来接他。我言不由衷地对彦哥说，要不我送你去？菊结完账和梅、龙一起出来，大家随意聊着。我感到站立不稳，说我头晕先去车上坐一会儿，刚走到车边，还没抓住车把手，就人事不知了。

我艰难地睁开眼睛，听到朋友们呼着我的名字叫我醒醒，之后感到彦哥从背后抱住我，而我是蹲坐在地上的。彦哥说我醒了，

赶快弄到车上去，问我车钥匙在哪儿，我说儿子和钥匙都在车上。他们就呼唤儿子，好半天才把儿子唤醒。看着儿子懵懵懂懂、表情呆滞的样子，问他怎么了？儿子说头晕想吐，大家才反应过来：我们娘儿俩是一氧化碳中毒了！彦哥让梅开着我的车送我和儿子去医院，说他坐着妹夫的车随后就到。

去医院的路上，我仍然感到头昏昏沉沉的，反应有些迟钝。我不时呼唤着儿子，问他感觉怎么样？生怕他再次晕过去。儿子嗯嗯啊啊地应答着，感觉他的头脑还是不太清醒。到中医院，我感觉自己彻底清醒过来了，吐出了胃中刚吃下去的东西。朋友们看我和儿子逐渐恢复过来，脸色和嘴唇由青白渐渐有了一丝血色，就征求说是回家休息，还是去急诊科看看？大家一致的意见是，医生对这种状况也没有什么妙方，大不了叫多呼吸新鲜空气、注意休息。我说还是送我回家吧，各人手中都有事，各自去忙吧！

彦哥说，你终于遇到一个让你呕吐的表哥了，以后大概再也不愿意见我了。我说哪儿呢，都是栗炭火盆惹的祸！彦哥看着我的大衣下摆，幽默地说，看到你大衣上有些灰迹，我想帮你拍拍，又怕你说我怎么拍你的马屁。我一时无言以对，只能虚弱地笑笑。三位女侠送我回家，路上她们说也感到头晕和肠胃不适。我感到裙子是湿的，忆起是跌倒在车边的水迹里了。头还是不时掠过一阵眩晕，真感谢朋友们，危难时刻她们放下各自要忙的事，陪伴在我身旁，送我回家！

二哥和母亲听说我和儿子一氧化碳中毒，开始没怎么在意。母亲抱来毛毯，我躺在沙发上，软绵绵地不想动弹。儿子眉头紧皱、面色阴郁地靠在沙发背上唉声叹气，让他躺下休息一会儿，却不肯，喝了母亲泡的葡萄糖水，到院中坐着晒太阳去了。

喝下二哥倒的两杯开水，我头脑渐次清晰，开始感到后怕：儿子说他刚出酒店门就感到眩晕，差点儿跌到地上，一上车就昏倒了，不知道车门是怎么关上的，自己是坐着还是躺在后座上？

这样算来，他至少昏迷了半个小时，一氧化碳的伤害程度比我强多了！我是个不称职的母亲，看到他那样难受，居然没有随时关注他的情况，把他独自丢在车上不闻不问！如果不是彦哥等他妹夫的车，朋友们先走了，我才到车边就晕倒了……我不敢想下去，自责地闭上了眼睛。

我不时呼唤一声儿子，他懒洋洋、心不在焉地应答着，说浑身难受极了。二哥说应该找酒店负责，我虚弱得浑身没有一点力气，也不想再麻烦朋友们，就息事宁人、省些口舌和唾沫吧！儿子吐了两次，却都吐得很少。大概是觉得冷，他说去楼上晒太阳，发现晒不着又下来，说坐不住要去睡觉，我叫他去母亲床上睡。二哥说我们该去医院，吸些氧气也好。我担心着儿子，几次三番让二哥去听他的呼吸。二哥嘲笑地说，他现在睡得好好的，你害怕什么呀！

哥姐们要吃晚饭了，我挪到儿子身旁去睡，一不小心就把他吵醒了。儿子面色潮红、嘴唇干裂，叫嚷着头晕恶心脖子疼，二哥说还是带他去医院看看、挂挂针吧。儿子到医院就吐了不少东西，吸着氧，挂着针，难受得翻来覆去直哼哼，恨不得谁一把帮他抓去浑身的不适。

儿子挂完针快22：30了，在车上又翻江倒海地吐了一次，大概把胃里的东西全呕吐出来了，羞愧地说吐脏了衣服、裤子、电热水袋和车上的座垫，到家上床就昏昏沉沉睡去，这一夜倒还睡得安稳。

我和儿子用了好几天时间，才让头脑和肠胃恢复正常，不再疼痛和难受。事后，儿子说那天太不值得了，吃顿饭竟然受了这么大的罪，而且有生命危险。幸亏你们来得及时，我才昏迷了半个小时，否则后果不堪设想呀！妈妈，你以后再也不会去小芳村酒店吃饭了吧？儿子浑身哆嗦、心有余悸地问。又一副满怀沧桑、充满睿智的样子说，人们都说，大难不死，必有后福！

我不知道，这么小的孩子，怎么会用大人的语调，说着成人的感受和无奈？

小世界

年少时，也曾豪情满怀、信心十足，以为天生我材必有用。随着儿子降生，琐碎将生活空间占满，柴米油盐酱醋茶成为人生主旋律。我变得庸常、唠叨、胸无大志，心里却满是小世界的和乐幸福，容不得别人窥伺和插足。难怪有人说，女人必须做了母亲，才是完整的一生。

有人欣赏我上得了厅堂也下得了厨房，却在我念叨儿子的沉醉里，不得不掐死那颗妄想之心。确实，女人只要做了母亲，在与孩子的朝夕相处、息息相关中，整个世界就富足美满，完全可以把外界抛诸脑后，不再理睬花红柳绿或鸡零狗碎。

一、傻儿子

儿子一出生，看着他粉嫩娇小的模样，我就爱得如痴如狂。为了不让他看出我的宠溺，我总是做出与他很生分的样子。

很小的时候，我告诉他，宝宝是从商场里买来的。每次逛商场，里面总是奔跑着一些小孩。我告诉他，那些孩子是被人买走或等待出售的，他竟然毫无戒备地相信了。因为吉玛特商场规模较大、物品齐全，他就自认为是从吉玛特超市买来的。另外，经

常逛双井超市，他认为双井也可以买宝宝。

每次看到我不高兴，他就着急地拉着我的衣襟，又是撒娇又是耍赖地说，妈妈，不准你去商场里买宝宝！我听你的话，不再淘气了！你到哪儿买来的宝宝，也没有我好，对吧？

直到有一次，一个同事听了我们母子的对话，觉得很可笑，嘲讽地对他说，你让你妈带你去商场里买个宝宝试试！他方才狐疑地看着我，试探地问，妈妈，宝宝不是从商场里买来的吧？这个叔叔说商场里买不到宝宝！

读小学低年级，他知道了孩子是妈妈生的，就追问我是从哪儿生下他的。我指着肚脐眼说，是医生从这儿划开把你从妈妈肚子里抱出来的。他年幼，没有追问伤口的事，从此知道孕妇肚子里装着大小不等的宝宝，公共汽车上就主动让出座位。

读小学高年级，他不再手脚勤快地帮我做这样做那样，我要求帮忙他不时讨价还价，加上我对他的考试成绩不满意，我就说还是姑娘好啊，又漂亮、又听话，成绩又好，还会帮妈妈做事情。小区里多的是小姑娘，每次出去，他总是紧紧地拉着我的手，生怕我靠近那些小姑娘。他越是这样，我越是做出艳慕的表情，让他紧张得不行，不断警告我，不准你带她们去做宝宝！并且拉着或推着我迅速离开。我故意逗他，换你们班考第一名那个姑娘来做我的宝宝。他听后不允许我去学校，更不允许我进他们班教室。偶尔，发现我看着他们班的女生或路过的女孩，他就赶紧把我带离现场，生怕多停留一秒，我的手里就牵了那些女孩。

初一结束，我问他考第一名的是男生还是女生？他有些惭愧地说是女生。我轻描淡写地说，换来做我的宝宝算了。他很生气，激愤地叫嚷，不行，我不同意！你不要痴心妄想！如果你敢把她们带到家里，我就把她们撵出去！接着鄙夷地说，我们考了四次试，每次的第一名都不一样。你老想换第一名，一年就得换四次，谁愿意来当你的宝宝？反正来了不到三个月又得被换走！

初二上学期，我再逗他，他已练就了铜口铁牙，咄咄逼人地问，凭什么你要换她们来当宝宝？凭什么你认为她们愿意来当你的宝宝？这个傻儿子，都快长成少年了，居然不知道母子之间的血脉亲情是不可以更改、替换的！他没有发现我一直把他当成手心里的宝，老是为一个弱智的玩笑猴急。

高兴时，他就向我卖弄，老师说了，家长侵犯了孩子玩的权利或体罚孩子时，可以根据《儿童保护法》和他们理论；宝宝是不可以打的，要是被打了，可以报警；如果孩子的人身权、财产权、被抚养权等被侵犯了，可以到法院去起诉父母。妈妈，我学《思想品德》还是认真的，虽然没有考90分，但学到了不少有用的东西，可以用法律武器打消你换宝宝的念头。

二、转个弯

他喜欢撒娇，一次坐在车上，他故意随着车的摇晃往车门上碰了一下，捂住脑袋大惊失色地说，妈妈，你不会把车开稳些？我都被车门撞着了！我回头看了一眼，严肃地说，这车门真不长眼睛，都把我家笨笨憨撞成憨笨笨了！一车的人笑起来，他也忍俊不禁，扑哧一声笑了，不再装出受伤的样子。我经常用转个弯的方式教育他，倒也收到了不少成效。

许是我经常叫他憨笨笨，他每天至少要唱一次：小蛇最聪明，小蛇最听话，小蛇最可爱。仿佛只有不断向我强调他做宝宝的称职，我才不会再起调换的念头，充分认识到他的价值和作用。

读小学时，一次在家做作业，他忙着和弟弟玩闹，一点也不认真。有一道数学题做错了，我讲解时他没有专心听，第二遍仍然错了。我大声训斥，他倔强地对抗，一副死猪不怕开水烫的样子。天生性急的我一下火冒三丈，暴跳如雷。当他改第三遍还是错的时，我手中的铁丝衣架毫不客气、雨点般地落在他身上。直到衣架打弯了，他大声求饶我才住手。至此，他知道母亲不是嘴上说说那种类型，不但会出手，而且会下狠手，他为了不受皮肉之苦，自然收敛了许多。

他是人来疯，只要家里多个人，就不把我说的话当回事。一次，他和弟弟一起做作业时磨洋工，说三句话还不写一个字。我让他们赶紧做完作业吃饭，他把我的话当耳旁风，依旧我行我素地引着弟弟说话。我拿起鸡毛掸子准备吓唬一下他，从昆明来的侄儿跑到他身边说，哥哥，你妈妈要打你了，你赶紧给她认个错，好好做作业！他知道家里有这么多人我不会打他，粗暴地推了侄儿一把说，一边玩去，别管我们的闲事！他的无礼激怒了我，我对侄儿说，你过这边来，免得打出血溅在你身上。侄儿没有见过这阵仗，一边往门外狂奔，一边鬼哭狼嚎地喊，妈妈，你快来呀！姑妈要打哥哥了！你来慢了姑妈就把哥哥打出血来了！一家人哄笑起来，急忙安抚受惊的侄儿，都责备他做作业不认真。他本来准备接受皮肉之苦，看我笑着去哄侄儿，长长地舒了一口气，再不敢造次，开始老老实实做作业。

长大一些，每次他做错事，看着我很生气，就会愧疚地翘着屁股说，你想打就打吧！我说专家说了，九岁以后不能再打。他说没关系的，只要你打了能把气出掉，你愿意怎么打都行。我坚持不打，他就试着讲笑话惹我发笑，只要我不生气了，他像得了老师表扬一样高兴，马上蹦蹦跳跳去做他的事情。

有时，他长时间盯着手机看网络小说，或看课外书忘了做作业、吃东西，我提醒几次他仍然无动于衷，我就会很生气。他马上站起来，拍着我的脊背或按摩着说，深呼吸！你深呼吸几次就把气消了。

读初中后，他不时会对我讲一些书上、网上看来的，或者是从老师、同学口中听来的同龄人的事，振振有词地说，妈妈，我算听话的啦！虽然有些叛逆，会和你顶几句嘴，但没有像那些活

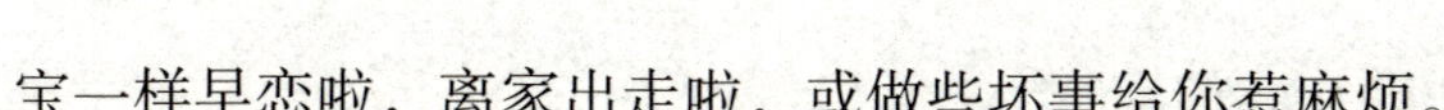

宝一样早恋啦，离家出走啦，或做些坏事给你惹麻烦。

我想，他虽然有些小毛病，但整体是好的，是向着健康向上的方向茁壮成长的，也就心平气静地和他并肩前行，一起度过属于我们的美妙时光。

三、爱成瘾

有人喜欢生很多孩子，恨不能在家里就组个足球队。我却只想要一个孩子，好全心全意、倾其所有地关爱他，伴他度过人生中尽可能多的岁月，让无私的母爱飘扬成指引他前进的旗帜。

生儿子时难产，我几乎丧了小命，当时就发誓说——谁给我几百万元，让我再生个孩子，我都不干。我无法理解，60 年代的人，无论男女，都想多生孩子。我不知道，他们多生一个孩子，是占了国家还是政府的便宜？

一个卖水果的女人生了三个孩子，任凭孩子们在一辆三轮车里玩耍打闹。最小的不到两岁，她也无暇或懒得抱抱那个孩子。不断传来孩子的吵打哭骂声，她一点也不在意，反而问买水果的，你生了两个儿子，为什么不再生个姑娘？孩子多了，无非是比别人吃、穿差一些，再多也能养活。如果只追求数量，吃饱穿暖在新世纪的中国确实不成问题，但孩子是否从出生就注定要子承父业、女承母业？

我是不愿意儿子任何一方面比别人差的，我希望全世界的阳光雨露都洒在他身上，希望他得到我全部、没有分割的爱，希望他尽可能多地占有优势和资源。我对他爱到没有了我自己，不论糕点、水果、零食还是其他美食，凡是他爱吃的，都是我不吃的。荔枝、桂圆、草莓、桑葚、樱桃等水果，刚上市时价格高得离谱，他总是一口气就能吃一两斤。每次去买水果，看着我大提小提的，总有人好奇地问，你家有多少人啊？其实，这些水果通常都是儿子在三五天就解决完了，即使他让我尝尝味道，我也坚决不吃，仿佛这些东西会让我过敏。

我对他的溺爱表现在微小之中，只要能满足他的口腹之欲，我常常忘了自己的面子。每次出去吃饭，只要碰上他爱吃的东西，不管别人用什么样的目光看我，我都坚决打包带回来给他，希望他多吃一些，长快一点。

别人的闲暇时光沉浸在麻将、微信之中，我却用在帮他洗衣服、鞋子、袜子、整理床铺、检查作业、削果皮、准备晚点等琐事之中。当我把青枣、苹果、桃子、梨等一个个削成惹人垂涎的果盘时，我的内心是丰盈、静谧、欣喜的，我细细品味着愉快付出的幸福。他习惯说，妈妈，我要吃水果、喝咖啡、听音乐，立即就有一盘他喜爱的水果、一杯热气腾腾的咖啡摆在他伸手可及的地方，电脑里音乐如水般淙淙流淌，把我们的日子点缀得仙境般诗意美好。

我习惯用一刻不停的手脚造就他“衣来伸手、饭来张口”的生活，习惯他遇事时无所顾忌的依赖，习惯侧耳倾听他讲故事、课堂趣闻、老师绝活、同学逸事。确实，爱因付出而充实、愉悦，我在付出中平静、陶醉、提升了自己，人生变得丰富美好，再不用那些多余的虚情假意来涂抹。避开成人世界的尔虞我诈、口蜜腹剑、利益争夺、背信弃义、狐假虎威，等等，我在这方小小的天地中找到了最合适的位置。

心变小，世界就浓缩到了眼前的方寸之地。我安之若素，人生却也精彩纷呈、知足常乐。在小世界中，我们是彼此生命中最重要的人，我们相互关心照顾，须臾不可分离；我们休戚相关、荣辱与共，一起迎接春华秋实，共同谱写辉煌篇章。

哪怕外面电闪雷鸣、暴风骤雨，小世界也是惠风拂面、春和景明。这份不求回报的爱早已让我上瘾，如果要我削减，我一定会感到失魂落魄、手足无措。

愿现世安稳，流年如锦，让我和儿子沉迷于我们的世界中，做最快乐的自己！

4

第四辑

岁月流金

年轻时我们不知道生活的真谛，我们鄙视门当户对，以为只有王宝钏嫁给薛仁贵才足够浪漫刺激；我们对真金白银嗤之以鼻，以为只要有玫瑰绽放的笑脸，面包可以永远不提。我们在童话故事中感动得忘乎所以，认为青蛙可以在一瞬间变成王子，灰姑娘穿上水晶鞋就可以迷倒整个宫廷，白雪公主经过王子轻轻一吻就能醒来，丑小鸭低头向湖就能完成白天鹅的蜕变。最重要的是，王子和公主一旦相遇，他们从此就过着幸福美满的生活，不再有一丝烦恼、忧愁和困难。

我们忘了老祖宗字字珠玑的教训——物以类聚，人以群分；贫贱夫妻百事哀。直到有一天，我们跌得头破血流，鼻青脸肿，才知道小锅是铁铸的，石头泥巴做的用着不称手；才知道不听老人言，吃亏在眼前，当所有浪漫飘逝，没有跌得粉身碎骨已是万幸。

生命的形式

（一）

朋友芬离开几个月了，由于不知道她具体哪天走的，我无法说出个确切时间。人死如灯灭，生命都没有了，知道个准确日期还有什么意义？

正在过春节，我也不知道自己每天忙些什么，反正是没有时间坐下来闲聊。有一天半夜，我意外地梦见芬，笑容满面地来找我聊天。我们谈笑风生，和以往相处时一样无拘无束、轻松自在。聊了很长时间，芬对我说了许多话，之后站起来告别，对我挥手说再见。我挽留芬一起吃饭，芬说还有其他事，笑意融融地走了。醒来时我吃了一惊，四周静寂无声，手机上显示的时间是凌晨快三点了。

我想起舅母去世后，由于她家前面的巷道狭窄，棺材抬不出去。我去找当时的办事处领导协调，希望前面那家人能够同意把山墙拆了，待棺材抬出去再由表哥们砌好。有一天临近天亮，我突然梦见舅母心满意足地哈哈大笑着说：马上就自由了！醒来听

见公鸡啼鸣，窗帘上露出些许薄明的晨光。想起那天中午就出殡了，打电话问表哥前面那家人是否同意拆墙了？表哥说忘了告诉我，那家人同意在土墙上打两道凹槽，棺材刚好能抬出去，昨天下午就打好了。

我打了一个冷噤，在静夜里兀自感到凄凉和悲伤——也许，芬是专门来向我辞行的，在她向我挥手道别时，芳魂已经飘向黄泉路。芬对我说了些什么，醒来时我竟然一个字也想不起来了。大概她原本就不需要我记住什么，只想让我知道，她来过，与我告别了。

（二）

许多男人不知道，女人一旦动了心，就会变得无药可救，飞蛾扑火一般勇猛无畏。芬以善良的天性，倾泻出满腔柔情蜜意，却没有人来且行且珍惜。那个男人一面唉声叹息，一面当着或背过芬寻花问柳、拈花惹草。

芬无数次感伤地唱道：我能得到你的人，却得不到你的心！满街都是空心人，于我而言，得不到心，那些甜言蜜语和外在的形式舍弃也罢。到最后，那男人连甜言蜜语和善意的谎言都吝啬了，芬却还在一门心思为他着想，怕自己走后他难过，不允许他去参加葬礼。

我和芬有着太多的共同点，使我们如孪生姊妹般心有灵犀：同一年出生，性格爽朗达观，严于律己热情待人，修炼自己宽容别人，竭力长成木棉般坚挺笔直的树，拒绝做枝枝蔓蔓的藤本植物；以诚信立身以尊重为本，不占别人便宜，不轻易原谅触犯自己的人；争强好胜，追求完美，遭遇弱男人不得不变身为强女子，每天笑脸示人，伤了痛了躲到角落里独自垂泪…….

许是觉得芬就是另一个自己，我对她特别关注，尤其是她生病后。我把所知道关于癌症的预防、治疗、饮食、心理的盾牌作用统统通过 QQ 发给她，希望她能挺过这场疾风暴雨的洗礼，创造鸟语花香的奇迹。我甚至急切地把一个医科大学毕业生刚到肿瘤医院发现的、过度治疗的黑幕发给她，一再解释大哥当年就是我们迫切希望他康复，过度放疗、化疗使他全身系统崩溃、衰竭而很快离世的。

大哥 35 岁在右腿上发现小粒细胞癌，手术、放疗、化疗后扩散到肺上，过度治疗导致肝损伤，全身器官紊乱、停工，不到一年就草草离世了。那时我们兄弟姊妹都年轻，都希望大哥凭借强壮的身体早日康复，慷慨拿出钱来支持他用最新、最好的方法治疗。上有体弱父母，下有咿呀学语、蹒跚迈步的稚子，大哥无法静心养病，这山大的压力使他烦躁不安、哀怨愧疚，恨不得一把就抓了全身的病痛，终致他早早地赔上了年富力强、本该顶天立地的鲜嫩生命。青春对他是多么残忍、绝情啊！

（三）

芬每次去昆明治疗，总会在火车上用手机 QQ 与我聊天。我嘴笨词穷地竭力安慰、劝导她，说没有人一帆风顺，每个人都得憋足劲过几道凶险的坎，但风雨过后就会是霞光满天的幸福景致。

一些时日不见，我会打电话约芬吃饭，有时她告诉我正在打化疗针，有时她用虚弱的声音说正在抵制无法避免、翻江倒海的呕吐，有时她微笑着说刚回到家，需要休整些时日才能出门见客。

芬出院后，我们多次在一起吃饭、散步，我看着她红光满面、笑语频频，相信她已经战胜病魔，创造了奇迹。芬也信心满满地阔步向前，十二万分虔诚地积极配合治疗，只等彻底康复的一天，召集我们开庆功宴。

最初看到芬的光头，我有几分讶异，甚至被吓了一跳。但我马上回过神来，轻描淡写地对朋友介绍芬，说她本来就有几分假小子像，这样子更调皮了。我看着芬的黑发像地里的小草，在春天星星点点冒出来，长势旺盛，日益蓬勃，就像看着她走在阳光明媚的康庄大道上，心中溢满幸福和喜悦。

因为在电视上看过广告乌鸡白凤丸，我把母亲喂养的乌骨鸡下的蛋拿给芬，希望能够起到辅助治疗的作用。因为稀少而珍贵，乌骨鸡蛋母亲是专门攒着给我吃的，别人想买去做种蛋母亲都舍不得，听说我送了人，就忍不住地叹气。

芬却把那些鸡蛋分一半给那个男人，那男人竟然说乌骨鸡蛋是酸的。真是无奇不有啊！那鸡蛋煎炸蒸煮炒我吃了无数，除了比土鸡蛋更香，我没有吃出有什么不同，只是无法检测它对我的身体是否起到调理作用。

（四）

芬墩实的身体、红润的面庞，指引着我眺望将来繁花似锦的日子——子宫癌和乳腺癌原本就比较容易治疗，切除后可以毫无悬念地康复。

在我没有胃口的时候，芬笑得有几分得意地说，我可是吃三大碗饭还没感到饱足的！在我因为满柜的衣裙变窄需要减肥的时候，芬诚心诚意地说，我现在体会到健康的至关重要了，胖点没啥，我每次吃饭都要搞得胃里再也没有容纳的空间了才肯罢休。

我不知道在哪个错眼的瞬间，芬的病情就恶化了，她一路衰弱下去，最终走向了末路。最后一次，我们相约去吃山药火锅。到了约定时间，芬打电话来说没有食欲，不想出门。我竭力鼓动她，说去吃更为清淡的玉米稀饭，她出来走走活动一下、呼吸点新鲜空气也好。芬有气无力地说，我浑身没劲，不想动，更不想吃。我只得无奈地说，那改天再约，却再也没约成。

在知道光阴可数后，芬才告诉我，打开腹腔时，癌细胞已经转移到肠胃上了，她切除子宫的同时切了肠子的一半；告诉我手术过程的漫长，几乎用了一整天的时间；告诉我麻醉醒后的煎熬及术后躺在病床上，用导管解决大小便、无法动弹、不能翻身、饮食限制等诸多艰辛。这些，芬都用坚强的意志，不哼一声地咬紧牙关挺过来了。

读小石头写芬的诗，我读得一身寒气、满腹冰凉，像十冬腊月掉进了冰窟窿。小石头是天才的预言家，在我们十分看好芬的康复时，他却通过异慧知道了芬的归宿，让芬穿着一袭飘然欲仙的红风衣去踏雪寻梅。

（五）

不易觉察间，芬的病情恶化了。许是心烦意乱，她发表了一些偏激的言辞，对亲人朋友的关心进行冷嘲热讽。还对我说过的“癌症病人必须有强大的意志、坚定的信心，否则一不小心就会被吓死”“心里有春天，就能战胜寒冷，走过冬天”“乐观能够创造奇迹，微笑能够带来好运”等言辞表示质询、蔑视。

我有些生气，无论如何，我毕竟是一片好心，竟然被当成了驴肝肺。这些年的经历使我心硬如铁，我从来就不是对谁都关心、都感兴趣的，即使我笑靥如花，其实心里一直是拒人千里的。我不再搭理芬，即使后来她在空间里说，想跳楼或割腕自杀。

那天送儿子到学校，我想一回到家就赶紧午休，如果睡过头了，就赖着不去上班。刚把车开进车库，电话铃就响了。看到芬的名字，我感到很高兴，我们好长时间没有通话了！

芬说她在抽胸水和腹水，对这疼痛、疲惫、累人的生命已感到厌倦，只想早日结束，不想在没有半点希望的穷途末路中苦苦挣扎，让自己心灰意冷、疲劳无功，也让别人受苦受累。

我竭力劝导她，为了孩子，无论如何都得坚韧、顽强、勇敢地活下去；多吃有营养的东西、多活动，努力让生命精彩而有质地。我甚至强撑起满腔热情，鼓动她多活一天孩子就能多依赖她一天、多长大一些、多成熟几分。

说到后面，芬大概感到不耐烦了，对我说她很虚弱，说了这么半天，感觉气不够用了。我赶紧挂断电话，已临近上班时间，我没有午休，直接去上班，感到这个冬天冷彻心肺，办公室的烤火器形同虚设，没有一点温度。

（六）

过了两天，我怕芬寻短见，买了两提水果去医院看她。芬刚挂完针，昏黄的电灯下，她面如白纸、骨瘦如柴，曾经的丰满、莹泽、红润已荡然无存，生命对她来说，已经是指日可数。她艰难地吞咽着方便面，没吃几口，就灰心丧气地放下了。

芬说要回家，明早再来挂针。芬拖着两个输液袋，告诉我胸水和腹水是分开抽的。我看着两个袋中醒目的红色，感到死神临近、无力抓住什么的无助和恐惧。

隆冬时节，接近零度的气温，我们都穿上了厚毛衣和羽绒服，芬却只穿着一身厚棉质睡衣。我让芬多穿衣服，注意保暖，芬说感觉不到冷。

我打了一个寒噤，心想和芬大概已是最后一面，无端生出许多酸痛凄凉，怕自己哽咽失声、泪流满面，只得强行背转身去，不让人看见脸上的悲戚。

许多人忌讳新车或自己的车被新婚夫妇或临终的人坐，我没有那么多的讲究，能为芬最后尽一次力，也不枉我们朋友一场。我说送芬回家，她虚弱地说，也好，我已经没有力气走到医院门口，去打出租车了。

看到我的车，芬高兴起来，兴高采烈地询问买的时间、价格、品牌、配置，说自己一直想着学会开后就去买车，看来只有下辈子了。我言不由衷地说，你只要一如既往地坚强乐观，拿出全部力量对抗病痛，好了之后就可以去学车、买车了。

芬幽幽地说，你不用再安慰我，我的身体我比谁都清楚。我只想死得快些，不再拖累别人。

送芬到时代天骄电梯入口，看着她步履蹒跚地走向门楼，我向她挥手作别。车开出不到 5 米，我泪如雨下，忍不住在这个寒冷的冬夜痛哭失声。对于一个决心抛弃已千疮百孔的生命的人，任何言语和行动都是苍白无用的。

生命的河流暗潮涌动，以人力无法控制的意志泥沙俱下，掠夺、携带一些艳丽的花朵、优质的树木、卓绝的才学远逝。

有的人得了绝症不敢告诉左邻右舍、同事朋友，怕被蔑视，遭遇目光的匕首和人心里掷出的石头。我觉得直面病痛和阴冷险恶，也是一种莫大的勇气、智慧和气度。

芬和我一样决绝，我们习惯于别人的依靠，习惯于别人在我们营造的树荫里纳凉。一旦自己的衣食住行都不能自理而变成了别人的负担，真是生不如死！

当生命已经失去意义、质地和分量，与其苟延残喘，不如趁早了断，让自己轻松，还别人自由。

生命要怒放，要绚丽，不要落花委地、虫洞满眼。

痛过才知伤重

手上一堆事，朋友约我去旁听一桩离婚案的审理，犹豫了一会儿，还是答应了。

原告长得不错，精明能干，一看就是嘴有一张、手有一双的新时代女性；被告矮小瘦弱、尖嘴猴腮，一眼就让人看出了心理落差。这让我想到了武大郎和潘金莲。潘金莲貌美如花，又在张大户家见识了锦衣玉食的生活，她不会满足于武大郎三寸丁的外貌，也不会对武大郎的炊饼生意感兴趣，她内心里追求的是舒适优雅。武大郎娶潘金莲觉得是攀了高枝，他陶醉于众多男人对潘金莲垂涎的虚荣心里，以为只要让潘金莲吃饱穿暖、对她百依百顺就能修成正果，让这种虚荣心滋生出来的幸福感绵延至永久，他从来没有想到要去窥探一下潘金莲的内心世界。武大郎和潘金莲压根儿不是一条道上的人，却被命运生拉活扯地捆绑在一起，演绎了一场注定要夭折的婚姻悲剧。即使没有西门庆，也一定有其他男人来轻松地给武大郎戴上绿帽子，不得善终是这场天差地别婚姻命定的结局。

年轻时我们不知道生活的真谛，我们鄙视门当户对，以为只有王宝钏嫁给薛仁贵才足够浪漫刺激；我们对真金白银嗤之以鼻，以为只要有玫瑰绽放的笑脸，面包可以永远不提。我们在童话故事中感动得忘乎所以，认为青蛙可以在一瞬间变成王子，灰姑娘穿上水晶鞋就可以迷倒整个宫廷，白雪公主经过王子轻轻一吻就能醒来，丑小鸭低头向湖就能完成白天鹅的蜕变。最重要的是，王子和公主一旦相遇，他们从此就过着幸福美满的生活，不再有一丝烦恼、忧愁和困难。

我们忘了老祖宗字字珠玑的教训——物以类聚，人以群分；贫贱夫妻百事哀。直到有一天，我们跌得头破血流，鼻青脸肿，才知道小锅是铁铸的，石头泥巴做的用着不称手；才知道不听老人言，吃亏在眼前，当所有浪漫飘逝，没有跌得粉身碎骨已是万幸。

其实，只有才貌相当的两个人和实力相当的两个家庭，才能缔结婚姻的平稳愉快，才能让家族这艘微型航母扬帆起航、一路顺风。凡是攀了高枝的婚姻，不论攀登的是男是女，能够波澜不兴、和睦相处的很少，能够熬成金婚、银婚的简直是奇迹！

原告沉着冷静，赤膊上阵。被告请了一个律师，一脸傲然。原告陈述着性格不合、感情破裂、家庭暴力、心灰意冷、覆水难收，在她的话语中，反复重申、最为坚定的一句是：请法官判决我和被告离婚。

过去离婚常说的一句话是：没有共同言语。有人调侃道：我们都说中文，我又没说外语。生活中，有的人一个眼神就能心领神会，有的人唾沫说干，还依旧说死莲花是朵藕花，费尽口舌仍然毫无反应，把“对牛弹琴”这个成语推广运用开来。

旁听的人一开始就指责原告，说她好好的日子不过，夫妻间磕磕碰碰、吵嘴打闹也是常有的事，怎么能动不动就提离婚？我说女人到法院去起诉，一定是九死一生、走投无路了，要是能够协议离婚，谁愿把自己的伤痛抖搂在众人面前？

被告及律师反驳、举证，重点落在财产和孩子抚养上。原告说夫妻共同财产和婚生子归被告，她只要5万元补偿。经法院调查，他们所住的房子是被告父母建盖的，不存在共同财产。原告没有再提5万元钱，只求离婚。男人们总是把金钱放在第一位，这极大地伤害了女人，往往把原本可以挽回的感情推向绝路。

法官让原告列举陪嫁物品，原告不仅是什么品牌忘记了，连数量都记不清楚。作为向着婚姻牢笼外面冲刺的原告，嫁妆早就置之度外了。如果舍弃那点微薄的东西，能够换回人生最宝贵的自由，她一定是义无反顾地勇往直前了。

被告起初咬死不存在感情破裂，不同意离婚。说原告经常找借口回娘家，对婚姻、家庭不负责任。旁听的人渐渐发现，被告言辞生冷粗暴、不近情理。说他既然不想离婚，就不会说两句软话？要是聪明的男人，早把媳妇哄得心如浸蜜，睡梦中都能笑醒。可怜之人必有可恨之处，有的人内心极度自卑，行为处事反而狂妄放纵，自以为了不起。

原告说被告把打工的微薄收入，用于买彩票，屡劝不改。被告说没有的事。法官说谁主张谁举证，原告为难地说，他把彩票刮开就随手扔了，我如何举证？被告没想到用勤劳和汗水，换取丰衣足食的日子，却幻想着一夜暴富、跷着二郎腿抽烟看电视，再不用去忍受风吹日晒。女人通常对海市蜃楼的500万、1000万不感兴趣、不愿涉足，她们往往精于5元、10元小菜钱的算计，虔诚于100元、200元的银行存款，满足于勤耕苦作的丰衣足食，甜蜜于夫刚子顺的亲情氛围。她们对男人的最高要求，是可以依靠，带给自己幸福美满；最低要求，是知冷知热，关心体贴。

新世纪让女人觉醒了，不再有人傻到因为你没有人爱，所以上帝派我来爱你；没有人愿意嫁给你，所以我准备牺牲自己。嫁鸡随鸡、嫁狗随狗、嫁个木桩也得守的时代早已过去，物竞天择，适者生存，女人有权力选择自己的幸福、前程、人生和自己想要的生活。

尽管我们一直在大力宣传妇女“四自”（自立、自强、自尊、自爱）

精神，但作为女人，谁都愿意做依人的小鸟。如果撒撒娇就能换来幸福生活，没有哪个女人不把笑容甜美到十二分；如果有人遮风挡雨，没有哪个女人想要亲手扒开云层；如果男人已是顶天立地的大丈夫，哪个女人又愿扮作拼命三郎的强势？

绝大多数女人是把爱情当成事业，把婚姻当成毕生的舞台来幻想、经营的。没有哪个女人，在家庭、孩子、家务一应大事小事，都用瘦弱的双肩强撑着扛起后，还能容忍男人对自己吹胡子、瞪眼睛；没有哪个女人，在男人把他的收入全部用于吃喝玩赌，自己辛辛苦苦挣钱养孩子糊家后，还认为有义务养活这个手脚健全的男人，并给予他满足种种虚荣心的钱财。

现代女性从不认为结婚就是卖身为奴，用自己挣来的钱还得向男人请示汇报，回趟娘家还得丈夫、公婆亲自批示。结婚是为了寻找共同的幸福、快乐、期望、归宿，而不是男人不能飞翔，就妄图剪断女人的翅膀；男人画地为牢，首先给女人做一个禁闭的牢笼；男人已病入膏肓，就禁止女人枯木逢春。

在审判中，原告几次张开口后，半天说不出话来，正如俗话说的“欲辩已忘言”；几次面露戚容、痛心疾首，我感到稍有触动她就会痛哭流涕、泣不成声，她却始终坚强地忍住，不让通红的眼睛落下一滴眼泪。从 20 岁到 29 岁，她把人生中最亮丽的青春年华，陪葬给了和这个矮小猥琐的男人蜕皮痛骨的婚姻，无奈地换来满身伤痕、心如铁石。在无数个暗无天日的夜晚，她是否流泪到天明，一次次叩问前途在何方？将来怎么办？她原本是一株柔弱的小草，被人生的风霜雨雪锻造成了冷漠如石、坚硬如钢的铁树，其间的辛酸绝望，只有默默陪伴她的暗夜知道。

如果男人娶了一个其丑无比、猛一撞见会吓掉魂的女人，同床是需要勇气的；如果女人嫁了一个各方面都让自己看不上眼、一起生活会胀破肚子的男人，共枕也是需要心情的。80 年代的原告，在农村女孩中有着优越的条件，尽管是经人介绍认识的，她为什么会选择其貌不扬的被告？我揣度是那套一层的砖混房子起了决定性的作用，年轻的她幼稚地认为，有了人生美好的起点，凭着勤劳的双手就能缔造小康生活。没想到遭遇了一个“怕是不怕你，出是不出来”，你叫他往东，他偏要朝西，说话不把你气个半死不罢休，九头牛都拉不回来的男人，她再有通天的本事，又能奈这个男人何？在儿子出生后，公婆帮他们加盖了第二层房屋，估计是喜得大孙子的结果，权当送给孙子的见面礼，与她并没有多少关系。她在这个家中，是依附丈夫、儿子而存在的，公婆和丈夫曾经把她当成一个独立的人看待过吗？很值得怀疑。

两个证人说，就住在被告家旁边、附近，从来没有听到他们吵打，不存在家庭暴力。原告凄凉、沧桑地问：你们家吵架，是专门跑到人多的地方，还是大街上？是啊，开门笑脸迎客，关门大闹天宫。鞋的舒适与痛楚，只有亲临的脚知道，别人妄言什么都是管中窥豹。

我和一群朋友在闲谈中说到家庭暴力，一个男性朋友诚恳地说，女对男的家庭暴力，是女人肩上的担子太重，压得她喘不过气来，她包容的心胸已忍耐到了极限，万不得已才想砸碎男人、砸碎世界，同时砸碎她自己。确实，如果不是心如死灰、万念俱灭，女人更愿意粉嫩的小拳，娇嗔地在男人身上擂成欢乐的鼓点，而不是化作铁锤、带着千怨万恨，巴不得立马砸扁这个坑了自己一生的男人。作为妇女工作者，我为那个朋友深刻的见解，很受感动和鼓舞。要是有这样见解的男人多一些，必然少一些夭折的婚姻和被亲情灼伤的孩子。

法官要原告给被告一次机会，挽回尚未破裂的感情。原告梦游似的摇摇头，幽幽地说，我给了，给过他无数次机会了。他要是对这段婚姻还抱有一丝希望，在我们分居这两年中，他随时都可以来找我。可是他一次也没来过，也从来没有找人来转过弯。现在，机会没有了。

法官又对被告说，今天你们当事人双方，都受到了教育和启发，你是否愿意珍惜这次机会，主动找原告和好？被告一梗脖子，露出不屑一顾的神情，强硬地说，既然她一再坚持离婚，我也只得同意。房子刚才证明了，不是夫妻共同财产，孩子不能由我一个人抚养！我一个大男人，怎么抚养孩子？律师马上说，孩子是夫妻两个共同拥有的，两个人都有抚养的义务。原告说，孩子被告不能照管，我照管，他出一半抚养费就行。要是他没能力出抚养费，我一个人抚养孩子也可以。

法官宣告休庭 20 分钟，双方当事人进行庭外和解、协商，大概是本着“主合不主离”宗旨的缘故。休庭期间，邻居们对原告议论纷纷，说她没有责任感，跑回娘家就很长时间不回来，公婆病了也不来服侍。她们不知道，要爱屋才能及乌，而恨乌也往往会及屋。皮之不存，毛将焉附？原告已经对被告彻底死心了，还会在乎、认可公婆？原告也许在一次次协议不成后，无数次咨询亲戚朋友、律师和各种懂法人士，把离婚程序谙熟于心，连新《婚姻法》规定要分居两年才能强判离婚都了如指掌，可见她的决心和破镜难圆。

法官征询旁听者，多数人主张判离，认为被告态度强硬，对未来没有规划；双方分歧太大，离了可以省去他们的折磨和痛苦。我没有出去，不知道他们在庭外是怎么调解的。也许被告家这时意识到了，孩子是他们家传宗接代的香火，怕原告抢夺，在抚养费上作了适当让步。

再次开庭，原本是否离婚、共同财产、抚养孩子三个问题，只剩下抚养孩子了。法官宣布判决：孩子由被告抚养，原告的嫁妆赠送给被告抚养孩子。被告傲然地说，我不要她的嫁妆，让她自己拉走！抚养费出多出少是她的心意，就出 10 元、8 元都行！法官勃然作色道，嫁妆是赠送给你抚养孩子用的，不是给你的！抚养费我刚才在庭外调解时，做工作让你放弃，现在就不要提了。

当然，孩子将来可以向他母亲追讨、索要抚养费，可以到法院提起诉讼！

也许，原告想要带走她朝夕相处的8岁的孩子，所谓共同财产、5万元钱都是迂回战术、铺垫和手腕，在虚晃一枪引开被告及其家庭的注意力后，突然使出杀手锏，趁他们没有反应过来，出其不意地就把孩子带走。她在被告一提到他无法抚养孩子时，马上承诺自己抚养孩子，抚养费要是被告无法出，她可以一个人承担。但她没有如愿，还有人清醒地知道，孩子是被告家现在孙子辈唯一的香火。要是孩子是个女孩呢？被告家是让她带着孩子和嫁妆滚蛋？还是让她带着孩子净身出户地滚蛋？我不敢想。

闭庭后，我在原告脸上看到悲喜交加的表情。她也许为脱离苦海庆幸，同时为荒废了大好青春年华、用尽心机还是只能和孩子生离而悲哀。她脸上布满了倔强坚定，大概决心以此为起点，马上进入人生的另一轮搏击。

从来不尖叫

父亲给我取的名字有些男性化，就是希望我坚强且不输于男人。自记事起，我就是和两个弟弟及表弟一起成长、一起读书、一起玩耍的。4个人自成一个天地，无须外人加盟，也没有人能够挤进这个小团体。潜移默化下，我的性格慢慢就有些男性化，少了女人的勾肩搭背和婆婆妈妈，思维方式也绕开了矫揉造作和八卦。

初中毕业考取中专我15岁，只身到2000多公里外的古都咸阳念书。18个云南老乡有16个是男孩，绝大多数时候，我都是男孩丛中的女孩。每次看通宵电影凌晨回来，我翻围墙或大门的动作，在速度和敏捷上绝不亚于任何男孩。寒暑假火车拥挤得在中间站不敢开车门，我和男孩们一样，以迅雷不及掩耳的速度，绝对在10秒钟内从为数不多的、打开的车窗上爬到车内。也许从幼年到少女时代我都生活在男孩丛中，形成了和异性相处的习惯。至今，我的朋友仍然是男性居多。

从外表看，我更像靠撒娇过日子的女人。一个鞭炮或一点意外的响声，会把我吓得跳起来；面对危险我会惊悸得瞪大双眼，甚至全身发抖；困难挡道我会面色沉郁，双眉紧锁。但是，我从来不尖叫——一是没有机会，二是没有用处。

读中专时，我喜欢表现、炫耀自己，人生、理想、社会、情感，尽管没有经历，一开口我都能喋喋不休地说上两三个小时，仿佛世人都没有我知道得多。失恋的疼痛使我一下成熟了许多，明白了真正懂的人，从来就不屑于说出来，更不会到处显摆，唯有行动是解决问题的途径。

一个月前，我去杭州宋城的鬼城，准备好好地被惊吓一番，因为之前去过的鬼城中，那些突然扑来、从空而降、瞬间复活的“鬼”，曾让我毛骨悚然、冷汗淋漓。女多男少，那个壮实的男同事被我们5个女人呼来唤去，谁都想在恐怖场面出现时，伸手就抓住他的臂膀。为了表示不负重托，男同事跑到最前边，战战兢兢地说：你们紧紧跟着我，我停你们就停，我跑你们就赶紧跟着跑！许是怕被丈夫呵斥，男同事的妻子没有跟在他后面，而是抓住我的双臂，颤抖地说，你跟着他，我跟在你后面。

我们以勇士的豪情往里冲，行走在昏暗狭窄的甬道里。除了灯光微弱、阴风阵阵、叫声凄厉，我们想象和预防中的恐怖场面，通通没有出现，制造拙劣的石膏像没有半点“鬼”气。我们嘻嘻哈哈地跑出来，我不满地责问导游，怎么是这样子？浪费我们半天的心情！导游说今天人太多，无法制造恐怖的氛围，又怕游客损坏石膏像，故而所有的机关都没有打开。

半个月前，我在院子里踩在人字梯的顶端摘鹰嘴桃，一不小心就把梯子蹬翻了。我赶紧抓住桃树枝，等待着听到断裂的声音和被重重摔在地上的结局。当时10岁的儿子正在客厅里做作业，惊慌失措地跑出来问，妈妈，地震了吗？怎么院子里噼噼啪啪发出巨大的响声？我沉静地说，没有，是妈妈从树上滑下来了。我顾不得查看胳膊上被石榴刺划了3寸多长的伤口，而是惊讶于细细的桃树枝，竟然能柔韧地承受我近百斤的体重——它居然没有断裂，我也居然没有被摔，而是缓缓地滑到地上，尽管桃子被抖搂得满地都是。尖叫，对我来说，做作而无用。

人到中年，每个人的肩上都沉甸甸地压着几副担子。潘美辰说，真正的苦是说不出来的。我在现实生活中，总是默不作声地去做，没有福气尖叫。父母住的房子是我找人买的，我出资一半少一点儿；升层、装修是我一手操办的；父母的日常用品是我购买、人亲往来是我操心，大物小事是我决定。我的房子是我找人买、我监督装修且出资三分之二的；小弟的读书、就业、买房、结婚，我一直在出资出力；大哥卧病期间，我带他去广州求医问药，在宣威市范围内遍访人们传言中的偏方和神医……

凡是我弱小双肩能够担负的，我都勇敢地承担起来，从来不叫苦、叫累、叫痛，甚至从不向任何人抱怨。大哥不幸被病魔夺去了生命，母亲在丧子的伤痛中，激愤地对我说，我不想住这房子了，你赶紧给我卖掉重买一栋！我的心在锐痛——这可是我费心费力刚刚装修好的啊！但嘴上只能答应母亲，我明天就到处去看哪儿有合适的房子。那一年，一个调走几年的同事在街上碰到我，大惊失色地问：你怎么老得这么快？在操劳、绝望和疲于奔命中，我能不老吗？

大哥走了，我把他的孩子当成自己的一样关爱、教育，在幼小的孩子心中，这个家就小姑最严厉。父母之间不和谐，为了母亲不愿放弃的婚姻，我费尽心机地在中间和稀泥、做恶人。相比之下，两地分居、我独自一人带孩子成了小菜一碟，母亲病痛时招呼着挂针、住院及日常的洗衣问暖，更是不值一提。实在太累时，就会傻傻地想，要是眼睛闭上就不用再睁开，该有多好！可第二天黎明中，我依然无法逃避地投入到紧张、忙碌的工作、生活里。

在做妇女工作中，我经常鼓励来访妇女要自立自强，只有经济独立了，人格才能独立；做祥林嫂除了惹人生厌外，即使偶尔博得几丝同情，又有什么用？手中有了钱，家中才有话语和决策权；一副风吹欲倒的样子，长得漂亮还可以做被人鄙视的金丝鸟，不漂亮的就只有被打、被遗弃的命；要过有品质的生活，首先得把自己打造得有品位，要成长为木棉才能与橡树比肩。我告诉她们，任何时候不要尖叫，要用自己的聪明才智，在最短时间内找到解决问题最行之有效的方法。

懂比爱重要

年少鲜嫩时，有不少人表白、暗示爱我。我诧异地看着他们：你爱我什么？他们说不出个所以然，满脸的羞红紫胀流泻着青春的真诚。在遭遇狂轰滥炸时，我差点儿冲口而出：只要不说喜欢我、爱我，我就答应做你们的普通朋友。

一次聚会，一个刚刚介绍认识的男人，研究地看着我，嘲讽地问，你为什么要整副眼镜戴着？我认真地回答，我不识字，弄副眼镜戴着装斯文。如果他懂得戴眼镜的苦衷与无奈，断然不会开此黄腔。

有次在饭桌上，一个男人狂妄地叫嚣，戴眼镜的干杯，没戴的喝一口！我笑吟吟地问，我们的眼镜怎么戳着你的眼睛了？让你发出如此强烈的抗议？他抬头发现半桌的眼镜烁烁闪光，站起来自己罚酒三杯，才压住找个地缝钻进去的冲动。这位老兄总算懂得众怒难犯的道理，没有出更大的洋相。

随着年龄的增长和经历的累积，我知道无论是知识、人生、性格还是感情，懂远远比爱重要。

一度时期，一个校友老是打电话诉说相思之苦，口口声声说着爱我，酒醉时甚至痛哭流涕地说，因为我，他的人生被禁锢在地狱中。我开始耐心地向他解释，隔开漫长的20年，我在一场场变故中改变了许多，他已经无法懂我，爱更无从谈起。说得急了，我甚至用虚妄的下辈子来安慰他。他一遍遍重复着要来看我、让我去看他、他准备离婚。我对同一个问题再三回答厌倦了，就要了他的QQ号，说在网上和他多聊聊，彼此交换别后的境况。开始是我上网时他不在线或忙于工作，之后他说文字显得冰冷生硬，他热衷于电话里表情丰富的诉说，常把我从美梦中惊醒。我只得一休息就关闭手机，他质问几次后，渐渐就“门前冷落车马稀”了。后来看见他在线，我打招呼他也不耐烦回答了。

另一个校友，经过层层关卡才问到我的号码，建议我接通宽带网上聊。那段时间我工作忙，很少能坐在办公室里。偶尔打开电脑，总能看见他的留言、鲜花、咖啡、蛋糕，犹如一首小夜曲，让我感到轻松、欣慰。有时忙中偷闲聊几句，他传递来的是浓浓的关怀和牵挂。

2011年3月底，我去丝绸之路旅游，在西安见到依旧年轻、英俊、爽朗的他。他看着我们的大团感叹，没想到你们这么多人！接着紧张地问，你们班的同学知道我来接你，会在背后议论我吗？社会已进入想尽千方百计炮制绯闻的21世纪，他居然还在担心别人会背后议论他！看着他那落伍的样子，我好笑地说，怕议论你别来啊！他满怀柔情地说，这些年我一直想见你！我故意逗他，你已经见到我了，趁我们班同学还没看见，赶紧走啊！他羞涩地笑着说，我不过说说嘛，你就当真赶我走！

由于飞机误时，同学们为我接风的晚餐迟至8点多才开吃。桌上大家争先恐后地诉说着现状和别后情况，没有人对校友的出现表示诧异，他方放下紧绷的神经，打电话叫来他们班那个当年天天往我们宿舍跑的女生。大家怕我旅途劳累，10点钟就散伙了，说让我好好休息。第二天，校友没有参加我们班到了一半多同学的聚会。第三天是星期一，只有自己当老板的同桌，陪我逛商场品小吃。下午快下班时，校友过来陪我和同桌洗脚聊天，请我们吃丰盛的饺子宴。校友说我变黑了，云贵高原的紫外线真是名不虚传。

走时校友送我一大袋土特产，在我千般阻拦下，才万分不甘地放弃买糕点、水果，让我带到火车上吃的念头。我的行李由此沉重起来，我肩背手提地行走在队伍中，感到有几分吃力，心里却被这份诚挚、馨香的情谊久久温暖着，在北方依旧严寒的气候中，享受着阳光明媚、鸟语花香的景致。

在新疆见到同班的一个男生，提起葡萄干，他说要把新疆的土特产，每样买一份让我带回去。我怕拒绝无效，对他说旅程尚未确定，我一知道行程就打电话给他。我离开宾馆才打电话告诉同学，我已经到机场了，正在进行安检。同学遗憾地说，他准备开车送我去机场呢，没想到竟不能再次相见！

从新疆回来，我遭遇一个意外变故，犹如从炎夏直接进入冬天一样无法适应。原本计划一到家就动笔写的散文《春天出游》搁置下来，对盛情款待我的同学的满腔热情，也意外地冰冻了。校友问我路途见闻和感受，让我发几张相片看看。我三言两语、敷衍了事地回答，相片终究没有发。许是被我冰冻住，校友渐渐少了问候和言语。等我终于从这场劫难中走出来，恢复了常态，校友对和我聊天已失去了热情。再后来，即使他在线，我打招呼也是置若罔闻。

至此我悟出一个道理：假以时日，没有不能愈合的伤口，也没有坚持到底的情和无法遗忘的爱。他们根本不懂我，空说了半天的爱，最终渐次沉寂了。而一个人要懂得别人，那需要多少心血和经历啊！

在相互懂得的人之间，一个眼神、一束微笑，就完成了一次心灵的交流，用不着费那么多口舌和唾沫；他们不会说让彼此难堪的话，做让彼此下不了台的事，言行举止像双胞胎一样珠联璧合。可要懂得是多么难啊！在这个浮躁的社会，每个人都膨胀着过度的欲望，都在费尽全力表现自己，谁肯静下心来看别人一眼、侧着耳朵听别人说一句话呢？懂得，成了人人心中期盼，而在现实中难以拥有的东西。

懒人待客

俗话说：要想一天不得安生，待客；要想一年不得安生，盖房；要想一辈子不得安生，恋爱。经常和朋友聚在一起吃喝玩乐，就想买些菜来，在家里做饭招待他们。

星期五下午下班，我来到菜市场，转悠了一圈，决定买青头菌来煮火锅。想着刚出土的小菌浓香、脆甜，按 8 个人计算，我买了 5 斤纽扣大的青头菌、3 斤奶浆菌，准备第二天中午让朋友们美餐一顿。

吃完晚饭，我开始择菌——刮去菌脚的泥土，弄去菌面的杂质，剔除不好的。近段时间雨水太多，每个菌上都沾了厚厚的一层土。菌太小，土太多，我只能拿出足够的耐心慢慢侍弄。母亲在一旁看着电视帮我剥大蒜，不住地叹息，你真不会计算！自己吃，随便买点，买这么小的还差不多。你招待六七个人，买这么小的菌，什么时候才能择完，要用多长时间才能洗出来？我宽母亲的心说，放点盐在水里一泡，洗起来就容易多了。难得请朋友吃一次饭，我努力做到最好，回报他们平时对我的关注、照顾。

择到 11 点，我弄得脖筋酸痛、四肢麻木，青头菌只择了三分之二。草草收场，把菌放进冰箱，暂且休息。星期六一大早，我不敢怠慢，7点钟起床，匆匆洗漱后就开始择菌、洗菌。我计划9点以前把菌洗完，然后摘鹰嘴桃和无花果，10点开始洗菜、淘米、刮洋芋、洗水果、准备蘸水，11：30请朋友就餐。

没想到9点钟才把菌择完，我感到了时间的压力，尽可能快地洗着菌。菌们没有像我想象那样，盐水一泡就去除了上面的泥土。我历来追求完美，凡事都想做到最好。平时在餐馆里吃饭，每当看到什么菜上有泥迹，我的胃口就会大受影响。我自己做的菜绝对要干净清爽，不允许出现瑕疵，为此我做饭花费的时间总是比别人多得多。尽管心里很着急，但我不肯放弃一惯的严要求，用纱布小心翼翼地搓洗着一个个纽扣大的青头菌。直到11点，我总算把菌洗完了。

想到朋友们快要来了，我只得求助母亲，请她帮我切火腿、新鲜肉，准备火锅底料、蘸水。我手忙脚乱地择洗香菜、芹菜、小葱、辣椒、白菜、荆豆。刚把荆豆放进锅里煮着，第一个朋友就来了。我忙着烧水、泡茶、摘洗鹰嘴桃，一派没有上过战场的慌张样。

自父亲去年6月生病，我就没有在家里做过饭，一直是在母亲家吃。碗筷一年多没有用了，得彻底清洗一下。正当锅盆碗盏叮当欢唱时，朋友们全部到了，已经接近12点。我匆匆倒杯水给他们，来不及聊两句，又冲进厨房，继续忙我的备餐工作。

俗话说，三分的长相、七分的打扮。我平时在朋友前的形象还是可以的，原计划一切准备就绪再换换衣裙、打扮一下。现在要紧的是让朋友们尽快吃上饭，个人形象已经无法顾及了，只得咬咬牙，让朋友们看落差很大的简装版。

最先来那个朋友看到我现在才淘米煮饭，心里一定在嘀咕：什么时候才能弄好啊？朋友们的手机此起彼伏地欢唱，他们催促说，简单点，别弄太丰盛了吃不完。一个从来不做饭的爷们儿疑惑地问，你不是说11：30准时开饭吗？现在都12点了！他心里大概在说，不就是吃个火锅吗，怎么一个早上还弄不好？我一边敷衍地说，快了，快了，先吃个水果、喝杯水，一边赶紧制作火锅底料、摆放碗筷。这时正是做饭高峰，电力不够、电压不足，火锅半天涨不起来。

当我终于把火锅端上桌，请朋友们就座，已经12：30了，比计划整整晚了一个小时。我向他们致歉，请他们慢慢享用，然后到厨房里用另一个火锅继续煮菌。好在老白干味道纯正，青头菌香中带甜，奶浆菌浓香味美，火腿醇厚香郁，新鲜肉细嫩可口，白菜色翠味甜，辣椒爆劲催汗，荆豆又甜又嫩，朋友们吃得酣畅淋漓，多少减轻了一些我不能按时开饭的内疚。

待我把后续工作做完，坐在桌边，言不由衷地问，谁要吃洋芋，我去刮。朋友们同情地说，你赶紧吃吧！有这么好吃的菌和火腿，洋芋就免了。

一个朋友说，在家里做饭这么麻烦，你还不如请到餐馆里去吃。在这个见面就熟、转身就忘的社会，我常常对一些呼出我姓名的人感到迷惑。我们吃过许多搬家酒，却连同事朋友家住何方都不知道。能够请到家里喝杯茶，已经显出交情不一般。而在家里请人吃饭，至少我捧出的是一颗赤诚之心，只想回报那些殷殷关怀。工作20余年，这是我第二次在家里请客，相信朋友们能够掂出分量。

那个朋友不知道，我在洗菌时就后悔了，心想这次我被择菌、洗菌弄得掉魂了，以后请人吃饭绝对不买菌，尤其不买这种纽扣大的青头菌，买些现成的牛肉、羊肉多好，可以省去多少麻烦！即使是做给家里人吃，菌子也要买大的、好洗的。

静下心来一想，其实是我平时太懒惰，对厨事从不研究，对这些细致的琐碎活计很少经历，导致计划不精密，操作起来惊慌失措。如果决定请客前我就着手准备，比如把锅盆碗盏提前清洗好，哪会弄得大家饥肠辘辘地坐等开饭呢？

春之孕

每年春天，看着满树挤挤攘攘的小桃子，我遇到亲朋好友就兴奋地邀请：夏天来我家吃桃子！

前年春天在倒春寒的连绵细雨中来临，寒冷的天气让人们紧裹羽绒服、皮大衣，瑟缩在烤火器边，许多果树一夜落尽繁花，终止了孕育。我院子的围墙较高，四周的房屋阻挡了风霜的侵袭，花儿们笑到了最后。

宣威连续三年的大旱中，我每天必不可少的功课，是给花儿树儿们浇水，让它们喝得饱饱地展露新姿，完成华美的孕育历程。功夫不负有心人，我的辛勤得到了超值回报，夏天的累累硕果中，鹰嘴桃负重得快要调皮地亲吻地面了。

去年春节一扫节前的阴霾，带着龙年的喜气迎来了明媚春光和炙烈太阳。从年初二开始，一路晴开去，太阳每天以一种感动人心的好脾气，热情耐心地笑着，感染得果树们都踊跃向前，一树树似锦繁花，妖娆地摇曳于微风中。正当人们渐次换上艳丽的春装，突然来了两场重霜，一些当风的果树，被掳去青春亮丽的花儿蕾儿，那些还来不及崭露头角的花苞，就被扼杀在摇篮中。

我院中的几棵桃树，在围墙庇护下依然逃过一劫，在日渐升高的气温中，笑得有几分娇俏灿然。那棵水蜜桃前年硕果累累，许是伤了元气，去年花开得少，果也结得少；那棵前年把枝压得快触到地面的鹰嘴桃，依旧满枝都是绿色的小不点。

煦暖阳光中，我看着满树幼果心如浸蜜，幻想朋友同事从我手中接过一袋袋水果时的如花笑靥。好梦没做几天，惊见桃树的叶子卷曲起来，腻虫以强大的声势，迅速攻克着除无花果以外的果树。火红的石榴花在不断开、不断落，在绿色、黑色的腻虫侵袭、围困下，以“落红委泥”的凄惨，一个个英年早逝；葡萄压根儿就没有开花，核桃最终也在毛毛虫的淫威下，枯黄了叶片。那些伸开手脚，正想欣欣向荣地大展宏图的幼桃、李子，在腻虫日夜啃噬中，拖着干瘪、黄瘦的病体，纷纷坠落枝头，铺陈了一地壮志未酬的叹息。

这是自己吃的水果，我不想让果树接受农药的洗礼，宁愿忍受“看着银子变成水”的心痛和惋惜，重复着扫去躺满条石地板落果的哀伤。看着地上黄恹恹、提前走到生命尽头的小桃，我想是干旱缺水的原因，就每天一桶桶往树根处倒水。看着5棵桃树的叶子竞争似的卷起来，我明白得冲洗四五米高树枝上的腻虫，哪怕能为卷曲的叶片，来一阵人工甘霖也好啊！可树那么高，我怎么够得到呢？真是心有余而力不足哇！

如少女及笄的3棵小桃树不到3米高，一棵前年已挂果，鹰嘴桃，纯甜的味道和脆嫩的品质，让朋友赞不绝口；一棵去年试果，无法判断是不是丽江雪桃，一副生机勃勃的样子，许多绿色小脑袋，调皮地从叶子后面露出来；一棵今年试花，粉嫩的花朵，有着少女的羞涩和忍俊不禁。

我搬来凳子，踮起脚尖，伸长脖子，努力用手攀着树枝，剪去卷曲着、满是腻虫的叶片，期冀桃树在我的精心护理下，能够回报我几个作为精华留存下来的果实。

姜是老的辣，树也是老的生命力强。最终的盛夏果实，是两棵老桃树和李子树奉献的，水蜜桃有小号菜碗大，每个足有一市斤，但不足20个；鹰嘴桃有拳头大，却不到10个；李子第一次登台亮相，只有3个，深红色，微酸，个儿头中上。那3棵小桃树的叶子，全部做了腻虫的家，没留下一个果子，能从腻虫的魔爪下逃生，已经显出了战天斗地的精神。

这是园丁劳而无获的悲哀与无奈，也是春辛苦孕育，最终流产的凄楚伤痛。

词缘

是从谁开始与词结缘？记不清了。许是张志和的《渔歌子》："西塞山前白鹭飞，桃花流水鳜鱼肥。青箬笠，绿蓑衣，斜风细雨不须归。"简单、铿锵、朗朗上口，一幅色彩鲜明、绝美的春江垂钓图。

从"争渡，争渡，误入藕花深处"认识李清照，到"帘卷西风，人比黄花瘦"引起了灵魂深处的共鸣；由《雨霖铃》接纳了红尘浪子柳永，感佩于"凡有水井处必颂柳词"；由"为赋新词强说愁"开始接近辛弃疾，到身临"醉里挑灯看剑"的豪气与悲壮；李煜在一江春水中艰难地浮沉，欧阳修"多情却被无情恼"的懊丧，苏轼"大江东去，浪淘尽，千古风流人物"的朗阔，陆游"秋到边城角声哀"的无奈，一一通过风格各异的词牌表现出来；周邦彦与李师师"纤手破新橙"的凄婉恋情流淌在词中，岳飞壮志未酬的叹息通过词句绵延至永恒……我一句句认真读，一行行细心抄，生怕拙愚的头脑理解不了作者深邃的意境，恨不得连译意一起抄下来背熟。

读书时，语文老师是学校的佼佼者，他仰着一张英俊的脸孔，用略带不屑的口吻讲课，似乎面对我们辱没了他的才华。当我流畅地背出唐诗宋词，当我在他张口之际，不假思索地说出诗词的译意或文章的写作特点、中心思想、段落大意，他惊讶得合不拢嘴巴，慢慢垂下高昂的头颅，内心认可了我们。印象中，语文似乎没有考过满分，也没有经历过满分作文的荣耀。但我总是让语文老师们不得不放下矜持，摆出朋友的架势。

那时没有见过词典，从课本和报刊杂志上一首首摘抄。待抄到半本笔记本，早自习上，我朗诵宋词抑扬顿挫的声音在教室里游荡，如勾引亚当夏娃的毒蛇，常常使读英语单词、古文译意、数学公式的同学，有口无心中就迷失了方向。

写电影《周恩来》影评《高潮难共鸣，低处难落泪》，获咸阳市秦渭区二等奖，奖品是一本《唐宋词鉴赏辞典（南宋·辽·金）》和两只带框工艺猫。那个工艺品落满岁月的尘埃，被弃之书柜，那本词典却被当金值宝地保存。实习的无聊时光中，我一首首摘抄着宋词。同学们诧异地问，你捧着词典读不行吗，抄它干啥？我说当字在笔尖下显影出来，词的柔媚就流过我心中，那种极致的享受让我陶醉。

工作后，从哥姐处找来不同版本的唐诗宋词，唐诗选择李白、杜甫、陆游等大牌的精品抄，宋词却是一首首对比着词和译意抄。后来弟弟从杭州帮我买到《唐·五代·北宋词鉴赏辞典》《唐宋诗词精译》，我依然是选择写得好、自己喜欢的抄。最终，唐诗及古体诗没抄满一本，唐宋及元明清词装满了厚厚的三本笔记。相对于平仄押韵的古诗，我更喜欢轻松流畅的宋词，那深远的意境和字词的美感，对我来说是无与伦比的。

从来没有填词或写古体诗的冲动，大约是看连紧随其后的元朝，也没人能冲过唐诗宋词的顶峰，自己也就不去勉为其难地献丑了。元曲和马致远的小令是道独特的风景，遇到喜欢的仍是笨拙地摘抄。心中对宋词深到骨子里的爱，表达方式是一笔一画工整地藏进笔记本里的白纸黑字。这爱化作汩汩细流滋养我的生命，使我举手投足多了几分韵味和乐感，渐渐拉开与恶俗粗鄙的距离。

我言语中没有唐诗宋词，我的文字里也很少引用。但我心中藏着对它们的宠溺，我文字的灵魂里有它们的韵律。这使得我的文字如行云流水，舒卷自如，不时让人有“峰回路转、柳暗花明”的惊喜。

与词结缘是我今生的荣幸，虽然我没有成长为婉约轻盈、飘逸空灵的女子，但词净化了我的灵魂，纯洁了我的生活，让我在红尘闹市中，可以学着道行高深的佛陀拈花微笑。

爱到极致

一次吃饭，一位年长的男士在简单交谈几句后，谆谆教诲道，趁年轻，你要多读点书。我微微笑答，我唯一的嗜好就是读书，单外国名著，我读过的不下百部。男士震惊地瞪大双眼，那你怎么一副从容淡静的样子，不像有些人那样口若悬河、滔滔不绝呢？我说读书和佛家修行一样，是为了回归内心和本真，用最敏锐的触角去感受天地的大美；如果读了一点书就到处炫耀，那是对知识的亵渎，不读也罢。大江大河的表面都是平静的，谁见过无风三尺浪？男士就和我谈三国、水浒、聊斋，以及钱钟书的名言“婚姻就像一座城堡，外面的人想进去，里面的人想冲出来”，幸亏他没有提红楼。

台湾作家三毛说，《红楼梦》是本妖书，不能说，不可解。《红楼梦》在我心中有着至高无上的地位。小学毕业初读《红楼梦》，虽然对内容一知半解，也无法体会作品的美妙之处，只是对宏大场景的铺设和凄楚艳丽的故事，感到深深震撼。但对高鹗续写的后半部分，没读几章就撂下了。

初中毕业再读，仍然对高鹗续写的部分，没读几章就扔得远远的。这时初涉人世，被曹雪芹精美的语言、独特的叙事手法，和作品的历史厚重感、给心灵带来的巨大享受深深折服。逐字逐句地读，生怕遗漏了一个字，或对一句话的领会不到位。苦于时间有限，要不真想一读再读。

工作后第三次读，恨不得连标点符号全部装入心中。这时《红楼梦》的人物、事迹，已经在脑海里分门别类地储存好，张口就能行云流水地讲上几个小时，能有理有据地说出自己的见解、猜测。找来笔记本，认真摘录里面的诗词，边抄边品味，像吮吸琼浆玉液一样身心陶醉、其乐无穷。强忍着美被凌迟的感觉，总算把后四十回读完了。我宁愿要残缺的绝美，也不愿意高鹗在一块举世无双的“和氏璧”上，涂抹一些牛粪和污泥。私心里我认为，写书只要能写到曹雪芹那种厚重质感、博大精深，尽管贫病交加，过着“举家食粥酒常赊”的日子，也死而无憾了。

自此只要是与《红楼梦》有关的书，我都买或借来读，把这份痴爱泼洒到无尽的红学书籍中。一次出差，一个同事知道我刚看完《刘心武评红楼梦》，试图和我谈《红楼梦》或刘心武。我转头看着车外，如当年在学校围棋入门后对初学者的挑战一样，傲慢地选择了不予应对、沉默是金。另一个同事大概对《红楼梦》和刘心武都知道得不多，就和他谈米芾。结果他们谈不到三分钟，也都扭头看着窗外一掠而过的风景，沉寂了那颗想要表现的心。

深沉的爱都是自私、隐秘的，不容许他人在这爱面前指手画脚，不容许别人在这绝美上留下哪怕一点点污迹。就让我把对《红楼梦》极致的爱默默地藏在心中，像一座私家花园，独自欣赏、品味，提升自己的灵魂和综合素质。

与羊场结缘

喜欢一个地方，往往是因为某个人。循着那个略带沙哑的声音，我追随宁老，再次来到羊场。

之前来是数九寒天。隆冬时节，偏暖的滇东北高原飘着不大的雨夹雪，我们一路说说笑笑，心中铺陈着春的花红柳绿。来到清水村魏书记家，江南水乡似的亭台楼榭在雨雪中以淑女的姿态和热情迎接我们。刚到大门口，一阵阵浓郁的羊肉香味袭来，大家不禁脱口称赞，好香！魏书记已满面笑容等在门口，快人快语地说，乡下草俗，没有山珍海味招待客人，请你们来尝尝我做的清汤全羊！门内庭院左边，临时搭建的土灶内柴火熊熊燃烧，一口大铁锅用草锅盖遮住，缕缕雾气从锅内升起，随风把浓香洒向四面八方。

魏书记把我们引入室内，首先映入眼帘的是满怀炙热的焦炭火炉，让我一下就想到“春暖花开”四个字。桌上依次摆着板栗、核桃、花生、瓜子和茶水，一种家的温馨瞬间沁入每个人的胸怀。我们次第在炭火旁坐下，感叹魏书记真会享受人生，把冬的寒冷用一道门就关在了外面。我用心品尝着难以保管的板栗、核桃，魏书记笑吟吟地问，你不尝尝我的红茶？立即有人说，魏书记的茶都是市面上找不到的好茶，喝一次就少一些。我是茶盲酒盲，还是在汤色红润清亮的熟茶中喝出了清香甘醇。魏书记豪爽地说：难得有人说我的茶好，等会儿走时一人给你们一个七子饼！

人情似酒醇厚甘冽，我们在冬的腹地畅谈着四季的美丽与收获，不觉到了吃饭时间。大块吃肉、大碗喝酒，我们在淳朴的民风中品着惬意醉着欣喜，有人贪恋得挪不开离别的脚步。魏书记不但给了我们每人一个七子饼，还外加一大袋上好的熟茶，诚挚地说，喝完再来拿！车队静静行驶在夜的苍茫中，我们怀揣羊场的真情厚意，憧憬着明天再聚，与魏书记殷情挥别。这么让人流连忘返的地方，我一定找机会再来！

4 月 20 日，正是万物复苏、百花争艳的时刻，宁老带领我们文学爱好者一行 12 人，浩浩荡荡去羊场采风。镇人大杨主席、老书协沈主任和党政办主任热情接待我们，畅谈着羊场的发展、特色、规划，在我们眼前展开一幅工业强镇、特色农业、百姓富裕、和谐发展的宏伟蓝图。宁老盛赞羊场镇领导对老书协的重视、关心和鼎力支持，表扬羊场镇出《情系宣威》专刊的做法，说要把羊场镇培塑为宣威乃至曲靖市的典型，让大家都来参观学习，大力推动“老有所为、老有所乐”阔步向前，让充满睿智、经验丰富、时间充裕的老年人成为经济社会发展强有力的推手，成为美化生活、教导引领年轻人的良师益友，尽量减少子女们的负担，让他们腾出时间和精力去为社会作贡献。

饭后，杨主席带领我们参观了老书协的书画展览室、活动室，羊场镇工业园区，宣威境内官至山西太原总兵、身经百战、临淮护驾、骁勇善战、出奇制胜的王世雄将军的故居遗址及墓地。零散散落在物是人非、几易其主的将军故居房屋外面的石狮、石象、石鹰，让我们感叹世事沧桑、岁月无情。具有专业水平、出神入化的书法、画作、剪纸、摄影作品让我们大开眼界、望尘莫及；稚嫩、潜力无限的学生作品让我们看到后继有人的星星之火，感受到长江后浪推前浪的必然趋势。在这些书画作品中，我最喜欢其中的两幅对联：“气傲皆因经世少，心平只为折磨多”，蕴含着深刻的人生哲理，启发人深思；“黄金非宝书为宝，万事皆空善不空”，道出了人生的真谛、取舍。在书画展览室及活动室里，我们流连观赏，齐声赞叹，觉得境界得到了提高，灵魂受到了陶冶。

我在一幅幅高写真、现场感极强的摄影作品中看到了那个忙碌的身影，心里一时涌满柔情静谧，似乎此次羊场之行只是为了看看他工作过的地方，只是为了感受他在此留下的浓郁生活气息。当一个人在心中留下影像，你就会不由自主地关注他的过去、经历、爱好、交往圈子和亲戚朋友。因为他，我开始喜欢、贴近、了解、关注羊场，与羊场结下了不解之缘。

夜幕降临，我们满载春天的喜悦和浓浓的书卷气，心中充溢着羊场的深厚情谊，依依和杨主席、沈主任等惜别，相约待到硕果累累的金秋时节再来。

衣妆

爱美是女人的天性，喜欢漂亮衣服是女人的共同特点。所谓的气质美人，除了内在的修炼，还包括衣装的得体。有的女人不会穿衣服，什么新潮、流行就拿来往自己身上套，将自己身体的缺点、不足暴露无余，逢人不但要嘚瑟自己的时尚，还要褒贬别人的落伍和不会穿着。

穿衣需要潜心研究，需要耐心观察、仔细对比，什么颜色、款式、质地的衣物适合自己，什么样的衣服是自己的死穴，必须掌握得一清二楚，才不会把自己穿得像个演戏的闹笑话。

衣物不在贵贱，最重要的是合适。广告上不是说：只买对的，不买贵的吗？有的人一套几千元钱的衣服穿在身上，不要说档次，怎么看都不舒服，甚至会给人要猴的感觉。

衣物的丰富多彩、蛊惑魅影、漂亮绝伦，总是让女人们看见就挪不开脚步，心痒得要立即穿在身上。即使没有看见，女人也会被一件意念中的衣物勾引，不断滋生逛街和购买的欲望。由赤橙黄绿青蓝紫幻化出的千万种花色，由风格各异的设计师打造出的成百上千种款式，由高端的现代科技开发出的各种质地的衣料，总有一件衣物触动你的心扉，给你邂逅的惊喜。即使不能购买，多看一眼也是一种莫大的享受。

我是个爱买衣物，且见了自己喜欢的衣服非要买下的人。有个周末晚上接儿子，发现两条很喜欢的裙子，没有时间试穿，回到家里念念不忘。我怕别人的审美标准和我类似，也喜欢那两条裙子而捷足先登，第二天一大早，服装店刚开门我就去试穿。直到看见那两条裙子还挂在店里，我才长长地舒了一口气。裙子穿在身上很合适，刚好是我想要的那种效果。顺便淘到一条白色的淑女裙，高高兴兴买下来。售货员脸绽金菊，为刚开张就有人买下三条裙子满心欢喜，姐姐叫得比蜜甜，忙前忙后地辅助我试衣裙。

我每次去服装店，售货员比过节还高兴，我买下的衣物总是比她们期盼的多得多。我从来都是自己挑选，很少试穿售货员推荐的。有的售货员看着我挑了一大抱衣服，着急地说，姐姐，你试好一件再挑下一件，好不好？我说你帮我抱着，我挑完试好就付钱走人，哪有时间反复来翻。待她看到我试后凡合适的都买走，不由得喜上眉梢，说有的人一件衣服试了十次八次，今天带这个同事来参谋，明天带那个朋友来看效果，最终还是没有买。

有一次，我看到一个漂亮女人挑了一大摞衣服，一件件试穿。售货员以为遇到财神了，又挑出一些衣服推荐给她。那个女人来者不拒地试穿着，最后却说自己就是开服装店的，这些衣物一件都不满她的意。我看到两个售货员满腔愤怒，良好的修养使她们没有口出不逊，但一天甚至几天的好心情就这样被破坏了。

一次在阿依莲专卖店，一个不到20岁的女孩抱着三条连衣裙问，姐姐，三条穿上都很漂亮，你决定买哪一条？我说三条都买啊！她不相信地瞪大眼睛，心里大概在想，将来我要像她一样，凡是自己喜欢的漂亮衣裙一次全部买下。

我没有品牌意识，不看电视、报刊、杂志上的金榜银榜，买衣服全凭感觉和自我喜好。既有比较知名的波司登、鄂尔多斯、恒源祥，也有名气不大的鎏恒色、秋水伊人、岁月物语，还有名不见经传的咏仕、金苑、芮雨聆夕，等等，林林总总，不一而足，买时更多关注的是合适与实惠。

我买的衣物多了，就知道哪些款式、颜色、型号适合自己，挑来试的衣物通常买走一半到三分之二。那些风格上明显不适合我的，无论售货员百般推荐，我也不会浪费时间想着拿来沾沾新气。质地上我喜欢丝的、毛的、棉的，化纤的属于退而求其次那种类型——穿上效果很好，价格也不高，权当穿个新鲜吧！

有人说，女人衣柜里永远缺少一件漂亮衣服，出门时总是找不到一件合适的衣服。我没有这种感觉，每一件衣服都是我精心买下的，它们可以在不同场合展示我不同的风采。在喜新的同时，我一点也不厌旧，只遗憾每次只能穿一套，无法让服装们尽可能多一些时间展示自己。有时，打开衣柜，我会犹豫不决，拿不准穿哪一件，为那些穿过一水就不见天日的衣服感到委屈。我尽量安排每套衣服都有露脸的机会，可许多衣裙还没有闪亮登场，四季已经轮回一遍了。有的衣裙挂在衣柜里几年轮不到穿一次，不是它们过时了，只是新买的太多，只能先照顾新面孔。哪天翻出来穿上，它们一样给人眼睛一亮、疑为初遇的感觉。那些显赫一时的衣物，只好委屈地缩紧身子，尽量为新来的腾挤空间，好让衣柜的容量更大一些。

每次看着我大包小包地提回家，母亲总是嗔怪地说，你买这么多干啥？哪儿穿得过来？确实，我的衣物开一个服装店绰绰有余，缺点是只有一个型号。相对来说，我的正装少一些，因为我喜欢活泼灵动，正装的严肃低调与时装的前卫鲜艳大相径庭，我更愿意把自己打扮得飘逸一些。除非强调着正装，我通常穿得艳丽、青春而雅致。

我的衣物，包括牛仔裤，是绝不重复的。不像有的人，同一款式不同颜色的衣服一买就是几件。服装界每天有许许多多新颖别致的衣物，源源不断地从设计师脑中、手下涌出来，我们穿上其中的万分之一都来不及，哪有工夫重复?

冬季天寒地冻，需要足够的肉食来制造热量抵御风霜，我通常吃得多些。春节一过，我就得节制饮食、降低体重。有时朋友约吃饭，我就直言不讳，我正减肥呢，不来了。有朋友慷慨地开玩笑说，别减了，衣服穿不得我买一套给你！他不知道，我家里有两个六门柜、一个五门柜和一个简易布衣柜，除了儿子少量的衣服，其他满满的全是我的衣物，他那一套衣服算得了什么?也就牛身上的一根毛吧！我知道，如果不能保持良好的身材，我就无法让那些型号合适的漂亮衣裙，套在身上就显出服装设计师的匠心独运，而只能去买几千元一件的衣物来求得心理安慰了。

每次买衣服回来，我最大的乐趣是一件件试穿、搭配，直到找出最佳组合才罢手。几小时的美好时光就在我凝视镜中色泽艳丽、款式新颖的服装中流逝。我喜欢镜中那个明媚婉约、衣袂飘飘的自己，心中涌动着小小的幸福，为拥有这么多漂亮衣裙、为每次都能把喜欢的服饰全部买下，而感到自食其力的骄傲、自豪！

院中趣事

尽管疏于管理、关注不够，小院还是四时花开，夏秋果香，每天都有不同的风景。鸟儿欢歌，蝶儿飞舞，蜂儿采蜜，猫儿造访，为平淡的生活增添了些许乐趣。

一、猫头鹰

2012年夏天，院中的四季桂进入第二季盛花期，自是花儿怒放，蜂忙蝶舞，馥郁的浓香让人在几百米外嗅到都神清气爽。

一个周末的中午，我正在梦里周游，儿子迫不及待地推醒我，兴奋地说，妈妈，告诉你一件奇怪的事，院中来了一只猫头鹰！我神志不清地说，你当我们是住在森林里呀！哪儿来的猫头鹰？儿子急了，拽住我的手说，不信你起来看，真是猫头鹰！我还想再睡，敷衍地说，院中又没有老鼠，猫头鹰来干什么？儿子不由分说地把我拽起来，气哼哼地说，你自己去看了不就知道了？

来到院中，桂花树接近顶端的树枝上，果然站着一只猫头鹰，灰褐色间杂着黑色的漂亮花羽毛，猫样的五官，鼻子有些变异，嘴巴尖尖地显示出了鸟类的特征。以往我只在图片、电视的《动物世界》栏目中见过猫头鹰，连在动物园里都没见过，这次算是亲眼见识了。它谨慎地瞪直两只猫眼，不卑不亢地看着我们，一副勇于面对现实的样子。

我对儿子说，也许我们院中有老鼠了，猫头鹰追逐老鼠来到这儿，大概要把我们院中的老鼠抓完才会离开。猫头鹰是晚上活动白天睡觉的，我们还是不要打扰它，让它休息够了晚上好帮我们捉老鼠。可儿子无法按捺好奇心，总是过几分钟就跑出去看看，回来告诉我猫头鹰或岿然不动，或挪动了地方，或圆睁双眼，或睡意蒙眬。儿子无法安心做作业，隔几分钟就突发奇想地把他认为猫头鹰会吃的东西，拿到院中去试验，却总是无功而返。

本着“来的都是客”的原则，我任凭猫头鹰在院中自由活动。我白天仔细观察，夜里留心动静，还是没有发现院中有老鼠。

几天后，儿子一脸落寞地说，妈妈，猫头鹰不知道什么时候悄悄飞走了！我察看了院中的每一棵树和每个角落，再也没有它的身影了！我释然地笑着说，这儿本来就不是它生活的地方，它飞走了最好。要是周围的人知道我们院中有只猫头鹰，说不定会翻过围墙进来捕捉呢！儿子失落地说，那我再也见不到它了！它不吃我提供的食物，大概肚子饿了，飞到别处找吃的去了。也许它是个离家出走的孩子，在这儿几天想家了，飞回去找它妈妈了！

我被儿子逗得忍俊不禁，摸摸他的头说，是啊，离家出走并不好玩，人或动物都必须在适宜的环境里，才能够生活得好。

我院中确实没有老鼠，无法满足猫头鹰的温饱。它也算是到过红尘闹市中探访、兴尽而返了。

二、山老鼠

2013 年是个多事之年，3 月 31 日在光天化日之下，我的挎包被抢，所有证件和银行卡瞬间都没了。

痛定思痛，我决定买车，先盖车库。我把爬满整整一面墙的爬山虎铲除；把花台里的康乃馨、太阳花、满天星统统遗弃；把那个硕大的鱼缸砸毁，把幸存的金鱼移到玻璃鱼缸和塑料大盆里——它们后来全部死了，包括建盖车库过程中侄女为安慰儿子而买来的两只乌龟和十多条金鱼。我砍了尚未挂果的苹果树、梨树和两株已经挂果的李子树，砍了颜色如火、瓣繁似锦的石榴花树，修剪了石榴树和鹰嘴桃树，移栽了玫瑰花和那株曾经引来猫头鹰的大桂花树。

凡是妨碍建盖车库的，我统统把它们毁灭，用一间20余平米的砖石小屋，代替了9年来植物给予我的馨香日子。在做这些的时候，我决断而无情，仿佛以往的一切与我的情感和人生都没有联系。遗憾的是那株和侄儿同岁、树龄21年、价值3万～5万元的大四季桂，移栽后由于没有及时浇足定根水而死了，尽管我后来买了无数增根剂、花肥、防菌剂、营养液，它还是决绝地向我告别，只以嶙峋的枯枝刺痛我的记忆。

6月份父亲重病入院，我请假陪护。8月份父亲匆匆离世，使我情感上一下子进入冬季，瑟缩中却无处取暖。这一年的日子匆忙而凌乱，总是理不出头绪。

大概是秋天，一天晚上我听到院中有窸窸窣窣的动静，疑心老鼠造访了。后来白天看见有老鼠跑过，却没看清形状。自此我多了几分谨慎，不敢再一回家就把院子连接房屋的门打开。

老鼠们倒也还算讲原则，谨守着三八线，除了在院中吵打争夺、流窜觅食，从来没有试图越过屋门，进入房子。反正院中秋天只有吃不完的无花果，它们吃些也无妨。既然相安无事，我也就用不着操心捕捉它们或购买老鼠药之类的事。

初冬的第一场雪，毫不客气地冻裂了我从车库上接下来准备给院中植物浇水的PU管。请一个亲戚来接，他以初学者的笨拙忙活了一个下午，弄坏了两根管子，接头处还是淅淅沥沥地滴着水

珠。为了减少他的愧疚，我安慰说，冬天刚开始，这水管不知还要冻裂多少次。现在先将就着用，等下次冻裂了再一起接。

这水白白滴淌也可惜，我在水管下面放了一个大盆，把水接起来浇干渴的花、树，通常两三天能够接满一盆。除了警醒地关闭通到院中的屋门，我几乎忘了老鼠的存在。

又是周末，艳阳高照的早晨，我心情舒畅地在院中溜达，惊见接水的盆中有两个黑东西。走近一看，是两只山老鼠，已经气无体僵。我叫来儿子，指着山老鼠黑色的皮毛、尖长的嘴巴和瘦小的躯体，告诉他山老鼠与在家边生活的老鼠的区别。儿子看着不到两寸深的水，惊讶地说，水这么浅，应该淹不死它们呀？它们轻而易举就能够从盆里爬出来啊！

确实，水很浅，对于善于爬行躲闪、在油罐中都如履平地的老鼠，这应该不是丧命的地方。大概是吵打撕扯使它们坠入盆中，是想置对方于死地的欲念使它们无法松开爪子，也使它们忘记了逃命，直到气干力竭、同归于尽。看来，是仇恨杀死了它们。

这两只山老鼠究竟是从哪儿来的？它们怎么就选中了我的小院作为栖居之地？我在树下挖了一个小坑，把山老鼠埋进去，就让它们做树木的肥料吧！

自此院中安静下来，再没有窸窸窣窣的声音或大的响动。原来每晚院中响动频繁、响声不小，我还以为有多少只老鼠在同时活动，似乎要把我的院子翻个底朝天。原来只有两只小小的山老鼠，却不知道珍惜彼此相遇相伴的缘分，非要弄个你死我活，最终共同丧命于原本不想杀生的浅水。

三、醉鸟

小院一开始是种植花草、蔬菜的，最初几年，我曾收获了不少马铃薯、大白菜、向日葵、葡萄、葫芦，也曾让万寿菊、叶子花、鸡冠花、海棠、绣球、月月红、灯笼花、菊花、牡丹、香水百合、玉蝴蝶等在院中争奇斗艳、流光溢彩。后来由于银杏、苹果、无花果、石榴、桃树、四季桂等树木渐成气候，不仅无法再栽种蔬菜花草，连发财树、龟背竹、袖珍椰子、芦荟等矮棵植物也由于无法享受到阳光普照而香消玉殒。

树木日益长高长粗，渐渐浓荫蔽日、果香四溢，鸟儿们也就呼朋引伴，大胆地来院中筑巢安家、歌春诵秋。由于无暇观察，我不知道院中有几种鸟、有多少只。安然享受着它们凌晨的欢歌和黄昏时归巢的喧哗。

半月前儿子期中考试，为做到单人单桌而实施错时考，没轮到的时段就在家中复习。星期四早晨儿子考 10：20–12：20 的后场，我在家里给他做早点，一不小心就到了上班时间。

我急匆匆打开院门，却见一只全身褐色、尾巴较长较大且黑白相间的小鸟躺在条石地砖上。儿子出来与我告别，我指着浑身发抖的小鸟说，这只鸟不知是被人打伤了，还是吃了有毒的东西，看样子快死了！儿子爱怜地把它捧起来说，妈妈，我忘了告诉你，上星期就有一只小鸟死在这儿了，我把它埋在树下了。我有些烦躁地说，把小鸟放在车库的窗台上，赶紧进屋去复习！我转身时看见儿子捧着小鸟进屋去了，但已没有时间去干涉了。我还是迟到了，路上就有人打电话叫我赶紧去盖章。

下班回来，儿子也考完到家了。我询问他的考试情况，儿子说数学题太难，有几个做错了，有一个题纯粹做不来，只能胡乱蒙。我想玩小鸟不仅耽误了他的时间，而且扰乱了他的心思，但他还有英语没考，一时也不便发作。

儿子不理会我阴沉的脸色，调皮地问，妈妈，你说那只小鸟怎么了？我不耐烦地回答，死了！儿子手舞足蹈地说，没有啊！妈妈，它活过来了！你走后，我把它放在沙发上晒太阳，它一会儿就不颤抖了。后来，它闭上眼睛，我以为是死了，一摸，它又睁开眼睛，我才知道它是想睡觉了。我就没管它，坐到一旁去复习。过了很长时间，我听到窗子上有响动，原来是小鸟睡醒了，准备飞出去，撞在窗子上了。我想把它抓住从院子里放出去，它竟飞到楼上去了。它不知道玻璃是什么东西，见到窗子就去撞。我怕撞伤它，只得打开卧室的窗子让它飞出去。

我感到吃惊，这么说，小鸟没有中毒或受伤？我突然想起倒在树下、酒泡过的石榴籽，难道小鸟是醉了？

院中种了两棵石榴树，每年硕果累累。石榴虽然甜润可口，但是籽小核大的老品种，且一旦成熟，就竞相裂口笑秋，无法长时间保存，也不好意思拿去送人。

有一年，二哥从蒙自带回10个硕大的酸石榴，说是泡酒给父亲喝，父亲喝了说口感很好。受到启发，我每年就把吃不完的石榴泡成酒，父亲说比酸石榴泡的好喝，还省去放冰糖的环节。父亲去世后，满树的石榴红彤彤地显示着秋的丰硕。我知道父亲不会再喝我泡的石榴酒，还是一粒粒把它们放入酒坛中。

大约是被车库遮荫了，去年石榴结得很少。冬天，我把临近车库那棵砍了，把另一棵也修剪得没剩几个枝丫。

一个月前，我突然想让朋友尝尝我泡的石榴酒，坛中已所剩不多。朋友说泡的时间太长，酒气已经出了，只适合女士喝。妈妈说，酒泡过的石榴籽可以用来泡脚，能够促进血液循环。我把石榴籽从母亲家拿回来，每晚抓几把放在热水中，泡脚后随手把它们倒在院中树下。

大概小鸟捡食了酒气尚未散尽的石榴籽，不胜酒力的它被醉倒了！否则除了猫头鹰，哪有鸟儿白天睡觉的道理？又哪能一觉醒来就生机勃勃、安然无恙？

我除了把果皮残菜丢进院中树下做肥料，自从鸟儿们在这儿安家，还有意识地放一点鸟儿吃的东西。去年冬天，看着树枝上没有可供小鸟过冬的无花果，我就在院中石桌子上放了一些红枣，希望小鸟们在冰天雪地中也丰衣足食。

鸟儿们在我院中不客气地享用各种水果、食物，大概已经成为习惯，它们因此放松了警惕，以为凡是美味的都是能吃的。之前死去那只小鸟，也是吃了酒泡过的石榴籽吗？那周一直下雨，气温极低，小鸟醉酒后无法在树枝上站稳，大概是头重脚轻地跌落下来。它躺在阴冷潮湿的条石地板上，大概更加冷得彻骨透心，所以很快就丧命了。它没有后来这只幸运，不仅时逢和煦温暖的艳阳天，而且被喜欢小动物的儿子及时捧起，放在沙发上晒着太阳睡到酒醒。

为着救了小鸟一命，我对儿子露出了最美的笑靥，鼓励他好好复习，争取考好第二天的英语。

四、负气的水果

去年夏天雨水丰沛，气温宜人，院中的无花果依仗充足的自然肥料，竞争似的在每个叶片根部冒出来，炫耀似的把果实布满树身。

院中原来栽了六棵无花果，两棵绿色的，四棵紫色的。无花果生长迅速，没两年就长成了郁郁葱葱的大树，繁多的果实不仅吃不完，摘下来送朋友都送不完。我曾试着制成无花果干，它们不容易晾干，加上夏秋雨水较多，往往还没到半干就腐烂了。为了让其他树木花草生长，我首先对它们采取修枝、限制生长空间的办法。无花果生命力极强，没过多久又枝繁叶茂地霸占了院里的空间。我只得在矛盾的心情中一年砍去一棵，直到绿色、紫色的各剩一棵，还要每年修去大量枝丫。

两棵无花果紫色那棵果实较小，成熟快；绿色那棵树枝较细，果实较大，成熟缓慢。通常，我和儿子把紫色无花果当主食，每天大盘大盘地吃；而把绿色的当点心，偶尔尝几个。去年无花果结得实在太多，单绿色那棵就吃不完，需要随时摘下来送人，紫色那棵就无暇顾及了。

8月初的一个周末，我从早晨太阳还没出来就开始采摘，直忙到太阳落山的黄昏，总算把树上成熟的无花果基本摘下来了。长方形、能够装10多公斤的菜箩满满装了5箩。我又摘了一些晚熟品种的大水蜜桃和鹰嘴桃，装了一袋袋、一箩箩，打电话让朋友来拿，给没车的朋友送到家。

上床时我浑身累得快散架了，心中有些气馁，这些水果我当成宝贝，万一朋友们都不稀罕呢？我不是在做一件强人所难的事吗？无花果硕大的叶子上有茸毛，一接触皮肤就奇痒难耐。夏天气温高，只能穿着短袖衣衫采摘。每次采摘，我的手臂和手掌用酒精擦洗、喷花露水后，要几天才能消除痒痛不适。

自此，我对紫色无花果采取视而不见的态度，只采摘绿色那棵。紫色无花果先是引来了蜜蜂食用，然后引来了蚊蝇。多雨而闷热的夏天，庞大的紫色无花果树上，星星般繁多的无花果一点点冒出来、长大、变紫、成熟、开口、腐烂、掉落。院中弥漫着果香、酒味和水果腐烂气息混杂的味道，我心里略感不安，却也无法顾及。

9月初，一场大雨过后，我觉得院中少了点什么。仔细观察，才发现紫色无花果树下少了腐烂的果实，那种混合气味自然也就没有了。抬头一看，惊见树上只有叶片，叶根指头大的幼果再没有了！无花果是反复结果的植物，同一个叶根可以结数次果。我的两棵无花果树通常是4月开始结果，6月底可以采食，之后梯次结、不断采，一直可以吃到11月中旬。通常，凛冽的北风把无花果由绿变黄的叶片扫荡到树下，枝上还残留着已熟或未熟的果实。已熟的无花果做了小鸟们冬天的食物，未熟的如果经过霜雪后没有被冻干枯，第二年叶片尚未萌生出来就接着生长，成为第一批成熟的果实。且经过冬天的孕育、生长期长，这种隔年的无花果比蜜还要甜得多！

紫色无花果树不会是对我的怠慢感到愤怒，再不结果实给我吃了吧？怀着几分愧疚，我一有闲暇就注意观察，祈祷无花果树不计前嫌，一如既往地为我结出甘甜美味的果子。可无花果树好像真的生气了，它不理睬我的期待，决然地只长枝长叶，再看不见一粒果实。

进入冬季，我照例为果树们修枝。看着粗大、没有一粒果实的紫色无花果树，我暗下决心，以后再也不凭一时兴致处理事情了，花草树木或许也有灵魂，我要善待它们。因为害怕那些嘴馋或手贱的孩子，在围墙外乱拽树枝时摔伤，家长不好好教育孩子，倒怪我院中栽了果树，我只得每年都把伸出围墙的树枝砍掉，以防口舌，以绝后患。修剪后，果树们都乖乖蜷缩在院内有限的空间里，各显神通地争夺着生长空间。

春天在一朵朵桃花的笑脸中莅临，绿色那棵无花果，竟然在树叶发芽的同时，冒出了星星点点的绿色果实！去年冬天，这棵树上没有成熟的果实，被雪冻干而掉落了，没想到今年居然提前挂果。再看紫色那棵，瑟缩着暗青色的老枝，没有一点复苏、发芽的迹象。就像一个气性极大的人，一旦被冲撞就决计不原谅别人，始终绷着一张冰冷阴晦的老脸，不肯放松自己、解放别人。

百花竞艳、万物蓬勃的三月，桃花已经零落成泥，娇小的桃子顶着花蕊，随着初生的桃叶在树枝上摇曳；绿色无花果已经有手指头大了，紫色无花果树仍然没有发芽。我不禁怀疑：这棵树不会像儿子说的那样——已经挂了吧？直到人间最美四月天，紫色无花果树上才有疏疏落落的一些嫩芽。我舒了一口气，它总算没有赌气抛弃我的小院，把生命化为虚无。

整个四月的闲暇时光，我都在期待紫色无花果从叶根处冒出来，像往年一样布满树身。可它完全漠视我的心愿，只疯狂地长枝叶，根本见不到一点挂果的迹象！看着鸡蛋大、一天一个样的绿色无花果及枝上不断冒出的幼果，我安慰自己，反正是吃不完，紫色的不结也罢！果树的天职就是开花结果，连人都提倡“只管耕耘，莫问收获”，紫色无花果树犯得着为我没有及时采摘而赌气不再挂果吗？

五月下旬，看着拳头大、逐渐变黄的绿色无花果，我伸手触摸看看它们熟透没有，惊见紫色无花果树上，密密麻麻地布满了指头大的幼果！原来，它并没有和我赌气，只是延缓了挂果的时间，是我自作多情地用人之心来度果树了。再一想，这棵树也许去年大量果实腐烂时感染了病毒，致使它秋天无法不断挂果，今年春天也无法按时发芽、结果。看来我对植物懂得太少，管理知识严重欠缺，需要加强学习。

五、适者生存

院中花草树木众多，难免竞争激烈——今天这棵树窜高了一寸，明天那种花因遮荫而萎缩。我又实施势利的浇水法则——只浇开花、结果的，助长了这种恶性竞争，使“优胜略汰、适者生存”的竞争法则在我的小院中演绎得尤为明显。

4 年前，我从东山顶上挖来 5 株金蓉蔽，先栽种在花盆里，成活后才移栽到空地中。前年，看着金蓉蔽枝干有手指粗，叶间开出紫色、粉色的小花，我一阵狂喜：不用跋山涉水，今后我在家里也能吃到这种稀少美味的山珍了！显然，我高兴得太早了。

夏天，看着枝叶间的绿色果实，我美滋滋地憧憬着：再过些日子，我就能畅怀地享用金色果实了！几场雨过后，惊见这些才露出点头脸的果实枯萎、掉落了。我才发现是日渐蓊郁的无花果树遮挡了它们的阳光，使它们在暗无天日的阴冷中，无法把珍贵的果实孕育到成熟金黄。圣贤教导我们，春夏是不可以动杀机的，不可以修枝砍树。无花果正是盛果期，且过了这一季，等到秋天再说吧!

几场秋雨过后，我看到金蒌蔽由于雨水过多，有些萎靡病态，却也束手无策。想到了冬天，无花果落光了叶，金蒌蔽就迎来了生长的契机，可以狠狠拔节一番，顺着无花果树杆攀沿而上，甚至就长到了无花果的高度。

我还沉浸在自以为高妙的美梦中，一日摘无花果后发现，金蒌蔽已经枯死，连根都腐烂了！我有些后悔，金蒌蔽的根和枝干可以做药，我把它们从山上请来原本是为了药用的，没有奢望要吃金色的果实，应该就让它们在花盆里生长。还好，当时由于瘦弱留在花盆里没有移栽那棵尚存活，虽然蔫不拉唧得像个营养不良、发育不正常的孩子，毕竟还有健康成长的希望。

去年，花盆里这棵金蒌蔽一下蹿到2米多高，依附着石榴树干直长而上，像个青春期的少年，勃勃生机让人一看就精神振奋。今年3月，金蒌蔽竟然开出了紫色的花，挂上了绿色的果。我没有吸取前车之鉴，又开始憧憬夏天能够吃到金色的果实。

在空地上的金蒌蔽被无花果遮荫而死的同时，我发现曾经星星之火可以燎原般到处乱窜的芦荟，已不知什么时候绝迹；沿围墙栽种的食用百合，最初只开花不繁殖果实，然后连花也懒得开了，不知不觉中再也见不到它们的身影；曾经开得艳夺群芳、招蜂引蝶的德国兰，去年花开得零星懒散、颓败萎顿，今年竟然没有开花！而且叶片稀少，像战场上被打败的士兵，夹着尾巴做人般猥琐。看来得赶快把它们移栽到花盆里，否则一转眼它们就销声匿迹了。

今年春天倒春寒频繁，降了几次严重的霜冻灾。不知是哪次霜冻过后，花盆里的金蒌蔽就零落了绿色的果实。我想，不能吃到果实也罢，只要它好好活着，把根和枝长粗壮，为我提供药用价值就行了。谁知半个月后，金蒌蔽还是猝不及防地死了，大概霜冻给了它致命的一击，它不过是苟延残喘，而我竟以为它生命无虞，可以长成我期待的药用模样。

被霜冻迫害的还有猕猴桃。我经常把果皮、果核扔到院子里，一方面起到了肥地的作用，另一方面也会出其不意地长出一些果树。院中已经挂果的 4 棵桃树、3 棵桑葚，以及没有挂果、已被砍伐或尚存活的核桃树、苹果树、李子树、橘子树、枇杷树、石榴树、樱桃树，等等，还有我无法分辨是什么果树的苗木，都是丢在土里的果核生长出来的。

猕猴桃枝叶在我院中探头探脑长出来时，我和许多朋友都不知道它是什么东东，只觉得它带着绒毛的圆形叶片有些像荷叶海棠，有一定的观赏价值，就手下留情没有铲除它。有一天一个亲戚来家里做客，很肯定地说这是猕猴桃，只是不知道在宣威这种霜期长、气温低、冷热变化频繁、下雨即成冬的气候条件下，能否开花结果。管它呢，光看着叶片就赏心悦目，我也不必市侩到一定要饱口福。而且，那棵大四季桂在盖车库移栽过程中，由于没有及时浇足定根水枯死了，猕猴桃的藤蔓攀沿而上，刚好可以在枯枝中形成另一番景象，美化我的院子和心情。

8 年前，我丢在院中的甜角果核，顽强地长出了 3 棵甜角树。它们认真地开花、勤奋地结果，遗憾宣威气温太低，果实根本无法成熟。我每年看着豆荚般的甜角因到达不了生命的辉煌而枯萎、脱落，有种痴心妄想的嘲讽，加上我需要腾出空间让其他植物生长，只能残忍地把它们统统砍掉。

我不知道，生长在热带、亚热带的猕猴桃，能否在我院中创造一个奇迹。今年 2 月，当 4 株桃树先后在院中燃烧成云蒸霞蔚的粉红色梦幻时，我无意中发现——猕猴桃竟然开出了金黄色花瓣、绿色花蕊的漂亮花朵！蜜蜂们也被这色香引诱，天刚亮就飞来采蜜，“嗡嗡嗡”地唱着欢歌，把喜悦播撒在空气中。这些可爱的小精灵，在我采摘金银花时，不停地围在我身边翻飞，似乎在愤怒地抗议我掠夺了它们的蜜源，那变调的“嗡嗡”声似乎在指责，别急啊，等我采完花蜜你再摘也不迟啊！

面对黄袍色的高贵金色花朵，我大喜过望，且不去管它是否结果，单这色泽、花型就让人心中溢满幸福。许是老天嫉妒那美艳的色彩，几阵轻霜过后，猕猴桃花就枯萎、败谢了，不服气似的缩在枝叶间，不肯掉落下来。好在猕猴桃尚长得蓬勃精神，给予我明年开花的期许和等待结果的奢望。

亲戚朋友看到我院中寸土必争、枝叶相缠的植物，往往头摇得像拨浪鼓，痛心疾首地说，你真是造孽啊！这么小的空间，让这么多植物自相残杀！院中的花草树木在朝夕相处中，在我情感上留下了深浅不同的印迹，要让我砍掉或拔除哪棵，我都下不了手啊！还是只能为它们修枝剪叶，让它们凭借自己的真本事，长成别具一格的风景吧！

六、小猫造访

前年冬天，一天接儿子下晚自习，打开车库门，一只棕黑色的小猫从车旁窜出来，快速跑进车库，并从与院子相连的小门进入院中。我没有在意，觉得它一会儿会从院墙上跳出去，让它自由活动好了。

儿子马上滋生出幻想，央求说，妈妈，就把这只小猫养在院子里吧！我每天喂它食物，不用你操心！我说它在我们院子里做什么？一会儿发现没有老鼠，就会从围墙上跳出去。儿子说，我用它喜欢吃的鱼、虾引诱，它就会驻扎下来，不再跳出去了。我问，要是它的主人来找呢？碰上个不讲道理的人，还以为是我们把它抱进来，想据为己有呢？儿子膨胀起的信心一下子泄了，不高兴地说，碰上这么个不喜欢小动物、不养宠物的老妈，真是让人扫兴！

许是人生地不熟的缘故，小猫一开始有些胆怯，东瞅瞅西望望，小心地迈着碎步。过了几分钟，见我们并不驱赶它，就放心大胆地在树下、花丛中巡逻起来。这是一只尽职尽责的猫咪，不知什么时候偷窥了我的院子，看到繁茂的植物和宽敞的场地，觉得里面一定有不少老鼠，可能早就想来探探虚实了。小猫认真地扒着树下的枯枝败叶，仔细查看着院墙脚的石头缝，希望很快就发现老鼠的踪迹。

我和儿子照常到院子里取东西、扔果皮、倒水，小猫被吓得战战兢兢的，生怕我们会做出什么危及它的事。许是以往吃过人类的亏，它谨慎地看着我们，犹豫着放弃了尚未巡逻完的院子，爬上无花果树，跳到院墙上，恳切地看着我们，似乎想请我们不要打扰它，让它在院中完成自己的使命。

我们懒得去管它是从墙上跳出去，还是沿无花果树下来继续找老鼠。正当我们准备关院门之际，小猫意外地从无花果树上下来，直奔车库。它大概已经看出来，我们准备丢下它不管了，决定还是先出去，跑到安全地带为妙。可它那么笨，从围墙上就可以跳出去，偏要记挂着进来的路！见车库的小门关着，小猫惊恐地叫着跳到窗台上，不顾一切地抓挠着纱窗。怕它把窗纱抓坏，我赶紧打开窗子。小猫一跃跳进车库，要命的是它竟然毫无头绪地在车上奔跑，在车窗上抓挠起来。怕它弄坏车漆或在车窗上留下抓痕，我只得赶紧按下车库卷帘门的遥控钥匙。怎么是这样一个不懂事、不讲道理的小家伙呢？它一溜烟跑得无影无踪，空留下我懊恼半天。

儿子这下明白了，这只小猫不是他想养就能养的，小猫的愚笨让他觉得不可思议：怎么蠢到从哪儿进来就非要从哪儿出去呢？这不是自己提供了让别人捉住的机会吗？儿子释然了，无牵无挂地去睡觉。

过了半个月，夜幕降临时分，我从商场购物回来，一只小猫在离家 50 米的地方就跟着我走，一路“喵喵”地叫着。我以为只是方向和路径相同，我和小猫奔向各自的目的地，小猫叫唤是表示它的存在或为自己壮胆。我在前门停下来，掏出钥匙开门，小猫竟然跳上台阶，乖乖地望着我。仔细一看，就是先前到过院中那只小猫，原来它一路叫唤是在向我打招呼，难为它还记得我！我知道它向往和念念不忘的是我的院子，但我没有闲情逸致招待它，再说，它走时还得为它开防盗门，就决定把它拒之门外。小猫看出了我的心思，"喵喵"地叫着，似乎在乞求：让我进去吧！我只是想捉几只老鼠，绝不碰坏你院中的任何东西！我院中没有老鼠，不想让它进去折腾，也就不理会它满眼真诚的苦苦哀求。我打开门，侧着身子闪进屋中，迅速关上门。小猫在门口不甘心地叫了很久，才不得已地离开。

不是我心硬如铁，而是生活中有太多的牵挂和诱惑，我们只有量力而行、懂得取舍，才能合理地分配自己的时间和精力，不陷入碌碌无为，抓芝麻丢西瓜的混乱、一事无成中。

后记

文字是一种救赎

一晃眼，与文字结缘26年了，其中的欣喜、狂欢、迷茫、彷徨等五味杂陈，好在我坚持下来了——作为一种爱好，也作为人生别具一格的财富。今天回望身后的脚印，我深深感谢读书和写作，它们拯救了我的心灵，使我始终能够优雅舒适地生活，发自内心地笑着，真诚善良地为人，脚踏实地地处世。

最初信手涂鸦是在青春叛逆期，有一些成长的喜悦、烦恼无法对人言说，只能诉诸笔端；有一些青春隐晦的故事、秘密不能与人分享，只好藏于文字中。

刚开始我陷在诗词铿锵的韵律里，沉浸在各类报刊杂志精短散文的哲思启迪中，继而在一本本中外名著中发现了人生真谛、世态百相。阅读，既开阔了我的视野，丰富了我的学识，还提升了我的品位，奠定了我的气质。读得多了，就有一种创作的冲动，怂恿我写下成长和青春的点点滴滴。

我是诗歌、散文、小说一起尝试、齐头并进的。20多年前，我为拙诗能在各种报刊和《青春诗歌》上发表而自豪，以为自己踏上了迈向文学殿堂的台阶。我大量抄录报刊杂志上写得好的诗歌，购买余光中、席慕蓉、汪国真等人的诗集，在一种激情似的阅读和书写中定位了青春。

生活比小说更离奇、更超乎想象、更惊世骇俗。文字最终成为我苦难人生的一种救赎，它使我从愤懑、悲伤、绝望、哀怨等负面情绪中挣脱出来，努力长成一朵追逐阳光的向日葵。一次又一次，当情绪如滔滔江水从笔端泻出，或从键盘上敲打出排列有序的方块字，眼中汩汩涌出的泪水在脸庞上慢慢干涸，那颗快要爆炸的心渐渐平静，终于恢复到缓缓搏动的生命常态。

每次心境失常、情绪失控，我就把自己投入书本中，聆听别人的故事，追随别人去游历，分享别人的成功、喜悦和智慧，打开别人的窗子，让阳光普照大地，寻找鸟语花香的景致。就这样，我一点点把自己从情绪的深渊中往上拉、从情绪的泥沼中往上托举，通过一种简单的方法，使自己保持平和的心态，保持从容恬静的样子。我还时常用阿Q精神为自己开脱：在打狗必须看主人的现实中，如果一不小心被狗咬了一口，你总不能也咬狗一口吧？唯一能做的，就是赶紧去注射狂犬疫苗，使自己脱离病毒。文字，成了我抚平伤痛、恢复生机的良药。

所以，无论我写下什么，都是人生经历最真实的记录，即使轻微，也是铺筑生活的一块块砖石。它们使我从灯红酒绿、麻将八卦中过滤出来，成为有些寂寥而孤芳自赏的不入流者。但我充实、知足、平和，用阅读和书写留住青春，将生命变成一条潺潺流淌、浅吟低唱的小溪。

在此，衷心感谢宁老明功先生、宁渊先生、王雄先生、柴家锦先生的支持和帮助！感谢为我写序的李学彦先生，感谢朋友们一直以来的关心、支持与厚爱！